„Angelehnt an eine wahre Begebenheit“

Ilka Silbermann

Eigentlich Prinzessin 2

Die Deutsche Bibliothek verzeichnet diese Publikation in der Deutschen Nationalbibliografie.

Detaillierte bibliografische Daten sind im Internet über www.dnb.de abrufbar

Burg Verlag, Rehau
Burgstr. 12, D-95111 Rehau
Tel.: +49 (0) 9283 / 81095
Fax: +49 (0) 9283 / 81096
mailto: info@burg-verlag.com
www.burg-verlag.com

Lektorat: Petra Schnitzler
Layout und Gestaltung: Stefan Lingl
Lingl & Friends, Werbeagentur, Marktredwitz
Titelbild: Nadine Duvenenck - www.naddinanders.com
Umschlaggestaltung: hef
Druck und Bindung in der EU

ISBN:978-3-948397-18-0 - Erstausgabe September 2020

Ilka Silbermann

Eigentlich Prinzessin 2

Nach einer Idee
von
Helga Geßner

Über die Autorin:

Ilka Silbermann, am 31.8.1957 in Kamen NRW geboren, begann erst 2013 in ihrer Wahlheimat Ostfriesland mit der schriftstellerischen Tätigkeit.
Ihr Buch „Meines Mannes Rippe – die bin ich“ war der erste Versuch sich in Kurzgeschichten auszudrücken.
Nach zwei weiteren Kurzgeschichten, die in Anthologien veröffentlicht wurden, begann sie vorliegenden Roman.

Mehr über die Autorin finden Sie unter:
www.ilka-silbermann.jimdo.com
facebook.com/ilka.silbermann

Ich widme dieses Buch allen Lesern

Mögen Sie die gleichen Gefühle empfinden, wie ich sie beim Schreiben dieser Geschichte spürte

Das Leben, das ich selbst gewählt

Eh ich in dieses Erdenleben kam,
ward mir gezeigt, wie ich es leben würde:
Da war Kümmernis, da war Gram,
da war Elend und Leidensbürde.
Da war Laster, das mich packen sollte,
da war Irrtum, der gefangen nahm,
da war der schnelle Zorn, in dem ich grollte,
da waren Hass und Hochmut, Stolz und Scham.

Doch da waren auch die Freuden jener Tage,
die voller Licht und schöner Träume sind,
wo Klage nicht mehr ist und nicht mehr Plage
und überall der Quell der Gaben rinnt.
Wo Liebe dem, der noch im Erdenkleid gebunden, die Seligkeit des Losgelösten schenkt,
wo sich der Mensch der Menschenpein entwunden
als Auserwählter hoher Geister denkt.

Mir ward gezeigt das Schlechte und das Gute,
mir ward gezeigt die Fülle meiner Mängel.
Mir ward gezeigt die Wunde, draus ich blute,
mir ward gezeigt die Helfertat der Engel.

Und als ich so mein künftig Leben schaute,
da hört ein Wesen ich die Frage tun,
ob ich dies zu leben mich getraue,
denn der Entscheidung Stunde schlüge nun.

Und ich ermaß noch einmal alles Schlimme –
„Dies ist das Leben, das ich leben will!“,
gab ich zur Antwort mit entschloss’ner Stimme
und nahm auf mich mein neues Schicksal still.
So ward ich geboren in diese Welt,
so war’s, als ich ins neue Leben trat.
Ich klage nicht, wenn’s oft mir nicht gefällt,
denn ungeboren hab‘ ich es bejaht.

Verfasser unbekannt

Etwas zog sie mit aller Macht ... willenlos ließ sie es geschehen ... war nur Zuschauerin ... wie leicht sie sich fühlte ... nebenbei registrierte sie diesen ersten Sinnesreiz.

Der Sog wurde kräftiger. Verwundert, aber auch gleichzeitig fasziniert gewahrte sie das immer stärker werdende Gefühl der – Freiheit? Konnte sie es so nennen?

Irgendwie vertraut und doch neu.

Immer weiter glitt sie durch das Nichts.

Aber nein – das stimmte nicht.

Da!

Vor ihr ein Licht, wie der Strahl einer Taschenlampe. Immer weiter – das Licht wurde größer und heller. Gleißend!

Wohlbehagen durchflutete sie.

Wie ein Trichter öffnete sich vor ihr das Licht.

Staunend und angstfrei bewegte sie sich darauf zu.

Doch was war das? Eine Gruppe stellte sich ihr entgegen. Plötzlich waren sie da.

Oder waren sie vorher auch schon da gewesen? Nur, dass sie sie nicht wahrgenommen hatte?

Egal!

Kurz bevor sie die Gruppe erreichte, wurde ihre Fahrt abgebremst.

Sie sah sich Männern in Anzüge gekleidet gegenüber. Waren es wirklich Männer?

Das Denken und Erinnern fielen schwer.

Aber halt! Den einen dort – ganz außen – rechts –, kannte sie ihn nicht?

Eine längst vergessene, aber vertraute Emotion versuchte sich ins Bewusstsein zu drängen.

Man ließ ihr einen Moment Zeit, um sich zu sammeln, oder für was auch immer.

»Du bist an einem Scheideweg angekommen«, hörte sie eine Stimme direkt in ihrer Wahrnehmung.

Keine Begrüßung! Ohne Umschweife kam diese Mitteilung.

Oder bildete sie sich das alles nur ein? Waren es ihre eigenen Gedanken, die sie da gehört hatte?

»Du hast schon richtig gehört! Du bist an einem Scheideweg angekommen!«, wiederholte die Stimme.

Sie bemühte sich, die Gesichter zu erfassen, Mundbewegungen zu erkennen, doch alles blieb ihr verborgen. Schemenhaft und doch klar und deutlich.

»Hier musst du dich entscheiden«, war alles, was ihr zu dieser außergewöhnlichen Situation gesagt wurde. Keine Erklärung.

»Aber ich weiß doch gar nicht, was Ihr von mir wollt!« Der friedliche Zustand schien sich auflösen zu wollen.

»Worum geht es hier eigentlich?«

»Willst du diesen Weg weitergehen? So kannst du dich dafür entscheiden, dann gibt es aber kein Zurück. Oder willst du wieder dahin, woher du gerade gekommen bist?«

Mit einem Mal wusste sie alles. Sie wusste, woher sie kam, fühlte menschliche Regungen. Freude, Schmerz, Sehnsucht, Liebe, Unbehagen und Angst.

Sie spürte die Trauer, die sie empfunden hatte, als sich zum dritten Mal ein Ungeborenes nicht für sie und das irdische Dasein entschieden hatte. Die Unsicherheit, die Befürchtung, nicht liebenswert zu sein.

Danach erreichte sie eine Welle der Liebe und der Vorfreude. Endlich hatte eine kleine Seele sie erwählt. Ein Kaiserschnitt sollte dem kleinen Wesen seinen Weg erleichtern.

Und dort – ja, dort war es!

Sie sah ganz deutlich die grüngekleideten Männer und Frauen mit Mundschutz. Die Haare unter Kappen verborgen. Das grelle Licht wirkte kalt und abweisend in dem gekachelten Raum.

Ein Säugling schrie. Eine Person hielt ihn in ihren Händen. Ein Junge!

Glücksgefühl erfasste und durchdrang sie, füllte sie vollständig aus.

»Ich will zurück.« Ihre Aufmerksamkeit wurde wieder zu der Gruppe gelenkt. »Ich habe mich doch so auf ihn gefreut. Endlich habe ich ein Kind.«

Die Gruppenmitglieder sahen einander an, zumindest wirkte es so auf sie, dann alle zu der Gestalt ganz rechts, die ihr so vertraut erschien.

Diese hob sich nun deutlich von den anderen ab. »Ich will dir nun ein wenig dazu erklären. – Du hast recht! Du kennst mich! Aus deiner Kindheit. Ich bin dein Mentor. Ich begleite dich schon dein ganzes Leben lang und werde es weiterhin tun. Ich bin der Mittler von deiner Welt zu dieser und der höheren. Du wurdest vor das Tribunal gerufen. Nun hast du die Wahl. Doch diese Entscheidung und dein Versprechen, das du zu dieser Wahl abgeben musst, sind bindend.«

»Was für ein Versprechen?«

»Du wirst nur zurück entlassen, wenn du versprichst, dein Leben von Grund auf zu ändern.«

Nun sah sie auch die wilden Partys, die sie gefeiert hatte. Als Alkohol ihre Sinne berauschte und ihr Denken ausschaltete. Zigaretten und auch andere Rauschmittel herumgereicht wurden. Sie fühlte sich schal, elend, haltlos, ja sogar nutzlos. Sah die Menschen um sich herum, die sich Freunde nannten und erkannte, dass es sich hier lediglich um Schmarotzer gehandelt hatte.

Gnadenlos traf sie diese Erkenntnis. Ihre Seele weinte tränenlos.

»Aber was soll ich denn tun? Wie kann ich mein Leben ändern? Wo finde ich den Halt, den ich dazu brauche? Wer weist mir den Weg? Wer gibt mir die Kraft?«

»Wunderbar! Du hast es begriffen! Nun versprich, dass du dich ändern wirst. Du musst es laut und deutlich aussprechen. Das Tribunal ist Zeuge.«

»Ich verspreche, mich zu ändern.«

Gleich darauf wollte sie schreien, aber es war ihr nicht möglich. Ein unglaublicher Schmerz in der Brust ließ sie sich aufbäumen. Gleich noch einmal. Sie holte tief Luft.

»Sie kommt! Sie kommt! Noch mal, ja gut. Weiter so!«

Ihr ganzer Körper bestand aus flammenden Schmerzen.

»Komm‘, Mädel – Luft holen! Du schaffst das!« Überlaut hörte sie den Ruf in ihren Ohren.

Und dann leiser, abgewandt zu den Kollegen: »Wir haben sie wieder, zumindest vorerst.« Ein Blick zu den Überwachungsgeräten zeigte deutlich, dass die Gefahr noch nicht endgültig gebannt war.

»Im Augenblick scheint sie stabil zu sein. Ich denke, sie kann auf die Intensiv, sobald Ihr sie versorgt habt. Sie sollen dort aber trotzdem vorsichtshalber die Angehörigen informieren.« Der Chefarzt, der im Augenblick des Herzstillstands hinzugerufen worden war, blickte nun auf die regungslose Gestalt. Ihr Brustkorb hob und senkte sich schwach.

»Erika, warte!«, rief er der Schwester zu, die das Neugeborene erstversorgt hatte, es ins Säuglingsbettchen gelegt und nun zur Station rollen wollte.

»Bring‘ den kleinen Burschen mal her und leg‘ ihn ihr auf die Brust. Vielleicht fühlt sie, dass sie hier nun gebraucht wird und strengt sich dann an, gesund zu werden.«

Verwundert über die mitfühlende Geste ihres Chefs gehorchte sie.

Dieser wandte sich der OP-Tür zu, zog den Mundschutz von der Nase und verließ müde den Raum.

***

»Bitte verbinden Sie mich mit dem Prinzen. Hier spricht Helene Förster.« Ihre Stimme klang zittrig. Viele Jahre waren vergangen, seit sie Eugen zum letzten Mal gesprochen hatte. Grau war sie darüber geworden. Sie glättete mit bebenden Fingern die Haare, geradeso, als könne er sie im nächsten Augenblick sehen.

Es knackte in der Leitung und gleich darauf die noch immer so vertraute Stimme. Vielleicht ein wenig tiefer.

»Helene?«

»Ja, ich bin's.« Ihre Stimme wurde noch zittriger. Mühsam schluckte sie den aufkommenden Kloß in ihrer Kehle herunter.

»Eugen – dein Enkel ist heute geboren. Aber – aber es gab eine Komplikation. Helga hatte beim Kaiserschnitt einen Herzstillstand. – Eugen, sie war tot.« Nun ließen sich die Tränen nicht mehr aufhalten. Nur ihr Schluchzen hörte er noch im Hörer. Er ließ sie gewähren. So hatte er Zeit sich zu sammeln, das Gehörte zu begreifen.

»Eugen, wenn du sie noch mal sehen willst, solltest du kommen. Sofort! Die Ärzte sagen, die Gefahr sei noch nicht gebannt. Ihr Kreislauf noch nicht stabil. – Eugen, bitte komm'! – Ich habe solche Angst. Unser Kind!« Wieder brach sie ab. Die Kehle war wie zugeschnürt.

»Ich komme. Ist sie im städtischen Krankenhaus? Auf der Intensivstation?«

»Ja. Ich werde deinen Besuch ankündigen. Danke, Eugen«, hauchte Helene und legte dann auf.

Sie wischte sich die Tränen von den Wangen, ging ins Bad und richtete sich her. Anschließend nahm sie den Mantel von der Garderobe, griff nach ihrer Handtasche und machte sich auf den Weg zum Krankenhaus. Ein Fußweg von nicht mehr als fünfzehn Minuten lag vor ihr.

Ihre Wohnung, die sie nun seit geraumer Zeit allein bewohnte, lag in einer zentralen, aber doch ruhigen Gegend. Im selben Mehrfamilienhaus lebten auch Helga Patrizia und ihr Mann Helmut.

Sie standen sich noch immer sehr nah, und auch mit ihrem Schwiegersohn verband sie ein freundschaftliches Verhältnis. Sie ließen sich gegenseitig viel Freiraum, und doch konnte Helene ihrer Tochter vieles abnehmen, was sie in ihrer knappen Freizeit nicht bewältigte.

Seitdem sie selbstständig war, blieb ihr noch weniger Zeit für Einkäufe oder auch für regelmäßige Mahlzeiten. So half sie gerne, und Helga nahm dankbar jede Hilfe an. So langsam hatte sie sich mit ihrem Schönheitssalon einen Namen gemacht. Ihre Kundinnen, durchweg Damen, deren Ehemänner zu den oberen Schichten der Gesellschaft zählten, reichten die Adresse als Geheimtipp unter ihren Freundinnen weiter.

Helene war sehr stolz auf ihre Tochter. Sie war zu einer Schönheit erblüht und noch immer sehr zartgliedrig, sogar in der Schwangerschaft.

Kein Wunder, dass Helmut sie damals, als er die Sechzehnjährige zum ersten Mal erblickte, nicht mehr aus den Augen ließ. Mit seinen einundzwanzig Jahren hatte er auch schon die nötige Erfahrung, um ein Mädchen wie Helga, die sehr behütet groß geworden war, zu erobern.

Er zeigte sich charmant, zuvorkommend, großzügig und hatte ein gewandtes Auftreten. Außerdem war er eine blendende Erscheinung. Strebsam arbeitete er sich zügig nach oben.

Helene hatte nicht das Geringste dagegen. Er schien ihr der geeignete Partner für ihre Tochter zu sein. Jemand, auf den sie sich verlassen konnte, der für Helga da sein würde, wenn sie selbst eines Tages für immer gehen müsste.

Ihre anderen Kinder hatten alle ein eigenes Nest aufgebaut. Sie brauchten sie nicht mehr. Marianne, das kleine Annchen von damals, war ihrem Mann ins Hessische gefolgt.

Kurt und Joachim waren der Zeche treu geblieben, Fritz hatte dem Vater als Dachdecker nachgeeifert. Er lebte in der Kreisstadt und hatte Aussicht, eines Tages den Betrieb seines kinderlosen Arbeitgebers zu übernehmen. Alle Kinder waren „gut" verheiratet. Helene war zur Ruhe gekommen.

Der Kontakt zu Hans Schlegel war eher spärlich. Helga bemühte sich, ihn zu halten, auch wenn es schwierig geworden war. Schließlich war er ihr Vater, redete sie sich immer wieder gut zu.

Nachdem Hans schließlich geheiratet hatte und in der Folge zwei Kinder aus dieser Ehe hervorgingen, wurden die Besuche allerdings eher zu einer Tortur. Deutlich ließ Hans sie spüren, dass nun ihren Halbgeschwistern die Aufmerksamkeit gebührte. Sogar bei den Geschenken zu Weihnachten oder Geburtstagen machte er sich nicht einmal mehr die Mühe, den Unterschied zu vertuschen.

Er sah seine fürsorgliche Aufgabe seit Helgas Volljährigkeit als beendet an. Dass er weiterhin den „Vater" spielen musste, hatte er nicht bedacht.

Die Zahlungen des Unterhalts waren eingestellt. Nun gab es zwar für die außerordentlichen Leistungen wie Geschenke noch eine Zuwendung, die er aber gleichzeitig für seine leiblichen Kinder nutzte.

Immerhin konnte er Eugen dazu bewegen, ihm zusätzlich für seine unbequemen Dienste als Vater, eine gewisse Entschädigungssumme zukommen zu lassen. Wie zum Beispiel für die Einladungen, die er aussprechen musste, um Helga und später sogar ihren Mann an seinem Tisch zu bewirten.

Außerdem war es für ihn als redlichen Mann besonders mühsam, jedes Wort, das er aussprach, zu bedenken, um nicht doch noch Eugens Geheimnis unbeabsichtigt zu verraten.

Prinz Eugen hatte nur zu gut den Wink verstanden und war gewillt, auch in Zukunft für das Schweigen zu zahlen.

Helene hatte inzwischen das Krankenhaus erreicht. Sie stieg langsam die Treppe empor. Der typische Geruch nach Desinfektionsmitteln und eingesperrter Luft begleitete sie ins obere Stockwerk.

An der großen Tür zur Intensivstation machte sie Halt und betätigte die Klingel. Kurze Zeit später schaute eine Krankenschwester durch den Türspalt. »Ja, bitte?«

»Ich möchte zu Helga Schuster, sie ist meine Tochter.«

»Kleinen Augenblick, bitte. Ihr Mann ist noch dort. Ich werde ihn fragen, ob er schon gehen möchte. Es darf immer nur eine Person zu ihr.« Schon verschwand die Pflegerin und die Tür wurde geschlossen.

Nicht lange danach verließ Helmut die Station. Sein Gesicht war blass und müde.

»Du kannst zu ihr, Mama.«

Fragend schaute sie ihn an, doch er schüttelte als Antwort nur den Kopf. Im Vorbeigehen ergriff er ihre Hand und drückte sie einmal kurz, aber sein Blick erreichte sie nicht.

»Hast du schon deinen Sohn gesehen, Helmut?« Helenes Frage hielt ihn kurz auf.

»Nein! Das kann ich nicht! – Ich will ihn mit ihr gemeinsam sehen oder gar nicht.«

»Helmut!« Bestürzung schwang in diesem Aufruf.

»Lass‘ mich, Mama. – Geh‘ zu ihr!«

Helene schaute ihm noch nach, dann bog er um die Ecke in den nächsten Gang.

Außer zu ihrem eigenen Schmerz und ihrer Angst, empfand sie nun auch noch großes Mitleid für ihren Schwiegersohn.

Sie straffte sich und klingelte nun wieder an der Tür. Eine andere Schwester öffnete ihr diesmal und bat sie einzutreten.

»Sie müssen hier diesen Kittel überziehen und einmal damit die Hände desinfizieren.« Sie goss Helene einen Spritzer Flüssigkeit aus einer Flasche über die Handflächen. »Verreiben Sie das Mittel sorgfältig in Ihren Händen.«

»Bitte, wie geht es meiner Tochter?« Schüchtern stellte sie die Frage.

»Darüber darf ich Ihnen keine Auskunft geben, aber in Kürze kommt der Arzt zur Visite, dann können Sie ihn fragen.«

»Wissen Sie denn etwas über meinen Enkel?«

»Auch das müssen Sie den Doktor fragen, tut mir leid.«

Die Schwester sprach sie nüchtern und distanziert an.

Helene sank immer mehr in sich zusammen. Kaum wagte sie die letzte Frage zu stellen: »Wie…? Wo finde ich meine Tochter?«

»Kommen Sie! Ich bringe Sie zu ihr.«

Erst jetzt fielen Helene die unterschiedlichen Pieptöne auf, die aus den verschiedenen Räumen durch die geöffneten Türen drangen.

Die Schwester schritt zügig durch den Flur, und Helene hatte Mühe mitzukommen. Gleich in der Nähe der Tür stand Helgas Bett.

Eine spanische Wand aus Stoff trennte sie offenbar von einer anderen Patientin, die an der Fensterseite untergebracht war.

Und da lag sie nun, ihre Helga. Blass, das dunkle Haar umrahmte ihr zartes Gesicht. Schläuche versorgten ihren Körper mit Notwendigem. Schräg hinter ihr stand ein Gerät und zeichnete etwas auf, das Helene nicht verstand.

Die Schwester schaute nun doch mitleidig auf Helene. Sie war selbst Mutter einer erwachsenen Tochter. Normalerweise ließ sie solche Gefühle nicht zu. Sie würden sie bei dieser Arbeit auf der Intensivstation zermürben. Doch diesmal rührte sie dieses Bild. Sie fühlte die Angst, die Hilflosigkeit sowie die unendliche und selbstlose Liebe.

»Nehmen Sie hier auf dem Stuhl Platz. Ihr Schwiegersohn hat noch gerade dagesessen. Sie können ihre Hand halten. Vielleicht spürt sie es und bekommt Kraft und Lebenswillen. Erzählen Sie ihr, dass sie ein Kind bekommen hat, einen Sohn.«

Dankbar schaute Helene die Schwester an, überrascht über deren Sinneswandel. Der Stuhl stand dicht an Helgas Bett, und so stützte sie dort ihren Unterarm ab, während sie Helgas schlaffe Hand in ihre nahm. Immer wieder streichelte sie über die zarte Haut, nahm jeden Finger deutlich wahr.

Dabei erinnerte sie sich, wie sie ihre Tochter in einer dramatischen und überstürzten Hausgeburt zur Welt gebracht hatte. Fast wäre sie ihr damals schon entglitten. Dann die

Unterkühlung, als der Kinderwagen in den Teich gerollt war, und sie mit ihrer völlig durchnässten Tochter den Weg nach Hause hasten musste.

Und schließlich noch die Drohung des Prinzen Ernst Ludwig, Karl Eugens habgieriger Bruder und Verwalter der gesamten Güter der Familie von Wegen. Diese Drohung blieb ihr für alle Zeit im Gedächtnis.

Jahre später, Helga war bereits in der Ausbildung, hatte Eugen noch einmal einen Annäherungsversuch unternommen.

Noch immer versuchte er sich seinen sehnsüchtigen Wunsch, mit Helene und seiner Tochter zusammenzuleben, zu erfüllen. Viele Jahre hatten sie schadlos überstanden. Jetzt endlich meinte er, eine sichere Lösung gefunden zu haben. In England, so glaubte er, könnten sie gefahrlos leben. Von dort aus konnte er sogar schnell zurück zu seinem Domizil, wenn gesellschaftliche Pflichten es erforderlich machten.

Doch Helene wagte es nicht. Noch immer fürchtete sie um ihr Leben, auch wenn Eugen sich nicht offiziell zu ihnen bekennen würde.

Und außerdem war da auch schon Helmut in das Leben ihrer Tochter getreten. Helgas große Liebe. Sie hätte die beiden nicht auseinanderreißen können.

Helene reiste weiter zurück in die Vergangenheit und empfand noch immer ein Schaudern in Erinnerung an die Hypnose.

Ein Eingriff in den Geist ihrer Tochter, der nicht ohne Folgen geblieben war. Sie war in ihrer Entwicklung nicht nur zurückgeworfen worden, sondern auch zusätzlich gehemmt. Ein Teil ihres Bewusstseins lag für immer im Dunkeln und der Zugriff war verhindert.

Die enorme Sehschwäche, die schon kurze Zeit später erkannt wurde, konnte erst sehr viel später durch eine Operation ausgeglichen werden.

Dagegen brachte der Eingriff, der ihr Gehör wiederherstellen sollte, nicht den gewünschten Erfolg, und so verdeckte sie mit ihrem langen Haar die notwendigen Hörgeräte.

Sie alle hatten gelernt, mit diesem Handikap umzugehen. Doch das schlechte Gewissen blieb Helene erhalten.

Nach und nach baute sich Helgas Selbstsicherheit wieder auf, und als sie dann schon früh ihr Talent entdeckte, in Frauen deren Typ zu erkennen und durch Kosmetik, Makeup sowie Frisuren- und Kleidung hervorzuheben, machte sie es zu ihrem Beruf. Zusätzlich konnte sie mit ihren sensiblen Händen Verspannungen auflösen.

Und nun war sie sogar schon seit zwei Jahren selbstständig, und der Strom der neuen Kundinnen wollte nicht abreißen.

Seit einem Jahr hatte sie schon eine Angestellte, und damit sie Zeit für ihr Baby haben würde, wollte sie noch zusätzlich jemanden einstellen.

Einige Jahre schon hatte sie versucht ein Kind zu bekommen. Drei Fehlgeburten musste sie erleiden. Dreimal musste sie durch das tiefe Tal der Trauer gehen, und immer wieder war sie aufgestanden und hatte weitergemacht. Nie den Mut verloren, Zuversicht im Herzen bewahrt.

Zugegeben, ihr Leben hatte danach turbulente, ja fast wilde Ausmaße angenommen. Alles, was die Mutter ihr in jungen Jahren an Tanzvergnügen, Partys und Ausflügen mit Freunden versagt hatte, holte sie jetzt nach. Gemeinsam mit ihrem Mann, der ebenso Gefallen daran hatte. Als sie in der Gesellschaft aufstiegen, wurde es noch schlimmer. Es schien, als gäbe es für sie keine Grenzen mehr.

Sie selbst hatte es mit Besorgnis beobachtet, doch gleichzeitig als „Ausgleich“ zu der anstrengenden Arbeit rechtfertigt. Wenn erst das Kind da ist, so dachte sie, wird sich das von alleine geben.

Doch nun lag sie hier, wachsbleich und ohne Bewusstsein.

Ob sie es erleben dürfte, ihren Sohn aufwachsen zu sehen?

Helene rannen die Tränen lautlos über die Wangen. Wenn nicht, was dann? Wer ersetzte dem Kind die Mutter? Und was war dann mit Helmut? Würde er es annehmen? Oder würde er es verstoßen?

»Lieber Gott, ich flehe dich an. Nimm diesem kleinen Wesen, das nun endlich auf deine Welt gekommen ist, nicht das Wichtigste, was ein Kind braucht, die Mutter. Ich bitte nicht für mich, Herr, ich werde nicht mehr so lange hier sein. Ich bin jederzeit bereit, zu dir zu kommen. Ich bitte für den kleinen Jungen und für Helmut, seinen Vater. Zeig ihm deine Gnade. In Jesus Namen bitte ich dich. Amen!« Helene sprach diese Worte leise aus. Danach fühlte sie sich ruhiger. Hoffnung kehrte in ihr Herz ein.

»Sind Sie die Mutter?« Unbemerkt war der Doktor ins Zimmer getreten.

»Ja.« Sie drehte sich zu ihm herum.

»Würden Sie bitte einen Augenblick draußen warten? Ich muss nach Ihrer Tochter sehen, und anschließend möchte ich Sie sprechen.«

Helene erhob sich und verließ den Raum. Im Flur lehnte sie sich an die Wand und schloss für einen Moment die Augen. Das Herz klopfte ihr bis zum Hals.

Kurze Zeit später kam der Arzt schon mit wehendem Kittel auf sie zu. »Kommen Sie! Wir gehen in mein Büro. Dort können wir ungestört reden.«

Er wartete erst gar nicht ab, dass sie ihm folgte, sondern ging federnden Schrittes lautlos in seinen Gummischuhen an ihr vorbei.

Als sie das Zimmer betrat, saß er bereits abwartend hinter seinem Schreibtisch. »Schließen Sie bitte die Tür«, forderte er sie auf.

Helene gehorchte und ging dann auf ihn zu. »Nehmen Sie Platz!« Er wies auf den Stuhl vor seinem Schreibtisch.

»Ich will offen und ehrlich zu Ihnen sein« begann er, noch ehe Helene saß. »Die Situation ist noch immer sehr kritisch. Ihre Tochter hatte einen Herzstillstand, wie Sie bereits wissen. Sie muss eine ziemlich schwache Konstitution gehabt haben. Leider hatte sie schon Wehen bekommen, die wir mit Medikamenten unterdrücken mussten, da wir nicht sofort den Kaiserschnitt vornehmen konnten. Sie bekam zusätzlich kreislaufunterstützende Maßnahmen. Wir standen ziemlich unter Druck, denn die Gesundheit des Kindes stand ebenfalls auf dem Spiel.«

Helene richtete sich erschrocken auf. »Ist er … ist er behindert?«

»Nein, nein! Mit ihm ist alles soweit in Ordnung. Natürlich wird er noch genauer untersucht werden, doch wir hatten einen guten Eindruck. Sie können ihn auf der Säuglingsstation anschauen. Ich werde veranlassen, dass man Ihnen den kleinen Kerl am Fenster zeigt. Sagen wir mal … « Er schaute auf seine Armbanduhr. »In zwanzig Minuten? Dann haben Sie noch Zeit, sich von Ihrer Tochter zu verabschieden.«

»Vielen Dank, Herr Doktor. Ich muss Ihnen aber auch noch etwas sagen.« Überrascht blickte der Arzt auf.

»Ja, bitte?«

»Der Vater meiner Tochter ist auf dem Weg hierher aus München. Er wird wohl erst in der Nacht ankommen. Ich möchte Sie bitten, dass er seine Tochter noch mal sehen kann.«

»Nun, das ist natürlich schon ungewöhnlich, aber wenn er extra von so weit herkommen muss.«

»Ja, wir – wir leben nicht zusammen.« Helene schaute verlegen auf ihre gefalteten Hände im Schoß.

»Dann werde ich alles Notwendige veranlassen, dass man ihn hineinlässt. Wie ist denn sein Vorname, Frau Förster.«

»Sein Name ist Karl Eugen von Wegen. Wir haben nicht denselben Nachnamen«, fügte sie erklärend hinzu, als sie das Unverständnis auf seinem Gesicht erkannte.

»Außerdem muss ich Sie bitten, diesen Besuch für sich zu behalten. Nicht einmal meine Tochter, sollte sie noch einmal erwachen, darf davon erfahren.«

Der Arzt war nun sehr interessiert, doch irgendetwas hielt ihn davon ab, nach den näheren Umständen zu fragen.

„So, so, eine Liaison mit einem Adeligen." Er schaute Helene nun prüfend ins Gesicht.

„Sie muss mal eine Schönheit gewesen sein", gab er zu. „Ihre Figur war noch immer sehr ansprechend", stellte er fest, nachdem beide sich von ihren Plätzen erhoben hatten.

»Sie können sich auf mich verlassen, Frau Förster.« Er gab ihr die Hand. »Wenn sie diese Nacht übersteht, dürfte sie über den Berg sein. Beten Sie für sie. Das hier liegt nicht mehr in unserer Hand.«

Helene ging noch einmal zu Helga, um sich von ihr zu verabschieden. Sie wollte nicht in Versuchung geraten zu glauben, dass es ein Abschied für immer sein könnte. Sie konnte sich einfach nicht vorstellen, dass das Leben ohne Helga weitergehen sollte.

Die Säuglingsstation lag eine Etage höher.

Also ging sie erneut durchs Treppenhaus, um sich dann im Schwesternzimmer zu melden. Doch die Stimmen des Pflegepersonals kamen aus der „Teeküche“. Vorsichtig klopfte Helene gegen die Tür. Gelächter war von innen zu hören. Helene klopfte energischer. Diesmal wurde sie gehört.

Noch immer amüsiert schaute eine Schwester sie an. Innen ging die lebhafte Unterhaltung ungestört weiter. Dicke Rauchschwaden von Zigaretten waberten in den Flur.

»Mein Name ist Helene Förster. Man hat mir gesagt, ich dürfte meinen Enkel sehen, der heute mit Kaiserschnitt auf die Welt gebracht wurde.«

»Wie ist der Nachname?«

»Schuster! Der Junge heißt Schuster mit Nachnamen.«

Die Schwester beugte sich vor in den Flur hinein. »Gehen Sie mal da rüber. Sehen Sie die große Scheibe? Dort stellen Sie sich hin. Ich hole Ihren Enkel, und dann können Sie einen Blick auf ihn werfen.«

Helene stellte sich weisungsgemäß an das Fenster. Ein Vorhang versperrte noch die Sicht nach innen. Doch nun wurde er aufgezogen, und die Schwester hielt währenddessen ein kleines Bündel im Arm. Sie stellte sich direkt vor das Glas und hielt den Kleinen so, dass Helene ihn gut betrachten konnte.

Ihr Enkel! Es war nicht mal ihr erster Enkel, nein. Aber sie fühlte, dieser würde ihrem Herzen ganz nah sein. Sie erkannte tatsächlich Züge von Eugen in ihm. Die hohe Stirn, die teilte er mit seiner Mutter und auch das Kinn. Sogar die winzige Kerbe in der Nasenspitze. Ein hübscher und schon glatter Junge. Nicht so verknautscht wie ihre anderen Enkelkinder, die auf natürlichem Weg das Licht der Welt erblickt hatten.

Helene betrachtete zärtlich das neue Leben.

Die Säuglingsschwester machte mit Handzeichen deutlich, dass sie das Kind nun wieder ins Bett zurückbringen würde.

Helene nickte, und als sich der Vorhang wieder schloss, wandte sie sich ab und trat versonnen ihren Heimweg an.

***

»Mein Name ist Karl Eugen von Wegen. Ich möchte zu meiner Tochter. Man müsste mich angekündigt haben«, sprach der Prinz in das rechteckige Gitter der Gegensprechanlage, das neben der Nachtglocke installiert war.

Es knackte darin, und der Pförtner antwortete: »Wie ist der Name Ihrer Tochter?«

»Helga Schuster. Sie müsste auf der Intensivstation liegen.«

Nun raschelte es durch den Lautsprecher, scheinbar überprüfte der Portier die Papiere, auf denen er die Anweisung suchte. »Richtig! Hier steht es. Ich öffne jetzt die Tür. Sie müssen dagegen drücken.«

Gleich darauf war ein Summen zu hören, und Eugen konnte den schweren Seitenflügel aufstoßen. Er betrat die große Eingangshalle. Links in einer Kanzel, die komplett mit dicken Scheiben abgeschirmt war, saß der Diensthabende. Eugen ging auf ihn zu. »Guten Abend. Wo bitte, finde ich die Intensivstation?«

»Sie können dort drüben den Aufzug nehmen und in die erste Etage fahren, dann nach rechts abbiegen und im nächsten Gang nach links. Dann immer geradeaus den Flur entlang. Es gibt aber auch Hinweisschilder.«

Eugen bedankte sich und ging zügig direkt zum Personenaufzug.

Der Portier sah dem hochgewachsenen Mann nach. „Was nützt ihm sein schöner eleganter Mantel, der sicher sehr teuer gewesen war und die edlen ledernen Handschuhe, wenn dort oben ein geliebter Mensch mit dem Tode ringt“, dachte der Mann. „Da sind wir doch letztendlich alle gleich.“

Eugen klingelte an der Tür, und die Nachtwache erschien.

»Herr von Wegen? Ich bin informiert. Kommen Sie herein.«

Sie sprach gedämpft, um die schlafenden Patienten nicht zu stören. Wortlos hielt sie ihm den Kittel hin, damit er ihn überstreifen konnte.

Dann goss sie ihm das Desinfektionsmittel über die Hände. Eugen handelte fast nachtwandlerisch. Die lange Fahrt hatte ihn ermüdet. Diesmal saß er selbst am Steuer. Er wollte allein sein. Ganz allein. Zumal er mit dem Nachfolger von Anton Reinhold, seinem ehemaligen Chauffeur, nie das Vertrauensverhältnis hatte aufbauen können, das ihn mit Anton verband. Er vermisste ihn. Anton, der nun, in die Jahre gekommen, mit seiner Frau in die Nähe des Stammschlosses und die seines Sohnes gezogen war, der dort traditionsgemäß die Stellung des Chauffeurs übernommen hatte.

So hatte Walter Degen die Stelle übernommen und lenkte seitdem die neue Limousine von Prinz Eugen. Er war ein fantastischer Fahrer, deutlich jünger als er selbst, aber, …, wie sollte man es ausdrücken? Eben eine andere Generation. Oberflächlicher? Unsensibler? Vielleicht aber auch einfach nur distanzierter.

Als die Krankenschwester sah, dass Karl Eugen bereit war, ging sie wortlos bis zu Helgas Zimmer vor ihm her, in dem diese nun alleine lag.

Ihre Mitpatientin hatte man zum Abend auf eine andere Station verlegt.

Die Schwester wies auf den Stuhl, der an der Wand stand. »Sie können ihn hier ans Bett stellen. Ich lasse Sie jetzt allein.«

Eugen tat, wie man ihm geraten hatte. Ganz dicht setzte er sich an das Bett. Stumm betrachtete er seine Tochter. »Meine kleine Prinzessin.« Zärtlich und voll väterlicher Liebe sprach er diese Worte aus, die er damals immer zu ihr gesagt hatte. In seinem Augenwinkel blitzte eine Träne.

Er nahm ihre Hand und führte sie an seine Lippen. Von ihm unbemerkt, zuckten Helgas Lider. »Wie sehr habe ich dich vermisst und wie unendlich leid tut es mir, dass du auf deinen wahren Vater verzichten musstest. Nur gut, dass du es nicht weißt. Zu deinem eigenen Schutz musste ich so handeln. Dadurch ist mir die Freude versagt geblieben, dich aufwachsen zu sehen. Dir das Leben zu bieten, das dir eigentlich zugestanden hätte.« Eugen schaute unentwegt auf ihre Hand, mit leerem Blick. Endlich konnte er aussprechen, was ihn all die Jahre gequält hatte. »Aber eines musst du mir glauben! Ich habe dich immer gewollt. Vom ersten Augenblick an habe ich dich gewollt. In Gedanken bin ich jeden Tag bei dir. Schon morgens, wenn ich wach werde, frage ich mich, wie es dir wohl gehen mag? Meine Liebe zu dir war und ist immer mit dir. Das Einzige, was ich bis jetzt für dich tun konnte, ist, über dich zu wachen.«

Die kleine Hand zuckte plötzlich in seiner großen. Aufgeschreckt blickte Eugen nun deutlicher auf die Hand.

Hatte sie ihn vielleicht wahrgenommen?

»Weißt du noch, wie wir beide auf dem Schloss zu den Pferden gegangen sind? Kannst du dich noch erinnern? Oder wie wir nach Italien gefahren sind? Wie du kleiner Naseweis mir am Kolosseum erzählt hast, dass es bei dir zu Hause auch noch Häuser gäbe, die so kaputt aussähen, das käme vom Krieg?« Helgas Hand bewegte sich ganz wenig. Angestachelt redete er weiter, was ihm so gerade einfiel: »Als wir am Brunnen di Trevi waren, und ich dich aufforderte, ebenfalls einen Groschen hineinzuwerfen, sagtest du, während du dir die Münzen im Wasser anschautest, ganz ernsthaft: Man wirft kein Geld ins Wasser. Kannst du dich entsinnen?«

Wieder zuckte die Hand. Eugen stand auf, und so bemerkte er auch die Bewegung der Augen unter den geschlossenen Lidern.

»Und dann das Meer, das blaue Meer und der Sand unter deinen Füßen. Fühlst du noch den warmen Sand unter deinen Füßen? Du wolltest immer ein Eis von dem hübschen Eisverkäufer, dem Jungen mit den dunklen Locken, der das Eis direkt am Strand verkaufte. „Mario“ hieß er. Ich glaube, du warst sogar ein wenig in ihn verliebt. Weißt du noch, meine kleine Prinzessin?«

Immer hastiger sprach Eugen. Immer aufgeregter beobachtete er die Regung seiner Tochter. Er beugte sich zu ihr herab und streichelte ihre Wange.

In diesem Augenblick öffnete sie die Augen. Der Ausdruck darin schien entrückt, doch dann, so nach und nach, klärte sich ihr Blick.

Gebannt beobachtete Eugen seine Tochter. Sie wirkte auf ihn, als käme sie von weit her. Das Leuchten des Erkennens verbreitete sich über ihr Gesicht. »Papa!« Ganz schwach, eher ein Hauch war dieses Wort, doch er vernahm es ganz deutlich.

»Ja, meine Kleine.« Tränen der Erleichterung rannen über seine Wangen, doch die sah sie schon nicht mehr. Erschöpft, aber entspannt schloss sie wieder die Augen.

»Schlaf, mein Kind! Schlaf dich gesund!« Vorsichtig legte er ihre Hand ab und eilte so leise er konnte zur Tür.

Während er sich die Wangen trocknete, schritt er zügig zum Schwesternzimmer. »Schwester! Schnell! Kommen Sie! Meine Tochter hatte die Augen kurz geöffnet und „Papa“ gesagt.«

Die Nachtwache sprang von ihrem Stuhl auf und stürmte voraus. Ein Blick auf die Überwachungsgeräte, und sie drehte sich lächelnd zu ihm um.

»Herzlichen Glückwunsch! Mehr darf ich noch nicht dazu sagen, aber ich werde sofort nach dem Arzt rufen, und dann können Sie mit ihm reden, sobald er Ihre Tochter untersucht hat. Es ist aber besser, wenn Sie hier draußen warten. Ihre Tochter braucht jetzt absolute Ruhe.«

***

Endlich war Helene in einen leichten Schlaf gefallen. Unruhig hatte sie sich hin und her gewälzt. Immer und immer wieder hatte sie gebetet, doch diesmal wollte die Angst nicht von ihr weichen.

Als sie vom Krankenhaus nach Hause gekommen war, ging sie als erstes in die obere Etage, wo ihre Tochter und ihr Schwiegersohn wohnten. Dort klingelte sie an der Wohnungstür. Schlurfende Schritte kündigten Helmut an. Die Tür wurde einen Spalt breit geöffnet.

Helene erkannte sofort, dass Helmut getrunken haben musste. Sein Gesicht war gerötet und die Haare unordentlich. »Gibt es was Neues?« Beängstigt schaute er sie mit einem starren Blick an.

»Nein. Ich wollte auch nur fragen, ob ich etwas für dich tun kann.«

»Nein, kannst du nicht. Gute Nacht!« Er war derart mit der Situation überfordert, dass er schroff und abweisend war. Er machte offensichtlich jeden für diese Lage verantwortlich, der ihm gegenüberstand.

»Helmut. Das ist jetzt keine Lösung. Was ist, wenn du heute Nacht zu ihr gerufen wirst. Willst du dann so dort erscheinen? Mit einem Alkoholatem?«

»Lass mich in Ruhe, Mama. Ach, lasst mich doch alle in Ruhe!« Seine Zunge wollte ihm nicht mehr richtig gehorchen. Sogleich knallte die Tür zu, und Helene blickte entmutigt auf das Namensschild aus Messing. „Helmut und Helga Schuster". Aufseufzend drehte sie sich um und stieg die drei Etagen wieder hinab zu ihrer eigenen Wohnung im Parterre.

Dort zwang sie sich, eine Kleinigkeit zu essen, damit sie bei Kräften blieb. Wer weiß, was noch alles auf sie zukäme?

Sie schaute zur Uhr und rechnete die ungefähre Uhrzeit aus, an der Eugen das Krankenhaus erreichen würde.

Eugen. Wie er jetzt wohl ausschauen würde? Noch immer setzte ihr Herz einen Schlag lang aus, wenn sie an ihn dachte und ihn vor sich sah.

Sie stellte sich, wie schon so oft vor, dass sie sich mit ihm unsichtbar verbinden würde. Ähnlich wie bei einer Telefonleitung. In solchen Augenblicken fühlte sie sich mit ihm verschmolzen und meinte zu spüren, was er gerade empfand.

Sie sah im Geiste seinen Blick, den sie so unglaublich geliebt hatte. Diesen Blick, der ihre eigene Liebe widerspiegelte. In solchen Momenten kam sie sich um keinen Tag gealtert vor, seit damals. Die wohlige Schwäche, die sie im Gefühl der Erinnerung erfüllte, machte sich für einen ganz kurzen Augenblick breit.

Was würde er im Krankenhaus vorfinden? Würde er mit dieser Situation umgehen können? Seine Tochter an der Schwelle des Todes zu sehen. Sie litt mit ihm.

Schließlich raffte sie sich auf und bereitete sich für die Nacht vor.

Die Schlafzimmertür ließ sie diesmal weit geöffnet, damit sie das Klingeln des Telefons, das im Flur auf einem Tischchen stand, auch ganz sicher nicht überhören könnte. Inständig hoffte sie, dass es schweigen würde, und dass das Krankenhaus sie mit einer schlechten Nachricht verschone.

Sie schreckte aus dem Schlummer auf. Ihr Herz raste. Sie lauschte in die Dunkelheit. Nein! Das Telefon klingelte nicht. Aber irgendetwas musste sie doch geweckt haben.

Der schrille Klang ihrer Türklingel ertönte.

Also doch! Das Klingeln war es gewesen. Schnell stieg sie aus dem Bett, ergriff ihren Morgenmantel und schlüpfte hinein, während sie bereits zur Tür eilte.

Vielleicht hatte man bei Helmut angerufen, und er stand jetzt im Flur. Sie zitterte wie Espenlaub, sah durch den Türspion, doch im Treppenhaus herrschte Dunkelheit. Nur die Straßenlaternen warfen ein schwaches Licht durch die Glasbausteine.

Erneut schlug die Klingel an und diesmal wurde sie deutlich länger betätigt. Gleich neben der Wohnungstür befand sich die kleine Gegensprechanlage, die mit der Haustür verbunden war.

»Ja, wer ist da?« Helene war die Spannung deutlich anzumerken.

»Ich bin es, Eugen. Lass mich bitte herein. Ich habe eine gute Nachricht für dich.«

Ohne sich lange darüber Gedanken zu machen, woher Eugen ihre Adresse hatte, betätigte sie den Türöffner.

Sofort ertönte das Surren, und Eugen öffnete die Eingangstür. Helene stand am Ende des Flures und sah ihm erwartungsvoll entgegen.

Dabei versuchte sie noch schnell, ihre vom Schlaf verwirrten Haare ein wenig zu richten. Im Nu stand er auch schon vor ihr. Er hatte noch immer die gleiche Wirkung auf sie wie damals. Gut sah er aus, wenn auch die Müdigkeit Spuren in sein Gesicht gezeichnet hatte.

Seine Augen waren lebhaft und noch immer war dieser gewisse Ausdruck in ihnen. Ihr wurde ganz schwach zumute.

»Komm Liebes, lass uns hineingehen. Du siehst aus, als würdest du jeden Moment …« „umfallen“ hatte er sagen wollen, doch noch im letzten Augenblick hielt er sich zurück.

Das waren ganz sicher nicht die Worte, die eine Frau hören wollte.

Er schob sie nun kurzerhand hinein, drückte die Tür hinter sich zu und nahm sie einfach in die Arme. Es war, als hätten sie sich nie getrennt. »Patrizia ist über den Berg. Helene, sie schafft es! Ich musste einfach kommen und es dir sagen.«

Aufatmend lehnte sie sich an ihn. Dann löste sich die Anspannung und sie weinte. Eugen stand dort wie ein Fels in der Brandung. Glücklich, sie halten zu dürfen. Sacht küsste er immer wieder ihr Haar, während seine Arme sie schützend und stärkend umfingen.

Nach einer kleinen Weile, als sich der Gefühlsausbruch gelegt hatte, bestätigte er noch mal: »Unser Kind wird wieder gesund. – Ich kann noch gar nicht glauben, dass ich nun Großvater bin.«

»Hast du ihn gesehen?«

»Ja, die Nachtschwester hat ihn mir am Fenster gezeigt. Sie machten eine Ausnahme, weil ich doch schon wieder zurückfahren muss. Der Doktor hatte es für mich in die Wege geleitet, nachdem wir miteinander gesprochen hatten.« Dass er mit dem Arzt ausgemacht hatte, über alle Veränderungen informiert zu werden, verschwieg er vorsichtshalber. Er wollte sie nicht wieder beunruhigen.

»Ich will ja nicht angeben, aber ich glaube, er kommt nach mir.« Stolz und glücklich reckte er sich in die Höhe. Helene strahlte ihn an. »Ja, das tut er. Das ist mir auch schon aufgefallen.« Plötzlich machte sie sich los von ihm.

»Aber ich – ich muss ja schrecklich aussehen.« Schon wollte sie sich abwenden, doch er hielt sie fest.

»Wunderschön! Du siehst wunderschön aus. Nach wie vor.«

Sacht zog er sie wieder zu sich heran, und sie ließ es geschehen. Alle Sehnsucht, aller Schmerz lagen in diesem Kuss. Sie hielten sich umfangen, als wollten sie sich nie wieder loslassen und wussten doch ganz genau, dass sich dies wohl nie mehr wiederholen würde.

»Bitte, schick mich heute Nacht nicht weg«, raunte er an ihrem Ohr. »Ich muss auch noch ein wenig schlafen, bevor ich zurückfahre.«

Lächelnd entwand sie sich seiner Umarmung.

»Ich sollte meinem Schwiegersohn noch Bescheid geben, dass es Helga bessergeht.«

Sie nahm den Telefonhörer ab und wählte seine Nummer. »Helmut, reg dich nicht auf. Ich bin es. Es geht Helga besser. Sie ist über 'n Berg, Helmut. – Ja, ich habe Nachricht aus dem Krankenhaus bekommen. – Ich weiß nicht, warum man dich nicht informiert hat. Vielleicht hast du das Telefon gar nicht gehört?«, flunkerte sie und sah Eugen dabei entschuldigend an. Wie hätte sie sonst reagieren sollen? »Nun schlaf gut, mein Junge. Jetzt wird alles gut. Ja, danke. Bis morgen.« Erleichtert legte sie den Hörer zurück auf die Telefongabel.

***

Stunden zuvor, nachdem Helene am Vortag bedrückt das Krankenhaus betreten hatte, machte sich ebenfalls ein Mann langsam auf den Weg zum Informationsschalter.

»Guten Tach, Meister. Können Sie mir sagen, wo Helga Schuster liegt?« Der Suchende lümmelte sich auf die Ablage vor dem geöffneten Fenster. Der Pförtner blieb gelassen. Er hatte genug Erfahrung mit den unterschiedlichsten Besuchern und Patienten.

Dieser junge Mann gehörte zu der Sorte, die man besser nicht reizen sollte. So schaute der Angestellte in seinen Unterlagen einfach nur nach. Dann schaute er den Fragenden streng an. Er hatte seine eigenen Methoden, mit solchen Burschen umzugehen.

»Sind Sie ein enger Verwandter?« Der Angesprochene richtete sich auf und ging sofort in die Defensive: »Was soll die Frage? Was geht Sie das an? Ich will die Helga nur besuchen.«

»Regen Sie sich mal nicht so auf, junger Mann. Hier steht, …« und damit deutete er auf seine Unterlagen, »dass sie nur von den engsten Angehörigen besucht werden darf. Sie liegt auf der Intensivstation.«

»Ach sooo! Nee, nee. Ich bin nur ein Kumpel von ihr. Mehr nicht. Dann mal „nix für ungut“, Meister.« Er konnte ein schiefes Grinsen nicht ganz unterdrücken. Tippte grüßend mit dem Zeigefinger an die nicht vorhandene Kappe und ging wieder nach draußen.

Dort suchte er die nächste Metzgerei auf und kaufte sich zwei Frikadellen und ein gebratenes Kotelett. Beim Bäcker zwei trockene Brötchen und eine Flasche Cola.

„Das wird eine lange Nacht“, dachte er und schlug jetzt schon bei dem Gedanken den Kragen der „Bomberjacke“ nach oben. Damit fühlte er sich wie James Dean, sein großes Vorbild. Er hätte diese Jacke gerne stilecht in Rot getragen, doch das wäre bei seinem „Job“ einfach zu auffällig.

Sein Kollege Paul, genannt Paule, hatte ihm davon abgeraten. Nun, Paule musste es ja wissen, denn er war schon länger im „Geschäft“ als er. Ein ganz harter Bursche war der, dachte Fluppe. Das war sein Spitzname, weil er alle Freunde mit den Worten: »Hast‘e mal ´ne Fluppe?«, nach einer Zigarette anschnorrte. Seinen richtigen Namen wusste er selber schon fast nicht mehr. War auch besser so.

Wer hätte schon Respekt vor einem „Hans-Dieter“? „Fluppe“ ja, dieser Ruf eilte ihm schon voraus. Alle kannten und nannten ihn nur so. Ob beim Boxtraining oder in der Disco.

Wie James Dean sah er allerdings wirklich nicht aus. Eher wie Kater Karlo, die Comicfigur bei Micky Maus.

Und ein wenig wie dieser Kater verhielt er sich auch. Doch für die Aufgaben, die er erledigen musste, schlug er sich wacker. Außerdem war er mit schlechter Bezahlung zufrieden, und das wiederum gefiel Paule.

Für die brisanten Aufträge sprang Paule dann eben selber ein. Schließlich erwartete man von ihm Fingerspitzengefühl, Genauigkeit und wenn es darauf ankäme, Eiseskälte.

Doch solange das nicht an der Reihe war, ließ er eben Fluppe für sich arbeiten. Die Kundengespräche erledigte er auch lieber selber. Man wusste ja nie, was für einen Müll sein Handlanger erzählen würde. Oder verstehen. Der Hellste war er nun wirklich nicht.

Als Helene später ganz dicht an dem jungen Mann mit der Bomberjacke vorbeiging, bemerkte sie ihn nicht. Sie war viel zu sehr in ihren Gedanken und Gefühlen verstrickt.

Fluppe schaute auf die Uhr. Das Telefonat, in dem ihn Paule unterrichtet hatte, war noch nicht so lange her. Irgendwie musste er sich nun die Zeit vertreiben.

Er wühlte in seiner Hosentasche herum und zählte sein Kleingeld ab. Das würde gerade noch für einen Krimi-Schmöker reichen, den er sich am Kiosk in der Nähe des Krankenhauses kaufen konnte. So wäre ihm nicht langweilig und wer weiß, vielleicht konnte er daraus sogar noch etwas lernen.

Mit seinem jetzigen Auftrag fühlte er sich nicht ausgelastet. Er sollte nur den feinen Pinkel beobachten, sobald er ankam. Prüfen, ob er überhaupt ankam und herausfinden, was er anschließend machen würde, bis er wieder abfuhr. Dann Paule Bescheid geben und das war's.

Am nächsten Vormittag wurde folgendes Ferngespräch geführt:

»Die Taube ist flügellahm. Ob sie jemals wieder fliegen kann, ist fraglich. Sie wird intensiv in der Tierklinik behandelt. Außerdem ist der Hund von Zuhause abgehauen, wollte sich wohl die Taube ansehen. Danach ist er zum fremden Bau und hat dort die Nacht mit der Hündin zugebracht. Heute ist er dann wieder nach Hause.«

»Vielen Dank für die Information. Halten Sie mich auf dem Laufenden.«

Prinz Ernst Ludwig legte grinsend den Hörer auf.

„Das sind ja schöne Nachrichten. Sieh an, sieh an! Das Täubchen ist flügellahm und liegt auf der Intensivstation. Und der Hund kann es immer noch nicht lassen. Lässt keine Gelegenheit aus. Ha! Die muss ja eine tolle Nummer sein, diese Helene.“ Er rieb sich freudig die Hände.

„Vielleicht hat sich in Kürze das Problem ganz von selbst erledigt.“ Beschwingt ging er zu seiner Bar und schenkte sich vom besten Cognac ein, der sonst nur besonderen Anlässen vorbehalten war.

Er fühlte eine gewisse Befriedigung aufsteigen. Die vielen Jahre, in denen er Spitzel engagieren musste, hatten ein kleines Vermögen verschlungen.

Doch das war nichts gegen das Erbe, das er nach dem Ableben seines deutlich älteren Bruders erwartete, und das er unter allen Umständen schützen würde. So war er gezwungen diese Investition zu tätigen und dabei sehr vorsichtig zu sein.

Immer wieder die Agenturen austauschen und lächerliche Geheimsprachen am Telefon mit den Kontaktpersonen benutzen.

Als bekannte Persönlichkeit und Geschäftsmann musste er davon ausgehen, dass er ebenfalls überprüft und auch telefonisch abgehört wurde. Was er konnte, konnten andere immerhin genauso gut.

Als endlich die Abhöranlage an Helenes Telefon installiert war, musste er nur noch darauf warten, wann sie Kontakt zu Eugen aufnahm.

Erstaunlicherweise hatte sich viele Jahre seine Erwartung allerdings nicht erfüllt. Doch er war misstrauisch genug, als dass er es einfach auf sich beruhen lassen würde.

Er würde erst Ruhe geben, wenn das Vermächtnis in seine Hände gelangt war. Es war einfach zu wertvoll, als dass er es leichtfertig aufs Spiel setzen würde.

Doch je älter sein Bruder wurde, umso wahrscheinlicher war es, dass er doch noch nach einem Weg suchen würde, seiner Tochter das Erbe zu vermachen. Genau auf diese Möglichkeit musste er, Ernst Ludwig, vorbereitet sein.

***

»Hallo, mein Schatz. Wie geht es dir?« Helmut trat ganz vorsichtig an ihr Bett und wagte es nicht einmal, sie zur Begrüßung zu küssen.

»Ach – schon ganz gut, glaube ich. Der Doktor sagt, dass sie mich noch eine Nacht zur Beobachtung hierbehalten wollen, um ganz sicherzugehen, und dann darf ich auf die Entbindungsstation.«

Ihre Stimme klang noch immer äußerst schwach, und diese lange Rede hatte sie bereits über Gebühr strapaziert. Ermattet schloss sie die Augen. Doch nur kurz. Sie wollte Helmut weitere Sorgen ersparen.

»Ich habe dir einen großen Blumenstrauß mitgebracht, aber der steht nun im Schwesternzimmer. Du bekommst ihn dann wohl morgen auf der anderen Station. Hier sind Blumen nicht erlaubt. Aber das hier, das darf ich dir immerhin schon zeigen.«

Er zog etwas umständlich ein in Geschenkpapier verpacktes Schächtelchen aus seiner Jackentasche. Die riesige Blüte aus Schleifenband verbarg es fast vollständig.

»Was ist das?« Helga versuchte sich aufzurichten, doch sie schaffte es nicht. Ihr ganzer Oberkörper schmerzte bei jeder Bewegung. Sie fühlte sich, als sei sie unter eine Walze geraten.

»Das ist dein Hochzeitsgeschenk, mein Schatz. Herzlichen Glückwunsch zum zehnten Hochzeitstag, nachträglich. Denn eigentlich war er ja gestern, doch da warst du wohl mit der Geburt unseres Sohnes zu beschäftigt, als dass du daran denken konntest.«

Helmut entspannte sich so langsam bei dem Anblick seiner Frau, die dort so kränklich lag. Das war er von ihr gar nicht gewohnt. So hatte er eine Weile gefremdelt, doch nun trat sein üblicher Humor langsam wieder zu Tage.

»Oh, ja. Das stimmt. Das habe ich total vergessen. Entschuldige. Ich habe gar kein Geschenk für dich.«

»Doch, das hast du.« Seine Stimme wurde ein wenig unsicher, bei dem Versuch, seine wahren Gefühle zu unterdrücken. »Du hast mir einen Sohn geschenkt, aber das wichtigste Geschenk bist du selbst. Du bist zu mir zurückgekommen. Hast dich nicht „vom Acker gemacht“«, lachte nun Helmut schon wieder.

»Kannst du bitte das Päckchen für mich öffnen. Es fällt mir noch etwas schwer.« Seine Äußerung vorher hatte sie zwar nicht verstanden, aber sie war auch noch nicht in der Lage, das Rätsel zu lösen oder um Aufklärung zu bitten.

»Sicher.« Helmut fackelte nicht lange mit der Verpackung, sondern riss sie mit einem Ruck auf. Das Papier fiel zu Boden, während er den Deckel anhob und Helga hineinschauen ließ. Ein Anhänger in Form eines Herzens lag darin und funkelte ihr entgegen. Der eingearbeitete Brillant warf Lichtreflexe zurück.

»Oh, Helmut! Ist der wunderschön! Vielen Dank, mein Schatz.«

»Leider muss ich ihn wieder mitnehmen. Du bekommst ihn erst zu Hause. Nur vorsichtshalber! Damit du es dir nicht doch noch anders überlegst.« Helmut strahlte sie glücklich an.

»Hast du unseren Sohn schon gesehen, Helmut?«

Er blickte betreten zur Seite. »Nein. Ohne dich wollte ich ihn noch nicht sehen. Ich habe mir gewünscht, dass wir ihn uns gemeinsam anschauen«, fügte er schnell hinzu, als er sah, dass Helga ihn befremdet anschaute.

»Und du? Hast du ihn schon gesehen?«

»Ja. Sie haben ihn mir gleich heute früh gebracht. Du musst ihn dir unbedingt anschauen. Er ist wunderschön. Leider darf ich ihn nicht stillen. Wegen der Narkose vielleicht? Der Arzt will heute noch mit mir sprechen. Ich will mal eben nach der Schwester klingeln. Vielleicht bringen sie ihn.« Sie betätigte die Klingel, die auf ihrer Bettdecke lag. »Helmut?« Sie schaute verlegen auf ihre Hände.

»Ja, mein Herz?«

»Helmut, ich möchte, dass unser Sohn Mario heißt.«

»Na nu! Warum das denn? Wir hatten uns doch für Michael entschieden.«

»Du hast ihn doch noch nicht angemeldet, oder?« Ängstlich schaute sie ihn an.

»Nein, tatsächlich nicht. Ich wollte erst sichergehen, dass …« Er konnte den Satz nicht vollenden. »Aber wie kommst du denn auf den Namen „Mario“?

Sie überlegte ernsthaft. »Ich weiß es nicht. Er war auf einmal in meinem Kopf, und fühlte sich richtig an.« Plötzlich huschte ein Bild an ihrem geistigen Auge vorbei.

So schnell, dass sie sich anstrengen musste, um sich nur annähernd zu erinnern, was sie da gerade gesehen hatte.

Ein Junge von etwa zwölf Jahren, braungebrannt mit schwarzem lockigem Haar, reichte eine Eistüte über einen kleinen Eiswagen. „Was war das?“ fragte sich Helga. Doch da es wie eine blitzartige Erscheinung war, vermutete sie ein Trugbild, ausgelöst durch die Folgen der Narkose.

»Wenn es dein Wunsch ist, ich habe nichts dagegen.«

»Danke, mein Schatz.«

»Sie haben geklingelt, Frau Schuster?« Die Krankenschwester betrat das Zimmer, und schaltete an der Wand die Signallampe aus.

»Ja. Ich würde meinem Mann gerne unseren Sohn zeigen. Also, ich meine, ob es wohl möglich ist, dass wir ihn hier gemeinsam anschauen können?«

»Ich will mich erkundigen. Aber danach müssen Sie wieder gehen, Herr Schuster. Ihre Frau sieht ganz erschöpft aus. Sie braucht noch viel Ruhe.«

***

Noch am selben Morgen:

Helene schaute durch den Spion in ihrer Eingangstür. Dann öffnete sie diese einen Spalt breit und schaute prüfend in den Flur.

»Du kannst nun gehen, Eugen.« Sie wandte sich zu ihm um. Sein tiefer Blick versetzte ihr wieder einen Stromschlag durch ihren Körper. Sie schlug die Augen nieder, damit er ihren Abschiedsschmerz nicht sehen konnte. Gleich darauf hatte sie sich wieder in der Gewalt.

»Ich danke dir für alles.« Mehr konnte sie in diesem Augenblick nicht sagen.

Ihm dagegen fehlten die Worte. Er nahm ihre Hand auf und führte sie an seine Lippen. All seine Gefühle legte er in diesen Kuss.

Er wusste, würde er sie zum Abschied auf den Mund küssen, würde ihm die Kraft fehlen zu gehen. Sogleich schlüpfte er durch die Öffnung und machte sich eilig auf den Weg, während Helene langsam die Tür schloss.

Er hatte sich schon weit genug von der Wohnung entfernt, als sich der Fahrstuhl öffnete und Helmut herauskam.

Mit schnellen Schritten strebte er ebenfalls dem Ausgang entgegen. Eugen hielt ihm zuvorkommend die Tür auf und trat einen Schritt platzmachend zur Seite.

»Danke«, sprach Helmut automatisch, ohne den Mann dort wirklich wahrzunehmen und entschwand sogleich Eugens Blicken.

Er wollte für Helga einen großen Blumenstrauß besorgen und den Herzanhänger, den er in der Auslage beim Juwelier entdeckt hatte.

Eugen stand nun im Freien und verharrte einen Augenblick.

In ihm tobte noch der Sturm seiner Gefühle, der ihn blind für seine Umgebung machte.

Er musste ihn zunächst bändigen, um sich orientieren zu können. Die Erlebnisse der letzten Stunden hatten ihn fast aus der Bahn geworfen. Nicht nur der direkte Kontakt zu seiner Tochter, den er seit ihrer Kindheit vermisst hatte, auch die Angst um sie, machte ihm zu schaffen. Dann die Erleichterung. Zudem die Freude, dass sie ihn nach all den Jahren erkannt hatte. Gleichzeitig die Sorge, sie könne sich daran später erinnern. Ganz zu schweigen von der einzigartigen Nacht mit Helene. Eine fast verzweifelte Liebe, die sie sich gegenseitig immer wieder zeigten. Im Wissen, dass sich so etwas nicht wiederholen durfte. Die Gefahr durch Ernst Ludwig konnte man nicht ignorieren.

Er ging ein paar Schritte zum Nachbargebäude, in dem sich eine kleine Boutique befand und schaute stumpf ins Schaufenster.

So fand er Gelegenheit sich zu sammeln, ohne dass Passanten auf ihn aufmerksam wurden. Es dauerte eine Weile bis er begriff, dass er sich inmitten der Einkaufszone befand.

Am Ende des Häuserblocks würde er nach links abbiegen müssen, um den kleinen Parkplatz hinter dem Haus zu erreichen, wo er sein Fahrzeug abgestellt hatte.

Ansonsten war er bestens informiert über die Lebensbedingungen, Besonderheiten und somit auch über die Adresse von Helene und Helga.

Darum hatte er auch Helmut als „seinen Schwiegersohn“ erkannt, denn die Beobachter, die er gleich nach der Hypnose beauftragt hatte, unterrichteten ihn sorgfältig und dazu gehörten auch Fotografien. Er hätte es nicht ertragen, seine Tochter und Helene einer ungewissen Zukunft ausgesetzt zu wissen. Gleichzeitig wollte er auch auf diese Weise an ihrem Leben teilhaben. In Gedanken versunken starrte er nochmals ins Schaufenster.

Langsam kehrte sein Blick in die Gegenwart zurück. Er betrachtete sein Spiegelbild darin, als plötzlich seine Aufmerksamkeit gefesselt wurde.

In der Spiegelung bemerkte er, dass eine Person, die sich in einer gewissen Entfernung schräg hinter ihm befinden musste, ihn zu beobachten schien.

Wachsam versuchte Eugen sich ein genaueres Bild von dieser Erscheinung zu machen, doch die Wiedergabe war zu ungenau. So machte er mit dem Körper eine leichte Drehung nach links, wobei er im Schaufenster die Person nicht aus den Augen ließ. Tatsächlich! Auch diese bewegte sich so, dass er nicht mehr frontal angeschaut wurde, falls Eugen sich komplett umdrehen würde.

„Das ist ja interessant“, dachte Eugen. „Das will ich doch nun genauer wissen.“ Vergessen war der Abschiedsschmerz, die Neugier war erwacht.

Nun drehte er sich abrupt um und schaute aus dem Augenwinkel in die Richtung, wo er den Beobachter vermutete. Prompt machte dort ein Mann eine schnelle Bewegung, um sich von ihm abzuwenden. Dann tat er ganz unbeteiligt.

„Na, dann los! Das Spiel kann beginnen!“, dachte Eugen amüsiert.

Er fühlte sich mit einem Mal jung und abenteuerlustig. Vielleicht konnte er dies sogar später in einem seiner Romane verarbeiten.

Er begann seinen Streifzug durch die Stadt. Als erstes entdeckte er eine Apotheke, die er zielstrebig ansteuerte.

Er öffnete die Flügeltür und seine Höflichkeit, eine Kundin auf ihrem Weg nach draußen vorbeizulassen, ermöglichte ihm, einen Blick auf den Verfolger zu werfen, der nun unschlüssig in einiger Entfernung stehen geblieben war.

„Aha! Ein junger Kerl mit einem schwarzen Blouson. Typ: Quatsch mich von der Seite an und du kriegst eins drauf.“ Er hatte diesen Satz einmal höchst belustigt von einem „Halbstarken“ gehört und ihn sich gemerkt, falls er ihn irgendwann mal in einem neuen Manuskript verwenden könnte.

Während dieses kurzen Augenblicks gab es keinen Blickaustausch, denn der Bursche schaute zur Seite, nach dem Motto: Ich sehe dich nicht, also bin ich für dich unsichtbar.

Eugen tat ihm den Gefallen und besorgte sich eine Packung Schmerztabletten. So etwas konnte man schließlich immer gebrauchen. Als er heraustrat, blickte er prüfend zum Himmel und dann nach allen Seiten.

Der Bursche stand noch immer da, zwar nicht mehr an derselben Stelle, aber immerhin ganz in der Nähe.

„Gut. Na, dann gehen wir doch mal in das schöne große Kaufhaus, mein Lieber. Da gibt es doch bestimmt Regale, wo wir Verstecken spielen können.“ Eugen amüsierte sich prächtig.

Zügig begab er sich nun in das vormitttägliche Einkaufsgewühl und hatte seine Freude daran zu beobachten, wie sein Verfolger Mühe hatte, ihn nicht aus den Augen zu verlieren.

„Also besonders geschickt stellt er sich wirklich nicht an“, dachte Eugen, als er sogar einmal auf ihn warten musste, damit er nicht verloren ging.

Nun war er sich ganz sicher, er wurde beschattet. Sein Interesse ließ schlagartig nach. Er schaute auf die Uhr und stellte fest, dass es an der Zeit war, den Heimweg anzutreten.

So kümmerte er sich nicht mehr darum, ob der Bursche es schaffte, ihn weiterhin zu beobachten oder nicht. Eugen tauchte in der Menge unter, ließ sich mit dem Strom zum Ausgang treiben und ging guter Dinge zu seinem Wagen.

„Das war doch mal etwas! Kleine Abwechslung!“, murmelte er mittlerweile gutgelaunt.

Nach dem Ausparken warf er immer wieder prüfende Blicke in den Rückspiegel. Doch niemand schien ihn weiter zu verfolgen.

„Fluppe“ dagegen konnte es kaum glauben, dass ihm der feine Pinkel einfach so entwischt war. Eine ganze Weile durchforstete er noch das Kaufhaus, gab aber dann schließlich enttäuscht auf.

Letztendlich stellte er noch sicher, dass die große Limousine vom Parkplatz verschwunden war und gab dann den Bericht an Paule weiter. Wobei er natürlich seine Schlappe wohlweislich verschwieg.

***

Zu Hause angekommen, erzählte Karl Eugen seiner Frau Isabell von dem Vorfall.

Doch diese reagierte eher besorgt als belustigt, so wie er es eigentlich erwartet hatte.

»Eugen, das gefällt mir gar nicht. Bist du dir sicher, dass es niemand von deinen eigenen Leuten war? Aber nein, das ergäbe ja gar keinen Sinn. Warum sollten sie dich beobachten? Um dir dann sagen zu können, wo du einkaufen warst?« Nachdenklich wanderte Isabell im Salon umher. »Wer macht denn so etwas? Dir Spitzel hinterherzuschicken? Und vor allen Dingen, warum? – Eugen, mir fällt da nur dein Bruder ein.«

Ihr Mann schaute sie überrascht an. »Wie kommst du denn darauf?«

»Ein Reporter scheidet aus. Er hätte doch eine Kamera dabeigehabt. In den Illustrierten will man nicht nur Berichte lesen, sondern insbesondere Fotos von den Prominenten sehen.«

»Aber warum Ernst Ludwig?«

»Du bist zu deiner Tochter gefahren. Ernst Ludwig weiß vielleicht gar nicht, wie es um sie steht oder stand. Also könnte er vermuten, dass ihr wieder Kontakt habt. Dass sie weiß, wer ihr Vater ist, und somit die Aussicht auf das Erbe gefährdet ist.«

»Isabell! Ich muss mich immer wieder über dich wundern. Auf was für Gedanken du kommst! Aber so abwegig scheint es gar nicht zu sein. – Oh, mein Gott! Weißt du, Helga hat mich nach ihrem Koma erkannt. Gut, der Arzt hat mir im anschließenden Gespräch erklärt, dass sie sich später nicht mehr daran erinnern wird. Er wollte mich darauf vorbereiten, damit ich bei einem späteren Besuch nicht enttäuscht wäre. Das war mir natürlich gerade recht. Aber sicher, das kann Ernst Ludwig nicht wissen. Da er bestimmt von sich auf andere schließt, könnte er tatsächlich vermuten, ich würde meine Abmachung brechen. Wenn das so wäre, schwebt Helga ab jetzt ständig in Gefahr. Die Drohung, die mein Bruder damals ausgesprochen hatte, klingt mir noch heute im Ohr. Wenn ich zudem noch an unsere letzte Begegnung denke, anlässlich Vaters Beerdigung… Sein lauernder Blick ist noch widerwärtiger geworden in den letzten Jahren. Ferner diese Selbstherrlichkeit. Pfui, Spinne!« Eugen schüttelte sich. »Weißt du noch? Damals, als er unsere Stiefschwester bereits um ihr Erbe gebracht hatte, weil sie einen bürgerlichen Mann zu heiraten beabsichtigte. Einfach niederträchtig! – Und was tat Vater? – Nichts! Ihm fehlte das Durchsetzungsvermögen, um Antonia zu beschützen. Wahrscheinlich war er auch schon zu dem Zeitpunkt geistig erkrankt, und Ernst Ludwig hielt sowieso längst sämtliche geschäftliche Fäden in seinen Händen. Ich sehe noch das arme Mädchen, wie es sich, in Tränen aufgelöst, seinem Schicksal ergab. Die Mutter wäre Ernst Ludwig am liebsten an die Gurgel gegangen.« Seine Frau wollte ihn beschwichtigen, doch Eugen ließ sich nicht beirren. »Doch, doch, Isabell, ich habe es gesehen, so außer sich war sie. Aber es hat ja nichts geholfen. Ein Teufel ist das! Ich sag es dir, ein Teufel!«

»Karl Eugen! Nun reg dich doch bloß nicht so auf! Denk‘ an deinen Blutdruck! Sonst kannst du deiner Tochter auch nicht mehr beistehen, und Ernst Ludwig würde jetzt schon triumphieren.«

»Ja! Da hast du recht! Den Gefallen tue ich ihm nicht. Das verspreche ich dir! Ich setze alles daran, ihn zu überleben. Oder zumindest so lange auf dieser Erde zu weilen, dass ihm das ganze schöne Erbe nichts mehr nutzt. Ha!« Sehr ernst fügte er hinzu und sah dabei seine Frau flehentlich an: »Du musst mir versprechen, auch so lange durchzuhalten. Ich brauche dich, Isabell! Du bist meine Stütze und mein Halt. Meine Freundin, meine Vertraute.«

Isabell traten bei diesen Worten Tränen in die Augen. Auch wenn sie sich immer mehr von ihm gewünscht hatte, wollte sie nicht undankbar sein. Sie war die Frau, die an seiner Seite lebte. Außerdem liebte sie ihn so sehr, dass sie nur für ihn lebte. Ihm wollte sie die Verluste so erträglich wie möglich machen. Zusätzlich erfüllte sie der Gedanke ihrem Schwager möglicherweise einen Strich durch seine widerwärtige und skrupellose Rechnung zu machen mit Kraft und einer neu erwachenden Lebendigkeit. »Ja, Karl Eugen, ich verspreche dir, alles dafür zu tun an deiner Seite zu bleiben, solange es geht und dich zu unterstützen, wo ich nur kann.«

***

»Na, Frau Schuster, wie geht’s uns denn heute so?« Der Stationsarzt der gynäkologischen Abteilung setzte sich forsch auf die Bettkante, ergriff ihr Handgelenk und prüfte kurz den Pulsschlag, zog ihre unteren Augenlider herab und warf einen prüfenden Blick darauf, ohne auf ihre Antwort gewartet zu haben.

Dann nahm er ihre Akte auf, las die neuesten Befunde, legte sie wieder ans Fußende des Bettes und schlug die Decke zurück. Mit geübten Händen betastete er den Bauch und drückte auf ihm herum. Helga zuckte ein wenig zusammen, da er nicht gerade behutsam mit ihr umging.

»Na, das sieht doch schon ganz gut aus. Dann werden wir Sie morgen auf meine Station bringen lassen. Heute Nacht bleiben Sie trotzdem noch einmal hier, zur Beobachtung, vorsichtshalber.« Er erhob sich, nahm die Unterlagen auf und wollte sich schon abwenden. Doch Helga hielt ihn auf.

»Herr Doktor, ich hätte da noch eine Frage.«

»Ja, bitte?« Er zog unwillig eine Augenbraue hoch. Er ließ sich ungern aufhalten. Schließlich hatte er ein straffes Tagesprogramm zu bewältigen.

»Niemand hat mir bisher gesagt, ob es ein ganz normaler Kaiserschnitt war oder nicht. Ich kann es kaum glauben. Ich habe im gesamten Oberkörper starke Schmerzen.«

»Ach so! Ja, hm, das hätte eigentlich der Chef machen müssen. Aber gut, dann sag ich es Ihnen eben, wenn er es bis jetzt noch nicht getan hat. Sie hatten einen Herzstillstand, Kindchen.« Er schaute sie für einen Moment lang prüfend an. »Aber nun sind Sie ja wieder da und alles wird gut. Daher die Schmerzen! Sie stammen von der Wiederbelebung. Aber das vergeht bald. Sie werden sich jetzt erst mal hier im Haus tüchtig erholen, damit Sie den Aufgaben mit Kind zu Hause auch gewachsen sind. Machen Sie sich mal keine Sorgen. Sie sind jung und kräftig. Ein Herzschaden ist auch nicht festgestellt worden. Sie haben wohl einfach nur schlapp gemacht. Das wird wieder.« Er tätschelte flüchtig ihre Hand. »Ist Ihre Frage damit beantwortet?«

Helga nickte benommen. »Ja, danke, Herr Doktor.«

»Na, dann ist ja alles bestens. Also bis morgen auf meiner Station.« Eilig verließ er das Zimmer, um seinen Rundgang fortsetzen zu können und ließ Helga bestürzt zurück.

Herzstillstand! Sie war also praktisch tot gewesen. Wiederbelebt hatte man sie. Die Worte des Arztes hallten in ihr nach. Die Bedeutung war für sie schwer zu begreifen. Sie lag regungslos im Bett, horchte in sich hinein und schloss dabei die Augen.

In ihrer Erinnerung sah sie sich mit Helmut in der Anmeldung des Krankenhauses. Den Termin für die Vorbereitungen zum Kaiserschnitt hatten sie eingehalten.

Beide freuten sich auf ihr Kind. Schon bald würden sie endlich eine richtige Familie sein. Wie lange hatte sie es sich herbeigesehnt. Dreimal hatte es den Anschein, dass sich ihr Wunsch erfüllen würde, doch dreimal musste sie eine Fehlgeburt durchleiden.

Diesmal war es nun soweit. Bis zum Schluss hatte das Kind durchgehalten, alles war in bester Ordnung. Eine Schwester begleitete sie zu ihrem Zimmer. Die anschließenden Untersuchungen verliefen routiniert.

Doch dann, in der Nacht, setzten Wehen ein. Das war nicht vorgesehen, auch nicht zu erwarten gewesen. Das OP-Team hatte den Kaiserschnitt zeitlich fest eingeplant, man sah auch keine Veranlassung, den Termin vorzuziehen. Wehen hemmende Mittel wurden eingesetzt.

Helga fühlte sich in den nächsten Stunden sehr unruhig. Bekam Beklemmungen. Doch die Nachtschwester beruhigte sie, das sei alles normal. Sie sei doch auch eine Erstgebärende im vorgerückten Alter.

Am nächsten Morgen dann die Vorbereitungen für den

Kaiserschnitt. Natürlich war sie mächtig aufgeregt gewesen, doch freute sie sich auch schon.

Einige ihrer Kundinnen sowie eine Freundin erzählten ihre Erfahrungen mit dieser Art von Entbindung. Im Grunde genommen eher beruhigend.

Im OP-Saal dann, die einsetzende Narkose.

Soweit konnte sie sich noch gut entsinnen. Aber was passierte dann?

Sie versuchte sich tiefer in die Erinnerung zu begeben, ließ sich innerlich fallen, gab ihrer Erschöpfung nach, die ihr in diesem Moment gelegen kam.

Da! Das Licht! Da war doch ein Licht. Fast tauchte sie schon wieder auf aus dem Zustand des Vergangenen. Noch einmal fallen lassen – tiefer!

Wieder das Licht. Gefühle stellten sich ein. Schön war es. So leicht. Gesprächsfetzen wehten zu ihr herüber: „Mentor – Kindheit – Wahl – Ändern – Versprich es!“

Unerwartet befand sie sich wieder in der Gegenwart. Sie unternahm einen neuen Versuch! Aber es wollte ihr nicht mehr gelingen. Sie musste sich damit zufriedengeben. Im Geist wiederholte sie die Worte. „Nur nicht vergessen!“, dachte sie noch einmal, bevor sie einschlief.

***

Helene klopfte an. Eine Antwort war nicht zu hören, also drückte sie vorsichtig die Klinke herunter und öffnete leise die Tür. Ihre Tochter lag schlafend in ihrem Bett, noch immer als einzige Patientin in diesem Zimmer. Vorsichtig stellte Helene den Stuhl an sie heran und ließ sich dort nieder.

Sie hatte für ihren Besuch die Nachmittagsstunde gewählt, sie wollte Helmut den Vorrang lassen, der ihm als Ehemann zustand.

Helga sah schon deutlich besser aus als noch am Tag zuvor. Helene war erleichtert. Zwar hatte ihr Eugen glaubhaft versichert, dass die Gefahr gebannt sei, doch es war sehr beruhigend, sich mit eigenen Augen zu vergewissern.

So lehnte sich Helene entspannt zurück und war damit zufrieden, ihre Tochter nur zu betrachten. Dabei machten sich ihre Gedanken nach kurzer Zeit selbstständig.

Sie dachte wieder an Eugen. Eugen, der seine Tochter wieder ins Leben zurückgeholt hatte. Er hatte ihr alles genau geschildert. Nun war sie natürlich gespannt, ob Helga sich wirklich nicht mehr an den Besuch ihres Vaters erinnern konnte.

Eugen! Wie schwer war ihr heute der Abschied gefallen.

Alte Wunden, die sie längst verheilt glaubte, waren mit aller Heftigkeit wieder aufgebrochen.

Sie liebte ihn noch immer. Doch nun kam ihr der Schmerz, den der Verzicht verursacht hatte, heute viel schlimmer vor, als damals kurz nach dem letzten Abschied. Als sich die Tür hinter ihm geschlossen hatte, drohten ihre Kräfte zu versagen. Sie musste sich anlehnen. Die Luft, die sie atmete, schien zu wenig Sauerstoff zu enthalten. Sie wäre ihm am liebsten nachgelaufen. Panik hatte sich breit gemacht. Und so war sie froh, als sie sich auf dem Weg zum Krankenhaus machen konnte, und ihre Aufmerksamkeit ihrer Tochter zuwenden musste.

Sicher, es war ihre Entscheidung gewesen, damals. Ihn traf keine Schuld. Er musste auch damit leben lernen. Ein Verzicht, der auch seine Tochter miteingeschlossen hatte.

Sie hatte sich zugunsten ihrer Kinder entschieden und war von der Richtigkeit überzeugt gewesen. Selbst als die Sehnsucht sie immer wieder mal zweifeln ließ. Ihre Vernunft war stärker. Sie trug die Verantwortung in erster Linie für ihre Kinder. Da hatte sie als Frau zurückzustecken.

Was aber wäre tatsächlich geschehen, wenn sie sich von Anfang an für Eugen und einen Umzug entschieden hätte?

Wären sie wirklich in Sicherheit gewesen? Oder hätte Ernst Ludwig sie dann nicht letzten Endes alle bedroht?

Wie oft hatte sie sich diese Fragen gestellt. Gewiss hatte sie richtig entschieden, kam Helene auch diesmal zum selben Schluss. Sie wusste auch nur zu genau, dass alle Überlegungen unsinnig waren. Es war zu spät!

Doch ihr Herz wollte keine Ruhe geben. Sie sah im Geiste ihre Kinder vor sich. Hin und wieder besuchte sie jedes Einzelne. Sie alle hatten Familien, mit denen sie in ihrer eigenen kleinen Welt lebten und damit zufrieden waren.

Sie brauchten niemanden darüber hinaus. Egal, bei welchem Kind sie sich aufhielt, immer spürte sie, dass sie zu einer Randfigur geworden war. Sie hatte ihre Aufgabe, die der Kindererziehung, meisterlich erfüllt.

Aus allen Söhnen und Töchtern waren starke und unabhängige Erwachsene geworden, die ihr Leben in die eigenen Hände nahmen und es bewältigten.

Selbst bei Helga, mit der sie zwar eine besondere Beziehung verband, fühlte sie doch immer deutlicher, wie sie sich voneinander entfernten.

Wahrscheinlich würde sie ihr noch eine Weile zur Hand gehen, ihr bei den ersten Schwierigkeiten mit dem Kind beistehen, doch dann…

Was blieb ihr danach?

Ein einsames Leben, gefüllt mit Bedauern der verpassten Chancen, der verpassten Liebe ihres Lebens? Aufgehellt durch die spärlichen Augenblicke der Erinnerung?

Ihr Leben hatte aus Arbeit bestanden. Arbeit für die Familie, so wie sie es von ihrer Mutter gelernt hatte, die nach dem ersten Weltkrieg um das Überleben kämpfen musste, für ihre Kinder.

Sie hatte kaum Freundschaften aufbauen können. Seit Klara fortgezogen war, hatte sie nie wieder eine Freundin wie sie gefunden. Eine Vertraute, der sie von Herzen zugetan war.

Und Männerbekanntschaften? Ja, da gab es außer Hans Schlegel, der lange Zeit versucht hatte, sie umzustimmen, schon einige Anwärter.

In Gedanken daran musste sie schmunzeln, als sie sich an Jürgen Koslowski erinnerte, der sie umgarnte, um dann sein Haus mit dem Geld ihrer Witwenrente zu renovieren hoffte.

Niemand, nein wirklich niemand hätte auch nur annähernd Karl Eugen von Wegen das Wasser reichen können. Ihr Herz war bei allen kalt und unbeteiligt geblieben. Diese Liebe zu Eugen war einfach etwas Einmaliges und Besonderes.

Sie seufzte. Helga lag ganz entspannt im Tiefschlaf und befand sich offensichtlich auf dem Weg zur Genesung.

Nie zuvor hatte sich Helene Gedanken um ihre eigene Zukunft gemacht. Sie war stets darum bemüht, ihrer Tochter helfend zur Seite zu stehen oder auch mal bei ihren anderen Kindern einzuspringen, wenn „Not am Mann“ war.

Ihre Tage waren gut ausgefüllt, so dass sie abends froh war, ihre Beine hochlegen zu können, und beim Abendprogramm im Fernsehen, Entspannung oder Abwechslung zu finden. Dort reiste sie in ferne Länder, betrachtete staunend die Unterwasserwelt oder erlebte Liebesgeschichten, die ein glückliches Ende versprachen.

Doch diesmal unternahm sie eine Vorausschau. Was würde sie erwarten? Alle Kinder waren versorgt und selbstständig. Sie brauchten sie nicht mehr. Helgas geschäftlicher Erfolg wuchs stetig, wobei Helmut bereits die Karriereleiter erklommen hatte.

Finanziell konnte es ihnen nicht besser gehen. Sie konnten sich in Kürze durchaus eine bezahlte Hilfe für den Haushalt erlauben. Wie schnell würde die Zeit verfliegen, und der kleine Junge käme in den Kindergarten. Dann brauchte sie niemand mehr. – Was würde sie dann den ganzen Tag lang machen?

Helene sah sich am Fenster sitzend, wie damals Frau Meier, die nichts anderes mehr zu tun hatte, als die Straße und Menschen darauf zu beobachten. Was für eine Vorstellung! Helene schüttelte betroffen den Kopf.

Nein! Nein, das war nicht das Bild, das sie sich wünschte. „Dann möchte ich schon lieber heimkehren zu meinem Schöpfer“, dachte sie. „Ist doch alles erledigt. Alle Aufgaben erfüllt.“

***

Fünf Jahre später.

Nebel und Nieselregen krochen durch die Kleidung. Schwarze Mantelkragen waren schützend aufgestellt.

Von dunklen Regenschirmen rieselte das abperlende Wasser. Ab und zu klopften dicke Tropfen, die sich von den nackten, knorrigen Ästen der hohen, alten Bäume gelöst hatten, deutlich hörbar auf die Bespannung der Schirme.

Helga zitterte am ganzen Körper. Doch es war nicht nur die feuchte Kälte, die sie frösteln ließ.

Ihre Nerven waren in Aufruhr, vibrierten wie Gitarrensaiten, die wahllos und disharmonisch zum Schwingen gebracht worden waren.

Ihr Mann Helmut stand an ihrer Seite und hatte sie untergehakt. Doch er gab ihr diesmal keine Stütze, sondern suchte selbst einen Halt.

Die Menschenmenge hatte sich soweit es ging in einem großen Bogen um das frisch ausgehobene Grab versammelt. Alle Anwesenden schwiegen. Die Stille wurde nur ab und zu durch Hüsteln unterbrochen.

Der Pfarrer hatte die letzten Worte gesprochen, und nun war es an der Zeit, dass Helenes Familie Abschied von ihr nahm.

Kurt, als Ältester, ergriff die Schaufel und ließ etwas Erde ins Grab fallen. Das Geräusch, das dabei verursacht wurde, als sie auf den Sargdeckel fiel, unterstrichdie Endgültigkeit.

Aus Helgas Augen strömten unaufhaltsam Tränen, die sie vergeblich versuchte mit dem Taschentuch aufzufangen.

Helmut neben ihr weinte schluchzend wie ein kleines Kind. Seine Schultern bebten. Helene war ihm mehr Mutter gewesen und hatte ihm nähergestanden, als seine Eigene.

Mariechen, Kurts Ehefrau war heute noch bleicher als sonst. Gefasst warf sie ein kleines Blumensträußchen hinab.

Stark hustend entfernte sich Kurt, und seine Familie schloss sich ihm an. Alle seine Geschwister taten es ihm gleich. Bevor die restliche Menge Helene die letzte Ehre erwies, traten Helga und Helmut ans Grab. Mario, ihren kleinen Sohn, hatten sie bei einer Nachbarin und Freundin für diesen heutigen Tag untergebracht. Sie wollte ihm den Anblick ersparen im Wissen, dass seine geliebte Oma ins Erdreich eingesperrt wurde. Auch wenn es nur die weltliche Hülle war. Doch dafür würde ihm noch das nötige Verständnis fehlen, fürchtete Helga. In seinem Alter. Aber vielleicht wollte sie auch einfach nicht, dass ihr Sohn sie in dieser Verfassung sah.

Helga stand an der tiefen Öffnung und schaute mit tränenverschleiertem Blick hinab. Erde hatte bereits einen Teil des Sarges bedeckt. Blumen lagen im Erdreich.

„Meine sollen nicht danebenfallen. Ich will, dass sie den Sarg noch ein letztes Mal schmücken", dachte Helga. Gezielt ließ sie ihren Strauß herabfallen, und tatsächlich landete er genau obenauf.

„Mama, du wirst mir fehlen." Helga wandte sich ab und nahm Helmut mit, der nicht in der Lage gewesen war, eine Schaufel Erde ins Grab zu geben.

Dann stellten sie sich seitwärts auf und nahmen die Beileidsbekundungen entgegen. Freunde und Kundinnen, die ihre Anteilnahme ausdrücken wollten sowie auch Freunde und Bekannte ihrer Geschwister.

Helga nahm jeden einzelnen Gruß teilnahmslos entgegen. Langsam begann sie, sich wieder zu fassen. Viele der Menschen kannte sie, doch einige auch nur vom Sehen. Alle hatten sich in einer Reihe aufgestellt und kamen nach und nach zum Gruß.

Fast hatten sich schon die meisten entfernt, als ein hochgewachsener, schlanker, älterer Herr vor ihr stand und ihr die Hand reichte. Mitfühlend drückte er sie sanft.

Ihre Augen trafen sich nur einen kurzen Augenblick lang. Dann war er auch schon verschwunden, und der Nächste trat heran.

Helmut war jedoch auf ihn aufmerksam geworden und verfolgte ihn mit seinen Blicken. Er sah, wie er auch den anderen Geschwistern teilnahmsvoll sein Beileid kundtat.

Zuletzt stand Kurt in der Reihe. Bei ihm hielt er sich ein wenig länger auf. Er sah, dass sie ein paar Worte miteinander wechselten, was ihn verwunderte. Ihm selbst war dieser Mann nicht bekannt. Vielleicht tatsächlich ein Bekannter von Kurt.

Doch dann beobachtete er, dass Hans Schlegel dem Mann nacheilte, als er sich bereits vom Friedhof entfernen wollte. Lebhaft gestikulierend sprach er auf den Fremden ein. Dieser blieb gelassen und setzte kurz darauf seinen Weg fort.

Bei der anschließenden Kaffeetafel traf Helmut ihn nicht an. Irgendwie kam er ihm bekannt vor.

»Wer war dieser große, schlanke alte Herr, der mit dir am Grab kurz gesprochen hat?«, fragte Helmut seinen Schwager Kurt. Die Neugier ließ ihn nicht los.

Überrascht blickte Kurt zu Helmut auf und dieser erkannte, dass Kurt sofort wusste, wen er meinte. Dennoch erwiderte er: »Wen meinst du? Da waren so viele alte Männer, die mit mir gesprochen haben.« Nervös hustete Kurt wieder.

»Na, komm, du weißt, wen ich meine. Ich kannte sonst alle, zumindest vom Sehen, aber diesen einen eben nicht. Hans Schlegel ist ihm sogar nachgelaufen und hat mit ihm gesprochen.«

Kurt erblasste. »So? Dann wirst du ihn wohl fragen müssen, denn ich weiß noch immer nicht, wen du meinst.«

Helmut kannte seinen Schwager gut genug, um zu wissen, dass weiteres Nachfragen zwecklos war.

Suchend schaute er sich nach Hans um, doch der war nirgends im Lokal oder an der Kaffeetafel zu entdecken. Wahrscheinlich war er direkt nach der Beisetzung heimgegangen.

„Das wäre mal wieder typisch für ihn“, dachte Helmut zynisch. „Problemen aus dem Weg zu gehen, darin war er Meister.“

So musste er sich damit zufriedengeben, auf ein neues Treffen mit Hans Schlegel zu warten, um seinen Wissensdurst zu stillen.

***

Was zuvor geschah:

»Johann, stellen Sie mich bitte zu meinem Bruder durch. Hier ist Prinz Karl Eugen«, ertönte es durch den Hörer, nachdem der Bedienstete den Anruf entgegengenommen hatte.

»Sehr wohl, Eure Hoheit.« Es knackte kurz in der Leitung, und dann hörte Eugen auch schon die Stimme Ernst Ludwigs.

»Was verschafft mir das Vergnügen zu so früher Stunde, mein lieber Bruder?« Zynisch und selbstherrlich, doch auch vorsichtig lauernd schallten die Worte an Karl Eugens Ohr.

Eugen war bereits angespannt, und so kam ihm diese Art der Begrüßung gerade recht, um ihn noch mehr in die Stimmung zu katapultieren, die er für dieses Telefonat brauchte.

»Ob es für dich ein Vergnügen darstellen dürfte, wird sich noch zeigen, kleiner Bruder.« Eugen wählte mit Absicht diese Worte.

Ernst Ludwig zuckte zusammen. Er hatte es schon immer gehasst, wenn er so angesprochen wurde. Denn sein älterer Bruder überragte ihn deutlich. Er selbst gehörte eher zu den kleineren Erscheinungen der Gattung Mensch. Dieses männliche Manko versuchte er durch herrisches Auftreten und Leibesfülle wettzumachen. Er ging innerlich auf Kampfposition.

»Was willst du?« wurde er barsch.

»Ich will dich nur informieren und dir einen guten Rat geben.«

»Ho Hooo! Das klingt mir doch eher nach einer Drohung. Da bin ich aber gespannt, was sich mein „ach so sittsamer" Bruder ausgedacht hat«, spottete Ernst Ludwig, der sich selbst als einen Mann sah, der mit allen Wassern gewaschen war. Bis jetzt hatte er allezeit und überall die Oberhand behalten.

»Helene, die Mutter meiner Tochter, ist verstorben. Ich werde an der Beerdigungszeremonie teilnehmen. Meine Tochter weiß noch immer nicht, wer ich bin, und ich beabsichtige auch nicht, sie aufzuklären. Ich berichte dir nur deshalb davon, damit du dich mit deinen verdammten Spitzeln zurückhältst. Sollte jedoch in der nächsten Zeit meiner Tochter etwas zustoßen, dann Gnade dir Gott!«

»Ach ja? Das ist ja lächerlich! Was erfindest du denn da für Märchen?« Ernst Ludwig war nun auf der Hut. Die Leute von der Telefonüberwachung sollten unter keinen Umständen hellhörig werden.

»Ich erfinde keine Märchen, lieber Bruder. Deine Drohung, die du damals ausgesprochen hast, ist mir noch sehr präsent. Darüber hinaus habe ich deinen albernen Späher mit eigenen Augen gesehen und ertappt.«

»Was redest du für einen blanken Unsinn! Damals – damals! Wir haben uns gestritten, wie es unter Brüdern vorkommt, das kann man doch nicht ernst nehmen. Einen Spitzel soll ich engagiert haben? Was bildest du dir bloß ein?« Ernst Ludwig wurde immer ärgerlicher.

»Na, dann ist es ja gut, kleiner Bruder«, reizte Eugen ihn erneut. »Ich wollte es dir auch nur ankündigen. Denn, wie bereits gesagt, sollte ihr nur das Geringste zustoßen, wirst du das verlieren, was dir das Allerwichtigste im Leben ist, mein Lieber.«

»Ach, du willst mir etwas antun?« Ernst Ludwig wurde immer unruhiger. »Was denn? Mich beseitigen vielleicht? Ha! Dazu bist du doch gar nicht in der Lage.« Ernst Ludwig stand auf und umrundete seinen Schreibtisch. Mehr ließ das Telefonkabel nicht zu.

»Aber nein! Das wäre nicht hart genug. Du wirst dein Ansehen und dein gesamtes Vermögen verlieren.«

»Du spinnst doch! – Ich höre mir das nicht länger an!«

»Ich bin bestens informiert.« Eugen machte eine kurze Pause, um die Wirkung seiner Worte und die Spannung zu erhöhen. »Nicht nur über deine regelmäßigen und ausnehmend erfolgreichen Besuche in der Spielbank. Du bist ja ein regelrechter Glückspilz!«, spielte Eugen auf die außerordentlich hohen Summen an, die Ernst Ludwig auf diese Weise legal in die Konten schaffte.

»Was willst du damit sagen?« Ernst Ludwig fühlte sich in die Enge getrieben und vergaß dabei alle Vorsicht.

»Nun, dein Geschäftsgebaren ist mir nicht unbekannt. Sicher wäre so manch eine der Aufsichtsbehörden sehr daran interessiert, welche Methoden du so gewinnbringend anwendest. Doch bevor du nun schon in deinem perfiden Gehirn etwas spinnst, um mich loszuwerden, möchte ich dich nur noch darüber informieren, dass, sobald mir etwas geschehen sollte, der Aufklärungsbrief sein Ziel erreichen würde. Er ist gut verwahrt und bereit, der Aufdeckung zu dienen.«

»Ehrlich gesagt, weiß ich überhaupt nicht, wovon du sprichst. Aber du hattest ja schon immer eine rege Phantasie.

Musst du wohl auch haben, wenn du Romane schreibst. Ich wünsche Dir eine gute Fahrt und pass bloß auf dich auf! Nicht, dass dir etwas zustößt und dein Hirngespinst abgeschickt wird. Es würde dann nur unnötig für Verwirrung sorgen.«

Ernst Ludwig ermahnte sich jetzt selbst zur Vorsicht, damit bei den Abhörenden nicht durch ungeschickte Äußerungen irgendwelche Alarmsysteme in Bewegung gesetzt werden würden. Das wäre fatal.

»Grüße deine verehrte Gattin von mir«, setzte Ernst Ludwig abschließend hinzu und ohne eine Erwiderung abzuwarten, legte er den Telefonhörer auf. Er griff in die Hosentasche, beförderte ein Taschentuch zu Tage und trocknete sich die schweißnasse Stirn. Seine Gesichtsfarbe wechselte auffällig von rot zu blass. Leicht schwankend ging er zur Bar, schenkte sich einen Cognac ein und stürzte ihn hinunter.

Er hatte seinen verträumten Bruder ganz offensichtlich unterschätzt. Immerhin wusste er nun gewiss, dass er beobachtet wurde, und ganz sicher hatte Eugen auch Leute zum Schutz seiner Tochter eingesetzt. Eigentlich eine aufschlussreiche Mitteilung. So konnte man doch ganz anders den Ernstfall vorbereiten, und nichts würde dem Zufall überlassen bleiben. Ernst Ludwig fühlte sich bereits wieder obenauf. So leicht konnte niemand ihm etwas anhaben. Er hatte schon vor langer Zeit Vorkehrungen getroffen für den Fall, dass man ihm eines Tages auch nur annähernd auf die Schliche kommen würde.

Eugen hingegen hätte gerne deutlicher den Triumph gefühlt, aber er war unzufrieden. Es war kein eindeutiger Sieg für ihn. Er hatte Ernst Ludwig wohl gereizt, aber im Grunde genommen seine Trümpfe schon ausgespielt. Das war nicht sonderlich geistreich. Doch was hätte er denn sonst machen sollen? Eines hatte er trotzdem ganz bestimmt erreicht, Helga würde man vorerst in Ruhe lassen, und die erste Gefahr wäre somit gebannt. Von Helenes Tod hätte man Ernst Ludwig früher oder später sowieso unterrichtet. Wäre es dann nicht ein Leichtes, Helga aus dem Weg zu räumen, nachdem es Helene nicht mehr gab, die Einzige, die seinem Bruder hätte gefährlich werden können?

Ein Schreck durchfuhr ihn. Das stimmte nicht. Es gab noch einen Mitwisser.

Kurt! Kurt, der älteste Sohn Helenes, war der Einzige, den Helene hatte einweihen müssen. Sie hatten sich damals gegenübergestanden, in jener Silvesternacht, als er an Helenes Haustür geklingelt hatte und sie sehen wollte. Sie hatten sich einander vorgestellt, und offensichtlich war er Kurt auf Anhieb sympathisch. Denn er verriet ihm Helenes Aufenthaltsort und gab ihm sogar den vergessenen Hausschlüssel mit. Ein Zeichen, dass er ihm vertraute. Unruhig ging Karl Eugen auf und ab. Er würde Kurt warnen müssen.

Ja, und dann gab es auch noch Hans Schlegel. Doch solange dieser weiterhin sein Schweigegeld bekäme, würde er bei der Version des leiblichen Vaters bleiben. Soweit er informiert war, fielen die Besuche zwischen Hans und Helga immer spärlicher aus. Offensichtlich hatte er auch kein großes Vergnügen an der Rolle des Großvaters. Also von Hans Schlegels Seite aus befürchtete Eugen keine Gefahr.

Einigermaßen beruhigt begab er sich vom Arbeitszimmer in den Salon zu Isabell. In diesem Augenblick überkam ihn eine bleierne Müdigkeit. Er würde sich ausruhen müssen, um am nächsten Morgen die Reise antreten zu können. Eine Nacht würde er in der Stadt verbringen, in der er die glücklichsten Momente, aber auch die größte Verzweiflung erlebt hatte.

Der Tag der Beisetzung würde noch einmal eine große Herausforderung für ihn werden und Kraft kosten. Seine Gefühle zu beherrschen, Trauer nicht öffentlich zu zeigen, würde ihm schwerfallen. Er war kein Mann, der sich verstellte. Er vertrat den Standpunkt, dass jedem Menschen Gefühle als Gabe und Navigator auf seinem Lebensweg mitgegeben wurden. Genau als solche hatte man sie anzunehmen und zu nutzen.

Wer sich eine Maske zulege, würde sich über kurz oder lang selber täuschen und somit orientierungslos werden. Doch in diesem speziellen Fall musste er diese Regel brechen, zum Schutze eines anderen Menschen.

***

Am nächsten Vormittag brachen sie auf.

Diesmal ließ sich Eugen chauffieren. Die Zimmer für ihn und seinen Fahrer waren bereits im Hotel telefonisch reserviert worden.

Die kleine Pension von damals gab es nicht mehr. Auch der kleine Laden von Frau Krämer, wo er und Helene sich kennengelernt hatten, existierte nicht mehr.

Die alten Häuser hatten modernen Neubauten weichen müssen. Das hatte er bereits bei seinem letzten Besuch herausgefunden. Er musste einfach die alten Wege gehen, die Spuren der Vergangenheit aufsuchen, die ihn mit Helene verbinden sollten, nachdem er das Krankenhaus verlassen hatte.

Die Verzweiflung hatte ihn übermannt, und so sehnte er sich danach, ein letztes Mal Trost an den alten Plätzen zu finden. Doch vergebens. Den Tod des Vergänglichen waren diese schon viel früher gegangen.

Erst vor einigen Tagen hatten seine Kundschafter ihn über Helenes kritischen Zustand informiert. Er wusste seit geraumer Zeit, dass sie an einer Krebserkrankung litt, und nun war es dann wohl so weit.

Er wollte – nein – er konnte sie so nicht gehen lassen. Einmal noch, nur ein einziges Mal wollte er sie sehen, sich von ihr verabschieden. Ihr seine tiefe Liebe mit auf den Weg geben. Er ging diesen schweren Gang mit all seinem Wollen.

Noch lag sie auf der Überwachungsstation, und der Arzt hatte ihm erlaubt, sie zu sehen und über seinen Besuch Stillschweigen zu bewahren, als er sich mit seinem Titel vorstellte, und eine kleine Spende für das Krankenhaus in Aussicht stellte.

Mit spürbar klopfendem Herzen betrat er ihr Zimmer. Sie lag dort sehr zart und bleich. Die Augen geschlossen. Ein Infusions-Ständer stand an ihrer Seite, doch der Schlauch hing abgekoppelt schlaff herunter.

Eugen näherte sich dem Bett. Ein Stuhl stand dicht daneben, und so konnte er sich zu ihr setzen. Er nahm ihre kraftlose Hand auf und küsste sie zärtlich.

Ihre Lider flatterten und hoben sich schwerfällig. Ein gebrochener, fast entrückter Blick. Ihre Augen waren kaum wiederzuerkennen. Doch da erwachte plötzlich ein Erkennen in ihnen.

»Eugen«, flüsterte sie kaum hörbar.

»Ja, mein Herz. Ich bin da.« Wieder küsste er ihre Hand, kaum in der Lage, seine Tränen zu unterdrücken. Ein dicker Kloß im Hals hinderte ihn, weiterzusprechen.

»Sei nicht traurig, mein Liebling. Ich gehe jetzt an einen Ort, an dem ich mich nicht mehr nach dir verzehren muss. Vielleicht erfahre ich dort dann auch, warum alles so kommen musste« Erschöpft brach sie wieder ab.

Kummervoll sah er auf sie herab. »Bist du wirklich dafür bereit?«, fragte Eugen kaum hörbar. Er musste ihr diese Frage stellen. Die Antwort sollte ihn später in seiner Trauer zur Seite stehen.

Der feste Blick, den sie auf ihn richtete, bekräftigte die mit schwacher Stimme hervorgebrachten Worte. Jeden Satz brachte sie nur unter großer Anstrengung hervor. »Ja, Eugen, ich bin bereit. – Ich habe es mir gewünscht .– Es hat lange genug gedauert. – Ich hab die Gewissheit, dass ich dort auf dich warten kann. – Wir werden uns wiedersehen, Eugen. – Dann sind wir endlich zusammen. – Aber lass dir Zeit. Dort, wo ich sein werde, gibt es keine Ungeduld. – Nur versprich mir bitte noch eines!«

»Alles, was du willst, mein Herz.«

»Gib Acht auf unsere Tochter und ihre Familie!«

»Das werde ich, solange ich lebe.«

Erleichtert sank Helene tiefer in ihr Kissen, unfähig etwas zu sagen und schloss die Augen, aus denen sich eine Träne löste.

Eugen nahm wieder ihre Hand und küsste sie. »Ich liebe dich unendlich.« Seine Stimme brach, und er senkte voll Trauer den Kopf, unfähig eine Träne zurückzuhalten.

Ihre Brust hob sich unter einem kraftvollen Atemzug, und sie öffnete die Augen, versuchte die Hand höher zu heben, um ihm das Gesicht zu streicheln, aber sie schaffte es nicht.

Er wusste, was sie sich wünschte, und so nahm er ihre Hand und legte seine Wange hinein.

Sie lächelte ihn schwach an. »Ich finde, wir haben alles ganz gut geschafft.« Ihr Lächeln wirkte verklärt, gerade so als habe sie soeben eine Erkenntnis erhalten.

Er sah sie jedoch verständnislos an.

»Unsere Lebensaufgabe«, fügte sie schwach, aber erklärend hinzu.

Dann sah sie ihm einen Augenblick lang deutlich in die Augen. »Du solltest jetzt gehen.«

Er nickte gequält. Zögernd stand er auf und wollte sich zu ihr herabbeugen. Doch sie bewegte verneinend den Kopf, ohne ihn aus den Augen zu lassen.

Da legte auch er seine Hand an ihre Wange, und sie schloss ermattet, aber erfüllt die Augen. Sie war bereit.

Ganz deutlich spürte Eugen, dass sich ihre Seele auf den Weg machte.

Vorsichtig legte er ihre Hand, die er die ganze Zeit umfangen gehalten hatte, zurück auf die Bettdecke. Ein letzter Blick, und er wandte sich zur Tür. Ganz still war es in ihm. Er betrat den Flur.

Gleich darauf kam ihm Helmut entgegen, der es sehr eilig hatte, zu Helene zu gelangen. Abwesend grüßte er ihn und war auch schon im nächsten Augenblick im Zimmer verschwunden.

Eugen begab sich zügig, wie abgemacht zum Dienstzimmer des Stationsarztes, um eine mögliche Begegnung mit seiner Tochter zu vermeiden. Dort regelte er alle nötigen Dinge, um sein Versprechen einzulösen.

Und so wohnte er der Beisetzung bei und konnte dabei unauffällig Kurt warnen. Eindringlich bat er ihn, das gemeinsame Geheimnis zu bewahren, um Helga Patrizia und möglicherweise auch ihn selbst, Kurt, nicht in Gefahr zu bringen.

Hans Schlegel hingegen konnte es kaum abwarten, Eugen anzusprechen. Nur um sicherzustellen, dass sich an seinen Bezügen nichts ändern würde, nun, da Helene nicht mehr lebte.

Eugen verachtete ihn immer mehr. Aber er hielt sein Wort, wie er schon immer ein gegebenes Versprechen zu halten pflegte.

Ein letztes Mal sah er sich zu der trauernden Gruppe um.

Seine arme Tochter, seine kleine Patrizia. Sie war noch zu jung, um ihre Mutter zu verlieren. In diesem Alter hatte man noch nicht die nötige Reife, einen Menschen gehen zu lassen. Entsprechend mitgenommen sah sie aus.

Eugen ging durch das Friedhofstor zum gegenüberliegenden Parkplatz, wo sein Chauffeur zeitunglesend auf ihn wartete. Als er ihn erblickte, sprang er diensteifrig aus der Limousine und öffnete Eugen den Wagenschlag.

Sogleich schlüpfte er hinter das Steuer und schaute erwartungsvoll in den Rückspiegel.

»Fahren Sie los, Walter.«

***

Noch am Tag der Beerdigung, ging Helga am späten Nachmittag durch die Fußgängerzone, vorbei an den Geschäften zu ihrem Kosmetiksalon.

„Nur nicht nachdenken." Diese Worte wiederholte sie in ihrem Kopf wie ein Mantra.

Sie hätte sich jetzt nicht auf dem Sofa ausruhen können, wie Helmut es ihr nach der Kaffeetafel geraten hatte.

Die Bilder der Erinnerung der letzten Tage und Stunden hätten sie doch nur gequält.

So übernahm es Helmut, Mario von ihrer Freundin abzuholen, während sie noch einmal zu ihrer Arbeitsstätte gehen wollte, um sich den Bericht des Tages geben zu lassen.

Die mitfühlende Art ihrer Freundin Siham hätte sie momentan ebenfalls nicht ertragen. Einen Zusammenbruch könnte sie sich jetzt nicht leisten.

Ihre Mutter wäre auch sehr verwundert über sie gewesen. Helenes vorgelebte Stärke hatte ihr immer als Vorbild gedient.

Siham, ihre Freundin, war das passende Gegenstück zu Helga. Helga war trotz ihrer Einschränkungen zu einer Schönheit erblüht, und das hatte ihr Selbstbewusstsein gestärkt. Ihre Fröhlichkeit, die ihr in der Kindheit abhandengekommen war, kehrte zurück, nicht zuletzt durch die vielen Verehrer, die förmlich Schlange gestanden hatten.

So sprudelte Helga wie ein nie versagender Quell der Lebensfreude und erhellte alle um sich herum. Sie hatte viele Menschen an ihrer Seite, die sich in ihrem Licht sonnen wollten. Doch ihre einzige und wahre Vertraute war Siham geworden, die sie vor fünf Jahren kennengelernt hatte.

Diese hatte drei Tage nach Marios Geburt einem Mädchen das Leben geschenkt. So lernten sie sich auf der Entbindungsstation kennen. Als sie dann auch noch feststellten, dass Siham und ihr Mann Amir erst kürzlich in das Haus ihnen gegenüber eingezogen waren, begann ihre intensive Freundschaft.

Helga war fasziniert von der Andersartigkeit der syrischen Kultur, den Gepflogenheiten und nicht zuletzt den kulinarischen Genüssen.

An allem ließen Siham und Amir sie teilhaben. Zu ihrer Freude verstanden sich die Männer ausgesprochen gut.

Obwohl Amir praktischer Arzt war und in Kürze eine Praxis eröffnen würde, hatten sie genügend Männerthemen, die sie miteinander verbanden.

Und so hatte ihre Freundschaft seit dieser Zeit nicht nur Bestand, sondern war eine Bereicherung für beide Seiten.

Helga wusste alles über Siham, und Siham erkannte sogar Helgas geheimste Gedanken. Auch wenn Helga dies nicht bewusst war.

Siham sah genauso aus, wie man sich eine klassische Schönheit aus dem Orient vorstellte. Klein, zierlich und anmutig. Üppiges dunkles Haar und unvorstellbar schöne braune, ja fast schwarze Augen, die mit ihrem Blick bis in jede Seele vorzudringen schienen. Ihre Ausstrahlung erschien magisch und voll sanftmütiger Liebe.

Sie erkannte Helgas Gefühle manchmal besser als diese selbst und ahnte, dass irgendein verschüttetes Erlebnis dazu beigetragen haben musste, dass Helga in Augenblicken, in denen sie ganz andere Gefühlsregungen bei ihr erwartet hätte, oberflächlich und sprunghaft erschien.

Da passte etwas nicht zusammen, das spürte sie. Mit ihrem Mann Amir konnte sie darüber nicht reden, er betrachtete alles von der rein wissenschaftlichen Seite.

Darum wich Helga ihrer Freundin gerade heute aus. Ihre Mitarbeiterin berichtete ihr auch zunächst beflissen über die Geschehnisse des Tages und lenkte sie somit ab.

Als sie sah, dass Helga sich gefasst hatte, konnte sie die Neuigkeit nicht länger für sich behalten.

»Du, dieser Vertreter von unserer Kosmetikfirma war schon wieder da«, kicherte Iris. »Er hielt sich ziemlich lange auf, als er merkte, dass du nicht hier warst. Stell Dir vor, zuletzt hat er mich zum Essen eingeladen.«

»Und? Hast du angenommen? Er macht doch einen sehr netten Eindruck. Hübsch ist er auch, und er duftet immer angenehm nach den neuesten Produkten.« Helga lächelte. Außerdem wusste sie, dass Iris für diesen Mann schwärmte.

»Ja, natürlich. Diesen Samstagabend ist es soweit. Wir gehen ins „Steakhouse“.« Leicht errötend, doch strahlend verkündete sie es.

Helga war froh, dass sie erwartungsgemäß auf andere Gedanken gekommen war. Bald darauf verabschiedete sie sich und trat ihren Heimweg an.

Schon von weitem wurde ihre Aufmerksamkeit auf das Schaufenster der heimischen Parfümerie gezogen. Soeben war man dabei, die Auslage neu zu dekorieren. Jedes Fenster der langen Seite bekam ein anderes Motto.

Die Dekorateurin bändigte in diesem Augenblick ein störrisches großes Bild, das nur durch Nylonfäden von der Decke herab gehalten werden sollte. Eine große Schrift an der Wand wies bereits auf den Duft hin, der in diesem Sommer den Ton angeben sollte.

War es der Name des Parfums, der gleichzeitig die italienische Hauptstadt auswies, oder war es das Bild, das nun endlich regungslos seinen Platz einnahm, das sie anzog?

Schon oft hatte sie ein Foto vom Kolosseum gesehen, ohne jedoch von einem solch undefinierbaren Gefühl beherrscht zu werden, wie eben in diesem Augenblick. Wie verzaubert ging sie darauf zu, immer dichter, bis sie schließlich direkt vor dem Schaufenster zum Stehen kam. Das Bild schien ihren Blick auf rätselhafte Weise gefangen zu halten.

„Dieses Gefühl“, sinnierte sie und versuchte es zu halten, als es fast schon wieder entschwinden wollte. Was war das?

Wie aus tiefster Erinnerung schien es aufzusteigen. Als würde es sich durch versteinerte Schichten einen Weg bahnen wollen.

Ein Klopfen an der Scheibe riss sie aus der Versunkenheit. Die Mitarbeiterin, die ihre Arbeit dort beendet hatte, erkannte Helga und machte so auf sich aufmerksam. Fröhlich winkte sie ihr zu. Helga schaute sie an und bemühte sich ebenso fröhlich zurückzuwinken.

Der Bann war gebrochen. Sie warf noch einen letzten Blick auf die Auslage und setzte dann ihren Heimweg fort.

Helmut würde mit Mario sicher schon auf sie warten.

***

Am nächsten Tag, Helga hatte gerade ihren Sohn vom Kindergarten abgeholt, ging sie mit ihm zum Friedhof.

Schwaches Sonnenlicht blitzte durch die starren und noch unbelaubten Äste der hohen alten Bäume. Der Frühling kündigte sich sehr zögerlich an. Das frische Grab lag somit im Halbdunkel. Etliche Kränze lagen aufgetürmt darauf.

Mario war den ganzen Weg über hüpfend und plappernd neben ihr hergegangen. Auf den naturbelassenen Wegen des Friedhofs entdeckte er hin und wieder Stöcke, die der Wind von den Bäumen gerissen hatte. Er suchte sich einen geeigneten und nahm ihn auf. Damit zog er eine Spur hinter sich her.

Nun standen sie vor der letzten Ruhestätte, und Helga verharrte im Gebet. Mario betrachtete neugierig die verschiedenen Blumen, Gestecke und die Schleifen, die daran angebracht waren. Er versuchte die goldenen Lettern zu entziffern.

»Mama, was steht da drauf?« Er deutete mit seinem Stock auf einen besonders großen und schmuckvollen Kranz, der als schönster ganz obenauf lag.

Der Friedhofswärter hatte ihn wohl als letzten Gruß eines sehr nahestehenden Menschen verstanden und ihn somit ganz zuoberst gelegt. Nach seiner Erfahrung wollten die Leute, die so viel Geld für einen Kranz ausgegeben hatten, ihn auch beim nächsten Besuch an einer besonderen Stelle sehen, sonst hagelte es Beschwerden. Da hatte er schon Sachen erlebt!

Helga wischte sich verstohlen die Tränen ab und folgte mit ihrem Blick dem Stock. Erst jetzt nahm sie diesen ausladenden Kranz wahr.

»In ewiger Liebe« las sie vor. Sie nahm ihn nun genauer in Augenschein, doch auf der anderen Hälfte der Schleife war kein Name zu entdecken. Nur dieser Gruß.

„Was für ein Kranz!“, dachte Helga. „Der muss ja ein Vermögen gekostet haben!“ Doch wer hatte ihn dort hinlegen lassen? Er war ihr gestern doch gar nicht aufgefallen.

Und dann noch „In ewiger Liebe“.

»Mama, liegt Oma jetzt da drunter?« Mario stand gebückt vor dem Berg der Kränze und bemühte sich, unter die Gestecke zu schauen. Helga wurde aus ihren Überlegungen gerissen.

»Oma ist im Himmel, Mario. Sie schaut jetzt auf uns herab. Nur wir können sie nicht sehen. Aber sie sieht uns.« Sie wich mit dieser Antwort seiner Frage aus. Die Vorstellung, dass ein Mensch in der Erde in einer Kiste liegt, wollte sie ihm ersparen. Es war noch zu kompliziert, das zu verstehen. Sie selbst schauderte es, wenn sie sich vorstellte, wie ihre Mutter jetzt da unten lag, obwohl sie wusste, dass es sich hier nur noch um die leblose Hülle handelte.

Mario schaute nun suchend zum Himmel hoch. Doch das dichte Geäst versperrte ihm den freien Blick. Er winkte.

»Was machst du da?«

»Na ja, ich winke der Oma zu, damit sie mich auch hier findet, wenn sie herabschaut.«

Helga schossen abermals die Tränen in die Augen. Sie beugte sich zu ihrem Sohn herab und küsste ihn auf die Wange. »Mein kleiner Schatz! Das ist sehr lieb von dir. Komm, wir gehen nach Hause. Morgen können wir ja wiederkommen.« Sie streckte die Hand aus, und schon hüpfte Mario auf sie zu.

»Kann Oma uns auch sehen, wenn wir durch die Stadt gehen oder zu Hause sind?«

»Ja, mein Schatz, das kann sie.«

Mario winkte diesmal einladend. »Komm mit, Oma, wir gehen jetzt nach Hause.«

Ihr Heimweg führte sie wieder am Schaufenster der Parfümerie vorbei. Helga fühlte ganz deutlich die anziehende Wirkung des Bildes. Es war, als wolle es ihr etwas mitteilen. Wie im Traum ging sie darauf zu, blieb davor stehen und ließ es auf sich wirken.

Es kam ihr so bekannt vor. Natürlich kannte sie das Kolosseum von verschiedenen Abbildungen, doch diese Sichtweise auf das Gebäude setzte irgendetwas in Bewegung. Es war nur nicht greifbar – noch nicht!

Sie betrat das Geschäft und grüßte. Eine Verkäuferin kam diensteifrig auf sie zu. »Womit kann ich Ihnen dienen?«

»Ich hab da mal eine Frage«, begann Helga unsicher.

» Ja?«

»Dieses Bild in Ihrem Schaufenster vom Kolosseum – könnte ich es bekommen?«

»Ja, wo denken Sie denn hin?« Die Angestellte wurde sehr herablassend. Hier war kein Geschäft für sie zu erwarten.

»Es ist doch gerade erst aufgehängt worden und ist ein wesentlicher Bestandteil unserer Werbung.«

»Ja, natürlich, ich weiß. Aber vielleicht später, wenn Sie wieder umdekorieren?«

»Das kann ich Ihnen nicht sagen. Da müssen Sie mit meiner Chefin sprechen. Sie ist jetzt nicht da.«

Enttäuscht und verärgert über die blasierte Behandlung ging Helga grußlos aus dem Laden. Um sich dem entgegenzustellen, fehlte ihr im Augenblick einfach die Kraft.

Mario spielte vor der Parfümerie mit einem der öffentlichen Spielgeräte, die in der ganzen Innenstadt hin und wieder aufgestellt waren. Erschrocken bemerkte sie, dass sie ihren Sohn für diesen Moment völlig vergessen hatte. Nur gut, dass er nicht verloren gegangen war.

So setzten sie nun ihren Heimweg unverzüglich fort. Gleich würde ihre Schwester kommen, die bei Kurt genächtigt hatte und ihr beim Durchsichten und Ausräumen von Helenes Habseligkeiten helfen wollte.

Die Wohnung war bereits gekündigt und musste eilig geleert werden. Die beiden Schwestern wollten an diesem Nachmittag schon mal mit den Schrankinhalten beginnen.

***

»Hast du gewusst, dass Mama eine Vorliebe für einen bestimmten Schriftsteller hatte?«, rief Marianne vom Wohnzimmer herüber.

Überrascht tauchte Helga aus den Tiefen des Kleiderschrankes auf und wechselte neugierig zu ihrer Schwester.

»Mama hat gelesen? Nicht einmal das habe ich gewusst. Zeig mal!«

»Guck hier, da sind vier, sechs, acht – du, das sind fünfzehn Bücher. Alles durchweg Romane, wie mir scheint. Sogar einige von beachtlichem Umfang.« Eines davon hielt sie in ihren Händen. »Karl Eugen von Wegen heißt der Autor. Kennst du den?«

»Nein! Nie gehört. Ist ja ein Ding! Wieso hatte sie denn die Bücher versteckt gehalten? Ich habe sie jedenfalls nie gesehen«, wunderte sich Helga.

»Wird doch kein Schmuddelkram sein? Dann würden sich ja ganz neue Charakterzüge auftun«, schelmisch schlug Marianne ein Buch mittendrin auf.

»Mama doch nicht! Du hast ja eine Phantasie!«

»Neee, so wie ich das erkenne, handelt es sich hier eher um Liebesromanzen.« Marianne schlug es wieder zu.

Helga nahm ein Buch in die Hand und drehte es hin und her. Sie schaute auf den Umschlag und las den Namen. Wieder beschlich sie ein ähnliches Gefühl wie das vor der Parfümerie.

„Was ist nur mit mir los?“, dachte Helga. Vielleicht hat es einfach nur etwas mit der Trauer zu tun. Ich bin wohl nicht mehr ganz ich selbst. »Was meinst Du, sollen wir sie entsorgen? Oder willst du sie mitnehmen, Marianne? Ich komme ja doch nicht zum Lesen.«

»Ich würde sie schon gerne mitnehmen. Ist doch interessant, mal nachzulesen, was unsere Mutter für Literatur bevorzugt hatte. Denn ich finde keine anderen Bücher. Nur diese von demselben Schriftsteller.«

»Ich habe Mama auch eigentlich immer nur Zeitschriften lesen sehen. Vielleicht hatte sie diese im Bett gelesen, vor dem Einschlafen. Darauf habe ich nicht geachtet als ich zuletzt nur noch schnell die Wäsche zum Wechseln aus der Kommode geholt habe. Ich werde mal eben nachschauen.«

Helga betrat erneut Helenes Zimmer, in dem noch immer ihr Duft wahrnehmbar war. Tränen wollten sich aufdrängen. Zärtlich strich sie über die Bettdecke.

Wie schnell doch alles gegangen war. Nur ein paar Tage hatte sie letztendlich im Krankenzimmer zugebracht.

Helga riss sich zusammen und schaute auf den Nachtschrank. Außer ihrer alten Nachttischlampe, von der sie sich nie hatte trennen wollen, gab es nichts zu sehen.

Sie öffnete die Schublade. Dort lagen gefaltete Taschentücher, ordentlich gestapelt. Ihre Mutter mochte diese lieber benutzen als Papiertaschentücher.

Ganz hinten entdeckte sie in einer Ecke allerdings eine kleine flache Schachtel, als sie die Schublade bis zum Anschlag herauszog.

Die goldenen, schon ziemlich unleserlichen Buchstaben ließen auf eine Verpackung eines Juweliers schließen.

Gespannt hob Helga den Deckel an, und was sie dort sah, überraschte sie.

»Marianne, komm doch mal her! Kennst du das?«

»Hast du noch ein Buch entdeckt?«, tönte es aus dem Wohnzimmer herüber.

»Nein! Aber etwas ganz anderes.«

»Was denn?« Marianne erschien schon im Türrahmen und reckte neugierig den Kopf vor, um schneller sehen zu können, was Helga da Aufregendes gefunden hatte.

Diese hielt ihr das geöffnete Schächtelchen hin.

Das Schmuckstück blitzte ihr entgegen. Ein goldener Kettenanhänger in Herzform.

Aus dem geformten Herz strebte zusätzlich aufwärts ein Kreuz, während abwärts ein Anker zu sehen war. In der Mitte des Herzens waren drei kleine Rubine eingearbeitet. Dazu passend eine zarte Halskette, ebenfalls aus Gold.

»Oh!«, entfuhr es Marianne vor Verblüffung. »Wenn das nicht nach Liebe aussieht!«

»Meinst du? Von wem sie das wohl bekommen hat? Getragen hat sie es doch nie. Zumindest kann ich mich nicht erinnern, es mal an ihr gesehen zu haben oder kennst du es?«, überlegte Helga.

»Nein.« Marianne blickt auf und stupste Helga an. »Demnach hat sie es vor uns verheimlicht. Mama hatte ein Geheimnis. Ich werd‘ verrückt.« Die ältere Schwester wies noch immer das Temperament auf, das seit ihrer Kindheit mit ihren roten Haaren in Verbindung gebracht wurde.

»Oder glaubst du, dass der Hans ihr so etwas geschenkt hätte?«, spekulierte Marianne weiter. »Bestimmt nicht – der Geizkragen. Und wenn, dann hätte sie es hier nicht so versteckt aufbewahren müssen. Es wird ein unbekannter Verehrer gewesen sein. Ganz sicher!«

»Schau mal, auf dem Deckel ist ein Firmenname aufgedruckt.« Helga betrachtete nun genauer die Schachtel. »Aber man kann ihn gar nicht mehr entziffern. Es muss also ziemlich lange her sein, dass sie damit beschenkt wurde. Sieht ganz so aus, als hätte Mama das Kästchen oft angefasst, sonst wären die Buchstaben wohl leserlich geblieben. Ich glaube, so etwas wird heute gar nicht mehr angefertigt. Ein wenig altmodisch sieht es schon aus – aber wunderschön!« Helga nahm es nun ehrfürchtig aus der Schachtel, legte die Kette über ihren Handrücken, drehte die Hand um und ließ sacht den Anhänger in ihre gepflegte Handfläche gleiten. Dabei spielte sie mit dem Licht, und die Rubine blitzten auf.

Wieder durchfloss sie, wie aus weiter Ferne, dieses Gefühl. Es war ihr, als würde sie eine Kühle auf ihrer Haut spüren, gleichzeitig aber das helle Sonnenlicht fühlen. Doch da war es auch schon wieder vorbei. »Marianne, darf ich die Kette behalten?«, fragte sie versonnen.

»Aber sicher, meine Kleine.« Die Angesprochene schaute sie mitfühlend an. „Die Jungs brauchen wir gar nicht zu informieren", dachte Marianne. „Was sollten sie mit der Kette wohl anfangen?", fragte sie sich überlegend. „Ihren Frauen schenken? Das wäre nicht gerecht. Nein, die starke Verbindung, die Helga zu ihrer Mutter gehabt hatte, rechtfertigte diese Heimlichkeit." Marianne wusste, dass auf Helga noch eine harte Zeit der Trauer zukommen würde. Sie selbst und ihre Brüder waren alle deutlich älter und schon komplett unabhängig von der Mutter gewesen. Auch hatten sie sich seit dem Ausbruch der Krankheit bereits mit dem Gedanken vertraut gemacht, sie zu verlieren.

Doch Helga und Helene, das war schon ein besonderes und enges Verhältnis gewesen. Nicht nur, weil sie so dicht beieinander gewohnt hatten.

***

»Schau mal, Helmut. Dieses Schmuckstück haben wir im Nachtschrank von Mama gefunden. Kennst du es?«

Helmut schaute über die Zeitung hinweg, doch dann legte er sie beiseite und nahm die kleine Schachtel auf.

Aufmerksam betrachtete er die Kette darin. »Nein, nie gesehen. Aber das muss nichts heißen, du weißt, dass ich nicht auf solche Dinge achte. Tut mir leid.«

»Marianne kennt sie auch nicht und ich erst recht nicht. Ich könnte mich bestimmt daran erinnern. Stell dir vor, Mama muss einen Verehrer gehabt haben, von dem wir nichts wussten.«

»Das dürfte nicht so ungewöhnlich sein. Sie war eine schöne Frau. Nicht so hübsch wie du, mein Schatz, aber für damalige Geschmäcker bestimmt. So wie die Schachtel aussieht, muss es wirklich schon sehr lange her sein.« Sogleich verschanzte er sich wieder hinter seiner Tagzeitung.

Helga nickte und schaute dann wieder auf ihren Frühstücksteller. Eigentlich genoss sie diese Zeit mit ihrem Mann morgens, wenn Mario bereits im Kindergarten war. Besonders wenn Helmut seine Spätschicht hatte, konnten sie diese Stunde nutzen, um wichtige Dinge zu besprechen oder einfach nur gemeinsam die Zeitung zu lesen, bevor sie zu ihrem Salon ging. Doch diesmal war sie enttäuscht, dass Helmut den Fund nicht genauso faszinierend fand wie sie.

»Wir haben auch fünfzehn Bücher bei ihr entdeckt. Alle vom selben Schriftsteller. Auch das haben wir nicht vermutet. Ich habe sie nie ein Buch lesen sehen. Immer nur Illustrierte.«

»Hm!« Helmut blickte diesmal nicht einmal auf.

»Ist dir eigentlich dieser riesige und sicher sehr teure Kranz bei der Beerdigung aufgefallen? Auf der Schleife steht nur „In ewiger Liebe“, mehr nicht – kein Name. Er liegt jetzt ganz oben, über allen anderen Kränzen.«

Überrascht schaute Helmut nun auf und legte die Zeitung beiseite. Sofort erinnerte er sich an den eleganten Herrn auf der Beerdigung und wie eindringlich Hans Schlegel mit ihm auf dem Friedhof gesprochen hatte. Bis jetzt hatte er noch nichts über dessen Herkunft herausgefunden.

»Das ist tatsächlich sehr interessant. Der Kranz könnte nur von diesem vornehmen Herrn stammen. Das wäre zumindest der Einzige, dem ich so etwas zutrauen würde. Er sah ziemlich wohlhabend aus.«

»Von welchem vornehmen Herrn sprichst du?«

»Kannst du dich wirklich nicht mehr an ihn erinnern? Er gab uns beiden fast als letzter die Hand. Ihr habt Euch sogar einen Augenblick lang angeschaut. Dann hat er mit Kurt ein paar Worte gewechselt. Der behauptete allerdings, er wüsste nicht, wovon ich rede, als ich ihn nach diesem Mann fragte. Zuletzt ist ihm sogar dein Vater, Hans Schlegel nachgelaufen und hat auf ihn eingeredet.«

Helga überlegte eine ganze Weile, versuchte sich wieder an die beschriebene Szene zu erinnern. Und so langsam und schemenhaft tauchte er wieder vor ihrem Auge auf. Zwar verschleiert, doch nun wusste sie wieder, dass sie Tränen in den Augen gehabt hatte, die ihren Blick verwischten.

»Stimmt. Jetzt erinnere ich mich wieder. Aber nicht deutlich. – Ich kenne diesen Mann gar nicht.« In diesem Augenblick huschte jedoch plötzlich sein Gesicht ganz deutlich an ihr vorüber. Allerdings trug er auf diesem Bild keinen schwarzen Mantel, auf dem sich die Tröpfchen des Nieselregens glitzernd abgesetzt hatten. Hinter ihm sah sie eine weiße Wand, wie die eines Krankenzimmers.

Verwundert schloss sie kurz die Augen, um dann wieder in die Gegenwart zurückzukommen. »Und was hat Hans dazu gesagt?« Seit ihrer Konfirmation hatte sie damit begonnen, ihren Vater beim Vornamen zu nennen. Sie war der Meinung nun zu den Erwachsenen zu gehören, und darum nahm sie sich dieses Recht heraus. Sie hatte ihn noch nie gerne

„Papa“ genannt. Sie umging diese Anrede schon seit frühester Kindheit so gut es ging. Da weder Helene noch Hans sich dagegen wehrten, beließ sie es einfach dabei und fühlte sich seitdem wesentlich wohler.

»Hans? Ich habe ihn seit der Beerdigung nicht mehr gesehen. Er war doch nicht mal bei der Kaffeetafel dabei.«

»Ach, Schatz. Ich habe das alles gar nicht wahrgenommen. Wer dort mit uns saß oder auch nicht, fehlt mir völlig im Gedächtnis. Ich habe es schlichtweg nicht mehr aufnehmen können.«

»Das ist doch verständlich. Ich hatte auch schon diesen Vorfall vergessen, doch jetzt möchte ich zu gerne wissen, wer dieser edle Spender ist. – Morgen können wir, nachdem wir das Grab besucht haben, zu Hans gehen. Samstags ist er bei diesem Wetter meistens zu Hause. Vorher möchte ich jedoch gerne den Kranz gesehen haben.«

***

»Ist Hans da?« Helmut platzte mit dieser Frage heraus, kaum dass er die Terrassentür zur Küche geöffnet hatte. Rosi stand, ihm den Rücken zugewandt, am Herd und bereitete das Mittagessen zu. Erschrocken drehte sie sich um.

»Könnt Ihr nicht wie andere Menschen auch vorne an der Haustür klingeln? Du erschreckst mich jedes Mal fast zu Tode.“ Ärgerlich rührte sie im Topf.

»Ach, Rosi, wir sind doch Familie!«, rechtfertigte sich Helmut schelmisch grinsend, der sehr gerne Hans Schlegels Ehefrau ärgerte. Seine Art sich an ihrem wenig gastfreundlichen Verhalten zu rächen. Gleichzeitig deutete er damit an, dass er nicht daran dachte, seine Gewohnheit zu ändern, das Haus über die Rückseite zu betreten.

Manfred, der Sohn des Hauses, blickte amüsiert auf und erhob sich von der Eckbank, wo er gerade noch am Küchentisch die Zeitung gelesen hatte. Er ging auf seinen „Stiefschwager“ zu, schob ihn zur Seite, umarmte Helga und gab ihr einen schmatzenden Kuss auf die Wange. Dann hielt er sie auf Armeslänge und betrachtete sie genauer. »Die Trauer steht dir gut, liebe Helga. Diese blasse Gesichtsfarbe macht dich noch anziehender. Wenn Du nicht meine Schwester wärst…« Er grinste sie frech an. »Keine Ahnung, wie Papa dich hinbekommen hat. So eine Schönheit! Da hatte er wohl sein Pulver schon beim ersten Mal komplett verschossen! So blieb für unsere Kleine wohl nichts mehr übrig!« Damit spielte er auf die mangelnde Schönheit seiner jüngeren Schwester Marion an.

»Manfred! Mach, dass du rauskommst! Schäm dich, so über deine Schwester zu reden.« Rosis Gesicht wies Zornesröte auf. Unfreundlich fuhr sie Helmut und Helga an: »Hans ist in der Werkstatt.« Sie wollte sich schon wieder dem Herd zuwenden, doch dann fügte sie noch hinzu: »Nur, dass Ihr es wisst, das Mittagessen reicht nicht für uns alle! Und haltet Hans nicht so lange auf, wir wollen gleich essen!«

»Vielen Dank für die freundliche Einladung, aber wir haben heute erst spät gefrühstückt und noch gar keinen Hunger. Ein anderes Mal gerne, liebste Rosi.«

Helmut zog von außen die Terrassentür lautstark zu und schnitt dabei eine Grimasse.

Helga hielt Mario noch immer an der Hand, der sowieso selten Anstalten machte, sich auf diesem Grundstück selbstständig zu bewegen. Die stete Aufforderung „Brav zu sein“, verunsicherte ihn und verdarb jeden Bewegungsdrang.

Diesmal sah es außerdem auch so aus, als würde ihr Aufenthalt nicht lange dauern.

Helmut ging zügig zu dem Anbau, der sich an die Garage anschloss. Dort hatte Hans sich seine Werkstatt eingerichtet.

Von der Straße aus erblickte man nur eine ganz normale Garage, die allerdings ein Spitzdach aufwies. So konnte man dort mit dem Auto hineinfahren. Im Innern ließ sich für Außenstehende unvermutet, eine Schiebetür öffnen, die wie eine ganz normale Rückwand aussah. Dahinter bot ein ziemlich großer Raum ausreichend Platz für Baumaterialien, die vom Fahrzeug aus abgeladen werden konnten.

Es war das erste Gebäude, das Hans damals errichtet hatte. Von dort aus konnte er sich bedienen, um das Wohnhaus zu bauen.

Nun diente es als Werkstatt, Gerätehaus und Trockenkammer für Rosis Kräuter und Blumen, die noch reichlich gebündelt vom Gebälk kopfüber herunterhingen.

Zunächst warf Helmut einen Blick durch das große Fenster. Hans stand leicht gebeugt mit dem Rücken zu ihnen und schien in etwas zu blättern, das auf dem Arbeitstisch lag. An der Wand vor ihm befanden sich Regale, auf denen alte Farbdosen mit Pinsel, eingeweicht in Terpentin, und Werkzeuge zu sehen waren. Zwei Schritte von ihm entfernt, stand links ein alter ausrangierte Kleiderschrank, dessen rechte Tür weit geöffnet war. Auf Einlegeböden, die von oben bis unten reichten, waren unzählige Aktenordner zu sehen.

Verwundert schaute Helmut Helga an und machte ihr ein Zeichen. „Warte!“ war die Botschaft. Schweigend beobachteten sie Hans, wie er einen Augenblick später einen Ordner zuklappte, der nun deutlich erkennbar war, und ihn zu den anderen in den Schrank stellte. Sorgfältig schloss er die Tür und drehte den Schlüssel um, den er sofort abzog und in seiner Westentasche verschwinden ließ.

Dieser Moment erschien Helmut günstig seinen Schwiegervater zu überraschen, und so drückte er die Tür schlagartig und geräuschvoll auf. Hans fuhr herum und stellte sich schützend vor die Schranktür, die er gerade eben geschlossen hatte.

»Was wollt Ihr denn hier?« bellte er sie wie ertappt an. Ganz offensichtlich hatte er etwas zu verbergen. Sein Blick flackerte unstet und die aufflammende Röte, die nun sein Gesicht erfasste, ließ sich nicht mehr unterdrücken.

»Guten Tag, lieber Hans. Wir freuen uns auch, dich zu sehen«, erwiderte Helmut leicht spöttisch und begab sich nun weiter in die Werkstatt hinein, direkt auf ihn zu. Hans drückte sich verunsichert eng an den Schrank.

Mitten im Raum blieb Helmut stehen und schaute sich suchend um, während Hans ihn nicht aus den Augen ließ. Bei den Strohblumen, die von der Decke herabhingen, blieb sein Blick haften. »Hübsch!«, gab er betont lässig von sich. Dann schaute er Hans direkt und forschend in die Augen. »Apropos Blumen! Du weißt nicht zufällig, wer diesen ominösen Kranz, der auf Mamas Grab liegt, hinterlassen hat? Wir waren gerade auf dem Friedhof«, fügte Helmut erklärend hinzu.

»Woher soll ich das wissen? Ich weiß ja nicht einmal, von welchem Kranz du sprichst. War seit der Beerdigung nicht mehr dort.« Für einen Augenblick lang war Hans beruhigt, dass das Gespräch ein Thema berührte, das nichts mit seinen Akten zu tun hatte und ihm harmlos erschien.

»Ich vermute, dass er von dem älteren Herrn sein könnte. Er wirkte auf mich sehr elegant und vermögend.« Helmut beobachtete genau jede Reaktion von Hans und ließ ihm absichtlich nur Stück für Stück seines Wissens zukommen. Nun glaubte er in Hans‘ Augen lesen zu können, dass er sehr genau wusste, um wen es sich hierbei handelte.

Da er noch immer keine Erklärung abgab, fuhr Helmut fort: »Du hast mit ihm gesprochen. Nach der Beisetzung. Bist ihm sogar nachgelaufen und hast ihn am Ärmel festgehalten«, ließ Helmut nun die Katze aus dem Sack.

Hans machte Anstalten, den Raum zu verlassen. Darum blaffte er: »Du redest dummes Zeug! Ich weiß wirklich nicht, wen du meinst. « Helmut stellte sich ihm in den Weg. »Das glaubst du doch wohl selber nicht. Mir kannst du so einen Unsinn nicht erzählen. Ich habe genau gesehen, wie du ihm nachgerannt bist. Er schien dich auch zu kennen, sonst hätte er wohl kaum geduldet, dass du ihn so unmanierlich am Ärmel festhielst. Was hattest du so Wichtiges mit ihm zu besprechen, das keinen Aufschub duldete?« Helmut machte einen winzigen Schritt auf ihn zu. Hans wirkte gehetzt. »Wer ist dieser Mann? Und was hatte er mit Helene zu tun? Das kann doch nicht so schwer sein. Er war wohl kaum ihr Liebhaber«, schoss Helmut ins Blaue.

Hans, der plötzlich ganz blass wurde, schob Helmut, der ihn deutlich überragte, wütend zur Seite. »Ich gehe jetzt essen. Raus hier! Und Ihr seid nicht dazu eingeladen! Auf Wiedersehen!«

Helmut wusste, wann er nicht weiterkam und so fügte er sich zunächst. »Deine Frau war schon so freundlich, uns darauf hinzuweisen. Vielen Dank!« Er ging an Hans vorbei, der jetzt die Tür aufhielt, aber nicht ohne noch einen letzten prüfenden Blick auf ihn zu werfen. Er gesellte sich zu Helga, die die ganze Zeit über mehr draußen als drinnen gestanden hatte.

Hans trat hinaus, drehte ihnen den Rücken zu, als er die Werkstatt abschloss und stapfte dann grußlos an ihnen vorbei, ohne sie noch einmal anzuschauen.

Helmut grinste Helga schief an: »Na, das war ja mehr als deutlich. – Komm, lass uns gehen. Wir reden besser zu Hause.« Dabei warf er einen bedeutsamen Blick zu seinem Sohn hinunter.

***

»Verflucht noch mal!« Lothar Jenkins von der Detektei „Jenkins & Co“ konnte sich noch gerade so eben auffangen. Fast wäre er über eine Baumwurzel gestolpert, die sich kaum sichtbar über den Waldweg wand. »Blödsinnige Idee!«, schimpfte er erneut laut vor sich hin. Doch dann riss er sich zusammen. Niemand sollte auf ihn aufmerksam werden.

Schließlich hatte ihn der Prinz genau aus diesem Grund zu dem extra ausgewählten Treffpunkt bestellt. Als passionierter Jäger, wie Ernst Ludwig einer war, fiel es niemandem weiter auf, wenn er in der Morgendämmerung zu seinem Hochsitz ging.

Also musste Lothar schon in der späten Nacht von zu Hause abfahren, um nicht durch eine Übernachtung im einzigen Gasthof des Ortes aufzufallen.

Mit Hilfe einer topografischen Karte hatte er vorher den Treffpunkt ausgemacht und konnte jetzt nur hoffen, dass er auch den richtigen erwischt hatte.

Eines musste ihm Lothar schon lassen, der Prinz schien ein ausgekochter Hund zu sein. Es war in der Tat schon ziemlich unwahrscheinlich, dass man hier den Prinzen beobachten und abhören würde.

Als bekannter Adeliger, der seine Finger nicht nur in zahlreichen Geschäften stecken hatte, sondern dessen Beziehungen auch bis in die höchsten einflussreichen Kreise reichten, war es anzunehmen, dass er überwacht wurde.

Lothar erinnerte sich, wie amüsiert er war, als ihm der Prinz telefonisch den Auftrag erteilte. Das war doch mal etwas! Man habe ihn weiterempfohlen und ihn als einen äußerst effizient arbeitenden Kundschafter gepriesen, auf dessen Verschwiegenheit absolut Verlass sei.

Lothar hatte sich höflich bedankt und sich ein Grinsen nicht verkneifen können, das er sich aber im weiteren Gespräch nicht hatte anmerken lassen.

Ja, seine Verschwiegenheit war so gut, dass der Prinz nicht gewusst hatte, dass Lothar bereits seit Jahren für seinen Bruder Karl Eugen tätig war. Er war also bereits bestens im Bilde.

„Das hätte ja nicht besser laufen können", dachte er, nachdem das Telefonat beendet und die Bedingungen geklärt waren. Natürlich wusste er, dass er sich nun auf ein gefährliches Doppel einließ. Doch gerade das reizte ihn. Zumal…

Und nun stand das erste persönliche Treffen an. Er wollte Ernst Ludwig von seinen Qualitäten überzeugen und ihm ein paar Brocken hinwerfen, die ihn ein wenig beschäftigen und gleichzeitig von Helga fernhalten sollten.

Es hatte sich also bereits schon jetzt gezeigt, dass es eine gute Entscheidung war, in Helgas Wohnung ein paar kleine „Wanzen" zu verstecken. Das war für ihn überhaupt kein Problem gewesen. Während der Trauerzeremonie stand ihm ausreichend Zeit zur Verfügung.

Nun öfter Helgas Stimme zu hören, das hatte schon was!

Und so hatte er von dem Aktenschrank in Hans' Werkstatt erfahren. Ihm war sehr rasch klar, dass der Polier wohl ziemlich akribisch die Unterlagen zu seinen „Zusatzeinkünften" verwaltete. Ein Blick in die Akten, den er kurz darauf bei einer nächtlichen Aktion warf, bestätigte seine Vermutung.

Er hoffte nun inständig, dass Ernst Ludwig noch nichts von der Existenz und der Rolle, die Hans spielte, wusste. Vielleicht hatten seine Vorgänger ihn als unwichtig abgetan, wenn sie denn überhaupt schon auf ihn gestoßen waren.

Er wusste, die relativ kurze Zeit, die er für Ernst Ludwig würde arbeiten können, musste er nutzen, um die Prinzessin zu schützen. Es war nicht unüblich, dass in solchen Kreisen die Agenturen häufig wechselten, damit es nicht auffiel, wer sie beauftragte. Schon gar, wenn der Beweggrund durchaus kriminelle Züge aufwies.

Endlich gelangte er an die gewünschte Lichtung. Einen Augenblick lang verharrte er im dunklen Bereich der Bäume.

Nebel stand über den Gräsern und ließ die Wiese im erwachenden Tag gespenstisch erscheinen. Am gegenüberliegenden Waldessaum war, wie freischwebend, der Hochsitz zu sehen.

Ein Holzdächlein bot Schutz vor Regen, ließ dadurch aber auch kaum erkennen, ob sich dort jemand aufhielt.

Lothar stapfte durch das hohe Gras und schalt sich, dass er nicht an Gummistiefel gedacht hatte. Schon spürte er die Feuchtigkeit die Schuhe durchdringen. Hoffentlich holte er sich keinen Schnupfen.

Schließlich hatte er den Hochsitz erreicht und kletterte die Leiter hinauf.

»Na, da sind Sie ja endlich!«, war die herrische und wenig freundliche Begrüßung.

»Guten Morgen, Eure Hoheit.«

»Lassen Sie diese Förmlichkeit. Ist hier oben einfach nur albern. – Was haben Sie herausgefunden?«, kam er gleich zur Sache. Dabei betrachtete er den Detektiv genauer, soweit es die Dämmerung zuließ. Dann griff er in die Jackentasche seiner grünen Jägertracht, holte einen Flachmann heraus und reichte ihn an Lothar weiter.

»Hier! Nehmen Sie mal einen ordentlichen Schluck, damit ihnen nicht kalt wird!«

Lothar schaute den Prinzen prüfend an, nahm aber dann doch, wenn auch zögerlich, die Flasche entgegen. Er wusste sofort, Widerstand war zwecklos. Vielleicht wollte er auch erreichen, dass er, Lothar, gelöster und unvorsichtiger wurde. Lothar schraubte den Verschluss ab, setzte den Flachmann an die Lippen, ließ jedoch die Flüssigkeit nur gegen den Mund fließen und wieder zurück, ohne einen Schluck zu nehmen. Doch die Berührung mit dem Getränk ließ den teuren Cognac erkennen.

Lothar schluckte seinen Speichel herunter und wischte sich mit dem Handrücken über den Mund. »Danke! – Guter Tropfen!«

»Kommen Sie zur Sache!«, forderte der Prinz erneut.

»Ich kann Sie beruhigen! Die observierte Person hat absolut keine Ahnung, was ihre wahre Herkunft angeht. Sie scheint mehr oder weniger regelmäßig einen Mann namens Hans Schlegel zu besuchen, den sie für ihren Vater hält. Meine Recherchen haben ergeben, dass dieser Mann in seiner Werkstatt eine jahrelange Sammlung von Bankunterlagen unter Verschluss hält, die die regelmäßigen Zahlungen ihres Herrn Bruders aufweisen. Er überweist seit etlichen Jahren eine beträchtliche Summe Monat für Monat. Diese hat sich wohl ein wenig verringert seit der Volljährigkeit des Mädchens. Auch ist gerade noch einmal die gleiche Summe eingegangen, ungeachtet des Todesfalles der Mutter. Es handelt sich dann wohl um so eine Art „Gratifikation“ für die langjährige Treue und Dienste.«

»Sie meinen Schweigegeld! – Sie können hier ruhig offen mit mir reden. Hier hört uns niemand.« Ernst Ludwig kramte nach seiner Zigarre und während er sie entzündete, murmelte er: »Idiot.«

Und als Lothar Jenkins ihn entrüstet anschaute, fügte er erklärend hinzu: »Mein Bruder hat einfach keinen Geschäftssinn. Ist zu einfältig. – Aber, nun erklären Sie mir mal genauer, wie Sie zu der Annahme gelangt sind, dass diese Frau tatsächlich ahnungslos ist, obwohl mein Bruder bei der Beerdigungsfeier zugegen war.«

»Ich habe zu dem Zeitpunkt der Trauerfeier eine äußerst zuverlässige Mitarbeiterin auf dem Friedhof platziert. Frauen werden in diesem Fall weniger bemerkt«, erklärte er und fuhr fort: »Die Prinzessin war so …«

»Was fällt Ihnen ein!«, polterte Ernst Ludwig. »Nennen Sie diese Person nie wieder Prinzessin. Ein Bastard ist sie – nichts anderes!«

Sogar in diesem spärlichen Licht konnte Lothar erkennen, dass sich das Gesicht des Adeligen puterrot gefärbt hatte.

Einen sehr explosiven Charakter hatte er also vor sich. „Das sind die Schlimmsten!“ dachte er. „Gefährlich, weil zu spontanen Handlungen fähig. Dass er über Leichen gehen würde, um seinen Willen durchzusetzen, war ihm jetzt klar.“

»Also gut! Diese Person…«, er machte eine kleine Pause und schaute, ob der Prinz diesmal friedlich blieb. »Diese Person war derart in Trauer versunken, dass sie die Kondolenzwünsche überhaupt nicht registriert hat. Sie hat nicht einmal den Blick erhoben«, flunkerte Lothar. »Und Ihr Herr Bruder hat dann auch sogleich den Friedhof verlassen.«

»Das war klug von ihm. Dann hat er doch genug Respekt vor mir«, murmelte Ernst Ludwig vor sich hin.

Lothar war schon recht zufrieden mit dem Ergebnis, wollte aber noch mehr Sicherheit erreichen.

»Währenddessen habe ich in der Wohnung dieser Person…«, wieder machte er eine kleine Pause, um dann fortzufahren: »einige kleine Abhörgeräte installiert. So bin ich nun in der Lage, alle Gespräche mitzuverfolgen, aufzuzeichnen und sie auszuwerten. Aus diesem Grund kann ich Sie durchaus beruhigen. Ihre Befürchtungen sind völlig haltlos. Aber! Natürlich war der Zeitraum der Überprüfung noch nicht wirklich ausreichend. Ich hielte es daher für erforderlich, um absolute Sicherheit zu erlangen, die Beobachtung fortzusetzen.«

»Setzen Sie fort, mein Lieber! Setzen Sie fort!« Offensichtlich hatte Lothar Jenkins den Prinzen in Sicherheit wiegen können. Denn der Stimmungswechsel war schon frappierend.

»Dann hätten wir wohl alles besprochen und ich gehe wieder an meine Arbeit. Wünschen Sie regelmäßige Treffen, oder soll ich Sie nur kontaktieren, wenn ich etwas herausgefunden habe?«

»Das lasse ich Sie beizeiten wissen. Sie können sich nun entfernen. Aber trampeln Sie nicht so herum! Sie verscheuchen mir sonst nur das ganze Wild!«

Lothar stand von der einfachen Holzbank auf, blieb jedoch in gebückter Haltung, weil das Dächlein keine andere Position zuließ.

So mutete die stumme Verbeugung ein wenig absurd an, die der Prinz aber schlichtweg ignorierte.

Er ergriff das Fernglas, das an einem Gurt um seinen Hals baumelte, und spähte bereits hindurch, während Lothar versuchte, die steifen Glieder rücklings die Leiter hinunterzubewegen.

Ein letzter Blick nach oben, am Fuße der Leiter, und er stellte fest, dass der Prinz ihn nicht mehr beachtete. Nur das Fernglas war zu sehen, mit dem dieser sein Wild ausmachen wollte.

Lothar beschloss, den Rückweg diesmal am Waldesrand zu beschreiten, um sich das wiederholte Durchnässen der Schuhe zu ersparen. Die Tiere würde er damit wohl auch nicht stören. Außerdem gaukelte ihm seine Fantasie eine Szene vor, die ihn vorsichtig handeln ließ. Es wäre doch ein Leichtes, ihn von hinten zu erschießen, während er über die Lichtung ging, und es dann wie einen Jagdunfall aussehen zu lassen. Im letzten Moment hatte er, bevor er die Leiter hinabstieg, die Büchse wahrgenommen, die gegen die Holzwand des Hochstandes lehnte.

Ihm war klar, dass er dem Prinzen nicht trauen konnte. Wenn dieser ihm jemals auf die Schliche käme, hätte er sein Leben verwirkt, das wusste er nur allzu genau. Und doch ging er dieses Risiko ein.

Vorsichtig, auf jede Bodenunebenheit achtend, ging er zurück zum Auto, das er, von einem Gebüsch fast vollständig verdeckt, im Forstweg geparkt hatte.

Er öffnete es, setzte sich hinter das Steuer und atmete tief durch. Für einen kurzen Moment schloss er die Augen. Bleierne Müdigkeit wollte sich breitmachen.

„Jetzt bloß nicht schwächeln!“, dachte er. Er musste auf dem direkten Weg nach Hause, und zwar sofort. Er nieste.

»Na bitte – da haben wir den Salat!« Er stieß erneut die Fahrertür auf, schwang seine Beine nach draußen und zog Schuhe und Strümpfe aus, die wie festgeklebt an den Füßen saßen.

Erst jetzt sah er die dicke Schicht Erde, die an den Sohlen haftete. Er klopfte sie so gut es ging ab und legte alles in den Fußraum des Beifahrers. Dann startete er den Motor.

Ein wenig musste er sich daran gewöhnen, barfuß die Pedale zu bedienen. Doch schon kurz darauf, er hatte die Landstraße erreicht, hatte er sich umgestellt.

Nun ließ er seinen Gedanken freien Lauf. Er musste diese Begegnung für sich auswerten.

Zum ersten Mal hatte er mit Ernst Ludwig so engen Kontakt gehabt. Lothar war ein äußerst sensibler junger Mann, mit feinen Antennen für seine Mitmenschen. Es genügte ein kurzes Gespräch, und er hatte die Persönlichkeiten und deren Eigenarten im Nu erfasst.

Die Tatsache, dass er sich auf dem Hochstand eingeengt gefühlt hatte, musste nichts mit dem begrenzten Platz zu tun gehabt haben. Ernst Ludwig hatte eine so starke Präsenz, dass für andere kaum Freiraum in seiner Nähe übrigblieb.

Er beanspruchte einen überdimensionalen Individualbereich. Sowohl mental, als auch durch seine Leibesfülle, die das Bild vervollständigte. Da bedurfte es schon einer gehörigen Portion Selbstvertrauen, sich nicht davon einschüchtern zu lassen.

Darum wusste auch Lothar sofort, dass seine bisherigen Einschätzungen stimmten.

Hier hatte er es tatsächlich mit einem egozentrischen und rücksichtslosen, ja, machtgierigen Menschen zu tun. Getarnt mit der Maske der noblen Herkunft.

Der Adelige war es gewohnt, dass sich alle Türen für ihn öffneten. Und wenn nicht, öffnete er sie sich eben selbst. Er nahm sich, was er wollte.

Die Gefahr, in der Helga Patrizia schwebte, war für Lothar unübersehbar. Im Augenblick hatte sie noch nichts zu befürchten, aber er ahnte, dass der Tag kommen und die Vergangenheit sie einholen würde.

Er wusste, dass die Begegnung mit Karl Eugen am Grab die Hypnose zum Bröseln bringen konnte. Wie sehr er es ihr auch wünschte, ihren rechtmäßigen Platz einzunehmen, so genau wusste er jedoch, dass dies ihr Todesurteil wäre. Niemand konnte sie so beschützen, dass sie in Sicherheit würde leben können.

Was wäre dies dann für ein Leben? Unsicherheit und Angst wären ständige Begleiter!

Das würde kein Geld, kein Reichtum der Welt aufwiegen, für die kurzen Jahre des Vater-Tochter Glücks.

Auch Karl Eugen war ja nun nicht mehr der Jüngste. Nach dem Ableben des Prinzen wäre sie letztendlich mit so einer Situation völlig überfordert. Gar nicht darauf vorbereitet.

Viel hatte er, Lothar, im Auftrag Karl Eugens, in den vergangenen Jahren für sie getan. Bis heute ahnte sie nichts davon.

Den Kredit, den keine Bank ihr für die Gründung ihres Kosmetiksalons hatte gewähren wollen, hatte sie schließlich durch die Fürsprache Prinz Eugens ganz einfach auch ohne hinterlegte Sicherheiten bei ihrem letzten Versuch genehmigt bekommen.

Sie war so glücklich und überwältigt, dass sie sich gar nicht einmal zu wundern schien. Voller Tatendrang stürzte sie sich in ihr neues Aufgabengebiet.

Oder die erste Couchgarnitur! Er schmunzelte, als er sich daran erinnerte. Von weitem beobachtete er ihre Reaktion. Als er feststellte, dass Helga ganz besonders an einer hochwertigen Ledergarnitur Gefallen gefunden hatte, aber mit ihrem Mann wegen des Preises diskutierte, ließ er den Verkäufer, der sie bediente, ins Büro rufen.

Ein kurzes Telefonat mit dem Prinzen genügte, und man konnte den beiden die erfreuliche Mitteilung machen, dass gerade dieses Modell soeben zum halben Preis angeboten würde, da es ein Ausstellungsstück sei. Dass der Verkäufer es noch vor nicht einmal einer halben Stunde als neuestes Modell beschrieben hatte, fiel ihnen in der Begeisterung über diese einmalige Gelegenheit nicht weiter auf.

Dann der Karrieresprung ihres Mannes Helmut! Er hatte sicherlich seine Berechtigung, doch zu dem damaligen Zeitpunkt war er eigentlich verfrüht und nicht üblich.

So ergaben sich immer wieder Möglichkeiten, Helgas Leben angenehmer zu gestalteten.

Das war das Einzige, was Karl Eugen für seine Tochter tun konnte und durch ihn, Lothar, für ihre Sicherheit zu sorgen.

So begleitete er Helga Patrizia nun schon mehr als zehn Jahre. Sie war ihm vertraut wie keine andere Frau.

Als er sich damals für den Beruf des „Detektiv und Personenschutz“ entschied, war ihm völlig klar, dass diese Berufswahl einen enormen Einfluss auf sein Privatleben haben würde. Unter anderem, dass es für ihn kein privates Leben mehr geben würde.

In diesem Job waren „Feierabend“ oder „geregelte Arbeitszeiten“ Fremdwörter.

Freunde hatte er nur in den Kreisen, die für ihn nützlich waren. Er war schon immer ein Einzelgänger gewesen.

Bereits als Kind. Emotionale Bindung hatte er nie kennengelernt.

Dafür hatte er mehr als genug Zeit gehabt, Menschen zu beobachten. Er lebte durch fremde Menschen. Hatte durch diese Betrachtungen Anteil an deren Familienleben, das er selbst nie wirklich kennengelernt hatte.

Seine Fähigkeit, sich in andere Menschen hineinzufühlen, wurde genau dadurch geschult.

So hielt er es auch nicht für einen Verlust, ohne Ehefrau und Familie durchs Leben zu gehen. Frauen waren für ihn ohnehin nur Mittel, um seine Bedürfnisse zu stillen. Ein Austausch von Zärtlichkeiten war ihm fremd.

Darum beschränkten sich seine Kontakte lediglich auf das Rotlichtmilieu. Dort stellte niemand Ansprüche an ihn. Man nahm ihn, wie er war, und so manche Information erlangte er dort, die sonst niemand anderswo preisgegeben hätte.

Doch als er dann den Fall „Eigentlich Prinzessin", wie er ihn nannte, annahm, ahnte er nicht, dass durch diese Frau in ihm Sehnsüchte geweckt werden würden, die er bis dahin nie kennengelernt hatte.

Erst war es ihm gar nicht weiter aufgefallen. Er hatte sich in diese Aufgabe mit Eifer, Vorsicht und Genauigkeit begeben, wie es seiner Art entsprach.

Nüchtern im Geist, aber alle sensiblen Antennen auf Empfang gestellt. Natürlich war es ihm aufgefallen, dass Helga Patrizia eine ausgesprochene Schönheit war.

„Kein Wunder!", dachte er. „Bei der Herkunft!" Außerdem muss ihre Mutter in jungen Jahren auch auf ihre Weise sehr ansprechend ausgesehen haben.

Doch Helgas Schönheit allein war es nicht, die ihn schließlich faszinierte. Letztendlich war es ihre Ausstrahlung, die sein Herz höherschlagen ließ.

Eine natürliche Anmut, die ihr nicht bewusst zu sein schien. Ein offenes Herz für jedermann und ihr warmes Lächeln bezauberten ihn.

Ihr untrüglicher Geschmack, sich zu kleiden, zu frisieren und zu schminken, war nicht zu überbieten. Sie war wandelbar, und es schien, als würde sie mehrere verschiedene Typen von Frauen verkörpern.

All das zusammen ließ ihn jeden Morgen voller Erwartung aus dem Bett springen, um sie wie ein Schatten zu begleiten. Ihm war überhaupt nicht klar, was da gerade mit ihm geschah. Er machte sich darüber auch gar keine Gedanken. Er genoss einfach nur seinen Job, zumindest redete er sich das anfangs so ein.

Als aber dann zum ersten Mal, das musste ja eines Tages so kommen, sich ihre Augen trafen, während er sie über einen Angebotstisch im Kaufhaus hinweg beobachtete, setzte sein Herzschlag aus und ihm wurde schwindelig. Er griff haltsuchend hinter sich ins Regal und fegte dabei eine ganze Reihe Deodorants zu Boden.

Helgas Lächeln gab ihm den Rest. Mit knallrotem Kopf flüchtete er aus dem Kaufhaus. „Was war das denn?"

Nun musste er sich wohl endlich zu dieser Frage eine Antwort geben und sich der Wahrheit stellen.

Ja – und nochmals ja! Er hatte sich unsterblich in Helga Patrizia Prinzessin von Wegen verliebt.

Erschüttert hatte er sich auf die Bank fallen lassen, die nicht unweit vom Kaufhauseingang stand und dort wartenden Ehemännern Ruhe und Platz bot.

Noch nie zuvor hatte er so empfunden. Nicht während oder nach seiner Pubertät.

Die Mädchen seines Alters machten es ihm leicht. Ein hübscher, in sich gekehrter Junge mit dunklen Haaren und ebensolchen dunklen Augen, in denen sich tief drinnen die verletzte Seele widerspiegelte. Das wirkte unwiderstehlich auf die erwachende Frauenwelt.

Niemals zuvor hatte er den Wunsch verspürt, eine Haarsträhne einer Frau durch seine Finger gleiten zu lassen. Doch

Helgas glänzende dunkle Locken, die sanft ihr Gesicht umschmeichelten, weckten in ihm fast übermächtig diesen Wunsch.

Im Geiste zog er mit den Fingern den Schwung ihrer Augenbrauen nach, die zarte Linie ihrer vollen Lippen, um sich ihnen dann zu nähern und …

Lothar schnellte von der Bank. Sicher kam Helga bald mit ihren Einkäufen heraus. Dann sollte sie ihn hier nicht entdecken und schon gar nicht in dieser Verfassung.

Deshalb eilte er um die Hausecke, um dann seinen Beobachtungsauftrag weiter fortzusetzen, sobald sie das Gebäude verließ.

Er tauchte aus seinen Überlegungen auf und steuerte den Wagen auf einen Rastplatz, zwängte mit Mühe die nackten Füße in die klammen Schuhe und machte sich auf den Weg zur Toilette.

Selbst jetzt, bei dieser Erinnerung, setzte sein Herzschlag für einen kurzen Moment aus, um dann im nächsten Augenblick wie wild zu rasen.

Er brauchte eine Pause. Aus einem Zigarettenautomaten zog er eine Schachtel. Bereits auf dem Weg zurück zum Wagen zündete sich Lothar eine Zigarette an.

Er rauchte selten. Er hatte es nicht nötig, seine Nerven zu beruhigen.

So leicht konnte ihn nichts erschüttern. Er war hart gesotten, umsichtig, und auch nach einigen gefährlichen Situationen, die er dank seiner Intuition überlebt hatte, fühlte er sich nicht genötigt zu Rauchen.

Doch hier hatte er es mit einem anderen Problem zu tun. Hier wurden seine Gefühle mit solcher Heftigkeit angesprochen, dass ihm keine andere Lösung zur Entspannung einfiel.

Gefühle hatten doch sonst nie in seinem Leben eine Rolle gespielt.

Bei seinem Auto angekommen, schnippte er die brennende Zigarette zu Boden und zertrat ihre Glut, als würde er einen lästigen Käfer zermalmen.

Ganz in Gedanken versunken, behielt er diesmal die noch immer leicht feuchten Schuhe an. Seine brennenden Fußsohlen hatten es geschafft, eine wohlige Wärme in ihnen zu verbreiten.

Er fuhr langsam, jedoch mit zunehmender Geschwindigkeit vom Parkplatz, um sich dann in den Verkehr einzufädeln.

Es war ihm längst bewusst, dass seine heimliche Liebe nie Erfüllung finden würde.

Zu viele Gründe sprachen dagegen. Nicht nur, dass sie verheiratet war. Ihre Lebensstile waren zu unterschiedlich und unvereinbar.

Aber er liebte sie dennoch mit all seiner Kraft, völlig uneigennützig und daraus resultierte der Wunsch, sie um jeden Preis zu beschützen.

Er konnte nur hoffen, dass Ernst Ludwig ihn nie entlarven würde. Denn das wäre dann sein Ende. Und möglicherweise auch Helgas.

Anfangs achtete er sorgfältig darauf, dass sie ihn nicht mehr wahrnahm. Doch dann war die Versuchung einfach zu groß. Er ließ sich entdecken.

Sie lächelte ihm zu. Das Gefühl war fast unbeschreiblich. Die Wärme, die durch seinen ganzen Körper pulsierte, erfüllte ihn mit neuem Leben. Ausgelöst durch ein einziges Lächeln. In solchen Augenblicken war plötzlich alles viel heller um ihn herum.

Er lächelte zurück. Dann verschwand er, sobald sie sich ihren Einkäufen zuwandte. Er beobachtete, dass sie sich suchend nach ihm umschaute, und das machte ihn glücklich.

Von Zeit zu Zeit gestattete er sich diese gestohlene Glückseligkeit.

Zuhause angekommen, lenkte er seinen Wagen in die angemietete Garage und stellte ihn ab. Fischte die nassen Socken aus dem Fußraum und schloss das Auto sorgsam zu. Automatisch überprüfte er, ob der Kofferraum abgeschlossen war. Dann erst verriegelte er die Garage.

Neben dem Tor stand eine Mülltonne für die Abfuhr bereit. Er lüftete den Deckel, und die Strümpfe gingen den Weg des Vergänglichen.

Ein Blick auf die Uhr zeigte ihm, dass Helga bald das Haus verlassen würde, um zur Arbeit zu gehen. Diese Woche würde Helmut den Jungen zum Kindergarten bringen. Lothar kannte sämtliche Gewohnheiten. Er würde sie also noch verdeckt zur Arbeitsstätte begleiten und sich dann erst einmal für ein paar Stunden aufs Ohr legen.

***

Helga blickte auf die Küchenuhr und erhob sich. »Ich muss los. Denkst du bitte daran, Mario pünktlich zum Kindergarten zu bringen?« Helmut blickte nicht einmal von der Zeitung auf. »Sicher.«

Einen winzigen Augenblick überlegte sie, ob sie darauf noch etwas entgegnen sollte. Dann seufzte sie kaum hörbar, strich ihrem Sohn über den Kopf, hauchte einen Kuss auf seine Wange und wischte mit dem Daumen, die

Lippenstiftspuren wieder ab. »Tschüss, mein Schatz. Viel Spaß im Kindergarten«.

»Tschüss, Mami!« Mario winkte ihr fröhlich zu. Im Flur überprüfte Helga noch ein letztes Mal ihr Erscheinungsbild im Spiegel. Presste die Lippen aufeinander, bewegte sie reibend hin und her, um den Lippenstift zu fixieren. Dann betrachtete sie ihre strahlend weißen Zähne, ob sie frei von den Spuren des kräftigen Rots waren.

Die gespreizten Finger fuhren auflockernd durch die Haare. Dann war sie mit ihrem Aussehen zufrieden. Sie zog ihren Mantel vom Bügel der Flurgarderobe und warf ihn über.

Die Handtasche und den Schlüsselbund in den Händen haltend, zog sie die Wohnungstür hinter sich zu. Der Aufzug brachte sie geräuschvoll ins Erdgeschoss.

Automatisch warf sie, wie gewohnt, beim Heraustreten einen Blick zu Helenes Wohnungstür. Wie oft hatte ihre Mutter dort in der geöffneten Tür gestanden und ihr einen schönen Arbeitstag gewünscht oder sie einfach nur mal schnell stumm umarmt.

Ihr Herz krampfte sich zusammen. Aus der Wohnung hörte sie klappernde und scheppernde Geräusche. Der Vermieter ließ sie renovieren, denn schon bald würden neue Mieter dort einziehen.

Sie öffnete die Haustür und trat in die kühle Morgenluft, die sie tief einsog. Ein prüfender Blick zum Himmel, und sie bedauerte keinen Schirm mitgenommen zu haben.

Wenn sie sich beeilte, würde sie aber noch trocken ihr Geschäft erreichen. Der Wind frischte auf, und so ging sie schutzsuchend dicht an den Hausmauern und Schaufenstern entlang.

Sie spürte nicht, dass sie wie immer beobachtet und begleitet wurde.

Wieder blieb sie bei der Parfümerie für eine kleine Weile stehen und ließ das Bild vom Kolosseum auf sich wirken.

Doch diesmal löste der Anblick nicht die erwarteten Gefühle bei ihr aus. Ihr Geist war viel zu sehr mit ihrem Körper beschäftigt, der sich gegen die durchdringende Kälte wehrte.

Schließlich ging sie zügigen Schrittes die kurze Strecke ihrer Arbeit entgegen.

Als Lothar seinen Heimweg antrat, machte auch er Halt bei der Auslage. Sein Instinkt sagte ihm, dass Helgas Interesse nicht das einer Kundin war.

Schon mehrmals hatte sie sich merkwürdig benommen und immer nur dieses eine Schaufenster betrachtet. Seine Blicke suchten in dem Fenster nach Auffälligkeiten.

Unterschiedliche Schachtelgrößen einer Duftnote waren locker und ansprechend verteilt. Seidig glänzender Stoff, kunstvoll drapiert, repräsentierte die Sonne. Sommerliche Accessoires unterstützten den erstrebenswerten Duft.

Lothar fand nichts Bedeutungsvolles. So sehr er auch den Boden der Auslage absuchte. Nichts brachte sein Alarmsystem zum Klingen.

Sollte Helga tatsächlich nur an diesem Parfüm Interesse haben? Warum kaufte sie es sich dann nicht? Der Preis dürfte nun wirklich nicht das Problem darstellen.

Kopfschüttelnd wandte er sich ab. Er wollte schon die ersten Schritte gehen, als irgendetwas ihn dazu zwang, sich noch einmal umzudrehen.

Diesmal wurde sein Blick von etwas angezogen, das nicht auf dem Boden lag. Wie hatte er es übersehen können? Das Kolosseum!

Doch was hatte es damit auf sich? War es Helgas heimlicher Wunsch, Rom zu besuchen? Oder…?

Lothar schaute sich suchend um. Hier war doch irgendwo eine Telefonzelle. Richtig! Gut zwanzig Schritte entfernt waren zwei der gelben Kabinen zu sehen, in denen das öffentliche Telefon angeschlossen war.

Lothar wühlte in seiner Hosentasche nach Kleingeld und zog die Hand gefüllt heraus. „Das müsste reichen!“, dachte er, wobei er schon zielstrebig weiterlief.

Klackernd fielen die Münzen durch den Schlitz in das Innere des metallenen Kastens. Eine Hand hielt bereits den Hörer, aus dem das Freizeichen ertönte. Mit der anderen befüllte er den Automaten mit ausreichend Kleingeld, damit das Gespräch nicht vorzeitig unterbrochen wurde und wählte anschließend die Nummer.

»Ich möchte den Prinzen sprechen. Lothar Jenkins am Apparat. – Ja, ich warte. Aber beeilen Sie sich bitte, ich bin in einer öffentlichen Telefonzelle. Da flutscht das Geld nur so durch.«

Als er den Hörer wieder einhängte, hatte er einen besorgten Gesichtsausdruck. Er verließ die Telefonzelle und machte sich auf den Heimweg.

Nun war es doch schneller eingetreten, als er angenommen hatte. Offensichtlich begann die Hypnose ihre Wirkung zu verlieren. Wie schnell Helga sich nun vollständig würde erinnern können, darüber hatte ihm der Fachmann nichts sagen können, bei dem er sich schon vor einiger Zeit erkundigt hatte. Zumal die Erinnerungen in einem Kindheitsalter lagen, zu dem die meisten Erwachsenen sowieso keinen direkten Zugang mehr haben.

Das war ursprünglich seine Hoffnung. Doch nun … Die Tatsache, dass Helga immer wieder vor diesem Bild stehen blieb, bedeutete, dass sich irgendetwas an die Bewusstseinsoberfläche zu drängen schien.

Nun musste er noch mehr aufpassen als vorher. Nicht die kleinste Kleinigkeit durfte ab jetzt seiner Aufmerksamkeit entgehen.

Die Gespräche zwischen Helga und ihrem Mann mussten noch intensiver ausgewertet werden.

Eine Tatsache allerdings stellte ihn vor ein neues Problem. Die Gespräche zwischen Helga und ihrer Freundin Siham ließen sich außerhalb der Wohnung nicht belauschen. Das war ein großes Manko. Siham war ihre beste Freundin und Vertraute.

In seinem Kopf drehten sich die Gedanken und vermischten sich mit seinen Gefühlen.

»Ich muss schlafen! Dann sehe ich weiter! – Wir werden das Kind schon schaukeln!«, sprach er sich selber Mut zu.

Keine zwanzig Minuten später befand er sich in einem erholsamen Tiefschlaf.

***

»Komm Schatz, lass uns endlich mal wieder ausgehen! Wir versauern hier doch schon!« Helmut hatte sich hinter Helga gestellt und umfasste ihre Taille. Schelmisch pustete er ihr ins Ohr.

»Lass das! Du weißt, dass es unerträgliche Sturmgeräusche in meinem Ohr erzeugt. Mein Hörgerät verstärkt es doch!«

Helga war ärgerlich. Damit konnte er sie wirklich auf die Palme bringen. Sie drehte sich zu ihrem Mann um und blitzte ihn aus ihren mandelförmigen Augen an.

»Du bist wunderschön, wenn du so feurig fauchst«, lachte Helmut sie an.

»Du spinnst.« Helga musste schon wieder lachen. »Mir ist aber gar nicht nach Ausgehen. Außerdem, wer bleibt denn bei Mario? Wir können ihn doch nicht alleine lassen!«

»Das ist doch das geringste Problem. Kirsten will sich doch immer etwas dazuverdienen und sie wäre ruck, zuck hier.«

»Da magst du wohl recht haben, aber ich habe gar keine Lust dazu«, hielt Helga ihren Mann auf, der schon in die Wohnung gegenüber eilen wollte, um die Nachbarstochter zu fragen.

»Du wirst langweilig, Helga! – Du kannst doch nicht ewig um Mama trauern. Das Leben geht weiter. Ich bin auch noch da! Ich will etwas von meiner schönen und lebenslustigen Frau haben. Bisher haben mich immer alle Männer um dich beneidet. Wenn Du so weitermachst, dann…«

Helga schaute Helmut fassungslos ins Gesicht. »Willst du mich mit so billigen Argumenten bedrängen? Könnte ich nicht auf Unterstützung bei dir hoffen? Oder zumindest auf Verständnis? – Du hast doch Mama auch geliebt! Das dachte ich jedenfalls immer«, schoss Helga nun wütend zurück.

»Das muss ich mir nicht bieten lassen! Dann gehe ich eben alleine. Wenn du es dir anders überlegen solltest… Du weißt ja, wo du mich findest!« Helmut schnappte sich den Mantel vom Haken und stürmte aus der Wohnung.

Helga konnte gerade noch die Tür auffangen und verhindern, dass sie knallend ins Schloss fiel. Schlimm genug, dass sie sich laut im Flur gestritten hatten. Hoffentlich war Mario nicht wachgeworden.

Leise schlich sie in sein Zimmer, um dann die Tür wieder geräuscharm zu schließen.

Wie betäubt setzte sie sich in die Ecke ihrer Ledercouch und starrte einen Moment vor sich hin.

In letzter Zeit hatten sich die Abende häufiger so abgespielt. Anfangs hatte Helmut vorsichtig angefragt, ob sie nicht wie früher „um die Häuser ziehen" wollten, dann aber immer fordernder.

Doch irgendetwas hatte sie immer stärker daran gehindert, es ihm gleichzutun. Sie wusste, das Argument, Mario nicht allein lassen zu können, war eher nur vorgeschoben. Die Trauer hatte sich auch auf ein erträgliches Maß reduziert. Weit über ein Jahr lag die Beerdigung nun zurück. Und doch mochte sie nicht mehr in ihr altes Leben einsteigen.

Es gefiel ihr nicht, dass die Streitigkeiten immer häufiger ausarteten, Helmut wütend die Wohnung verließ und dann meist mehr oder weniger angetrunken nach Hause kam. Die letzten Male sogar deutlich betrunken.

Seufzend stand sie auf, öffnete die untere Wohnzimmerschranktür und holte ein Fotoalbum heraus. Damit setzte sie sich wieder auf das Sofa und schlug es auf ihren Knien liegend auf.

Die Sehnsucht nach ihrer Mutter wurde in solchen Augenblicken erdrückend. Sie hätte Rat gewusst. Sie mochte Helmut wie einen eigenen Sohn.

„Mama! Ich brauche Dich! – Was soll ich nur tun?", fragte sie das Foto, auf dem Helene ihr zuzulächeln schien. Sie war jung und wunderschön, fand Helga.

Wen lächelte sie eigentlich da so an? Wer hatte dieses Foto von ihr gemacht?

Zum ersten Mal stellte sie sich diese Frage. Das Album hatte sie zu sich genommen, als sie es beim Ausräumen der Wohnung gefunden hatte.

Offensichtlich hatte ihre Mutter es vor ihr versteckt gehalten. Und da von ihren Geschwistern niemand danach fragte, hatte sie auch nichts darüber gesagt und es heimlich zu ihren persönlichen Sachen gelegt. Nicht einmal Helmut wusste etwas darüber.

Helgas Neugier war nun geweckt. Behutsam legte sie das Album auf den niedrigen Wohnzimmertisch und holte aus der Küche ein scharfes Messer. Mit diesem durchtrennte sie vorsichtig den Klecks Klebstoff, der das Foto mit dem starken Papier verband.

Dann drehte sie das Bild um und tatsächlich, sie hatte richtig vermutet. Verblasst, aber noch lesbar stand in forscher Schrift „Meine Helena! In ewiger Liebe Dein …"

»Ach, Mist!«, schimpfte Helga. Genau die nächsten Buchstaben waren verwischt. So, als wären sie mit Wasser in Berührung gekommen. Oder waren es Tränen gewesen? „Mamas Tränen?" Helga spürte ein Kribbeln im Bauch aufsteigen. „Hier stimmt was nicht!" Sie legte das Bild erst mal zur Seite und blätterte weiter.

Sie kannte die Fotos. Doch so aufmerksam wie diesmal hatte sie sie noch nie betrachtet. Sie tauchte förmlich in sie hinein.

Hier Mama mit einem kleinen Kind auf dem Arm. Weite Wiesen in hügeliger Landschaft und mittendrin ihre Mutter mit Kleinkind. Sie hatte sich bisher keine Gedanken über die Fotos gemacht, sondern sie einfach so hingenommen.

Als sie das Album zum ersten Mal betrachtet hatte, war sie noch viel zu sehr in der Trauer gefangen, und es war sehr schmerzhaft, es zu durchblättern. Dann hatte sie es wohl vergessen.

Doch heute! Sie spürte, dass sie an einem wichtigen Punkt angekommen war, von dem sie noch nicht wusste, wohin ihr Weg sie nun führen würde.

Aufregung wollte sich breitmachen, doch sie versuchte sie zu unterdrücken und sich zu beherrschen. Wieder durchtrennte sie den Klebstoff, um an die Rückseite eines Fotos zu gelangen.

„Meine Königin des Herzens und meine kleine Prinzessin! Juni 1953"

Helga schien, als würde ihr Puls aussetzen, um dann förmlich weiterzurasen.

Was hatte das zu bedeuten? Helene stand in einer Landschaft, die sie nicht kannte, und hatte sie, Helga, auf dem Arm. Sie musste da – sie rechnete nach – neun Monate alt gewesen sein.

Instinktiv wusste sie, dass dieser Mann hinter der Kamera nicht Hans Schlegel war.

Hans' Schrift kannte sie als grobmotorisch und ungelenk. Doch diese Buchstaben, die auch auf dem ersten Foto zu finden waren, wiesen eine andere Handschrift auf.

„Meine kleine Prinzessin!" Was hatte das zu bedeuten? Ein Mann würde doch niemals ein Kleinkind als „seine kleine Prinzessin" bezeichnen, wenn es das Kind eines anderen wäre. Oder konnte die Liebe zu einer Frau so weit reichen, dass sie das fremde Kind mit einschloss?

In Helga herrschte absoluter Tumult. Sie stand auf und ging in die Küche, um sich einen Tee zu kochen. Ein Blick auf die an der Wand hängende Uhr zeigte ihr, dass sie sich genug Zeit nehmen konnte. So schnell würde Helmut nicht nach Hause kommen. Das wusste sie schon ziemlich genau!

Mit dem Teebecher in der Hand begab sie sich zurück zu ihrem Platz. Ihre Nerven hatten sich ein wenig beruhigt.

Irgendwo hatte sie doch noch eine Lupe. Damit konnte sie vielleicht noch besser Einzelheiten auf den Fotos erkennen. Sie zog wahllos sämtliche Schubladen auf und wurde fündig.

Sie führte das gewölbte Glas über das Bild und veränderte immer wieder den Abstand, um besser sehen zu können.

Blitzte da nicht etwas in der Sonne? Sie versuchte das Bild schärfer zu bekommen. Richtig! Ihre Mutter trug die Kette mit den drei kleinen Rubinen, die natürlich bei der Schwarz-Weiß-Fotografie nur als kleiner heller Schimmer zu erkennen war.

Also hatte sie doch die Kette getragen. Aber warum kannte Helga sie nicht? Warum hatte Helene sie nicht auch später getragen?

Fragen über Fragen! Ihre Nerven drohten zu zerspringen. Sie setzte den Becher an die Lippen und nahm einen großen Schluck. Fast zu heiß rann die Flüssigkeit die Kehle hinab. Helga erhob sich schlagartig von ihrem Platz, zog die bodenlangen Gardinen zur Seite und öffnete die Balkontür. Frische Luft drang herein. Vögel trällerten ihren ersten Abendgesang. Frühling lag in der Luft. Sie nahm einen tiefen Atemzug.

Sekunden später drehte sie sich, noch in der Balkontür stehend um und blickte von dort auf das Fotoalbum. Die steifen Seiten mit dem dazwischen gehefteten Pergamentpapier hatten sich selbstständig gemacht. Wie ein Fächer standen sie aufgerichtet. Langsam ging sie darauf zu und drückte die Seiten herunter.

Auf den folgenden Fotos war sie als kleines Kind zu sehen. Sie alle waren in einem Schlafzimmer aufgenommen worden. Ein einzelnes Bett stand gleich in der Nähe des Gitterbettchens, in dem sie saß und in die Kamera grinste. Ein geblümtes Nachthemd mit Rüsche am Halsausschnitt verdeckte unförmig ihren Körper. Die Farbe war nicht zu erkennen. Doch Helga dämmerte es, dass es rosa war. Auf dem nächsten Bild, es war ziemlich dunkel geraten, schlief sie in diesem Bettchen. Ein zartes Gesicht, ganz entspannt.

Helga schätzte, dass sie da vielleicht vier Jahre alt gewesen war.

Sie betrachtete sich ganz genau auf diesen Fotos.

Mama hatte diese Aufnahmen gemacht. Das wusste sie nun ganz sicher! Hinter ihr war die Schlafzimmertür. Sie sah förmlich den weißen Rahmen vor sich. Helga setzte sich erneut und lehnte sich mit geschlossenen Augen gegen den Sofarücken. Auf einmal sah sie alles ganz deutlich vor sich.

Es war dunkel, sie wurde wach. Helga tauchte in ihre Kindheit ab und so lauschte sie in die Dunkelheit. Mama war nicht da. Flink kletterte sie aus dem Bettchen und wollte zu Mama laufen. Sicher war sie in der Küche.

Da stand auf einmal dieser Mann an der Tür. Sie war überhaupt nicht erschrocken. Sie sah ihn nur einfach an. Aber das Gesicht, nein, sein Gesicht konnte sie nicht erkennen. Eine sanfte und warme Stimme hatte er. Es fühlte sich gut an.

»Ich bin immer da, wenn du mich rufst. Du musst nur an mich denken, wenn du mich brauchst.« Hatte sie diese Worte gerade wirklich gehört? Oder war sie so in die Erinnerung eingetaucht, dass sie es sich einbildete?

Sie wollte sich noch mehr ins Gedächtnis rufen. Nochmals vertiefte sie sich in die Dunkelheit des Schlafzimmers, und nun richtete sie ihre Aufmerksamkeit verstärkt auf diesen Mann.

Sie spürte mehr, als dass sie es sah, dass er sie anlächelte.

Tatsächlich hörte sie ganz deutlich in ihrem Kopf die Worte: »Herzlich willkommen! Da bist du ja wieder! Nun hast du mich endlich gefunden! Ich freue mich!«

***

Der Lautsprecher schaltete sich ein und ließ die typischen Klänge der Telefonverbindung ertönen.

Lothar wurde sofort aufmerksam, sprang von seinem Schreibtisch auf und eilte zum Tonbandgerät, um es einzuschalten.

Er benutzte noch immer gerne dieses eigentlich überholte Gerät, da es in der Lage war, deutlich länger aufzuzeichnen als die in Mode gekommenen Kassetten.

So stülpte er sich die Kopfhörer über und bediente die nötigen Schalter. Das Klingelzeichen am anderen Ende der Leitung war schon zu hören.

»Ja, Hallo?« Schon wusste Lothar, dass Siham antwortete. Sie nannte nie ihren Namen. Gleich darauf Helgas Stimme.

»Hallo, Siham! Du, ich muss dich unbedingt sprechen! Hast du Zeit, 'rüber zu kommen?«

»Ja, bist du denn zu Hause?«

»Ja! Ich habe mir heute Vormittag frei genommen. Hätte sowieso nicht konzentriert arbeiten können. Kommst du?«

»War es diesmal so schlimm mit Helmut?« Sihams Stimme klang mitfühlend.

»Helmut? Ach, na ja – das Übliche, wie immer in letzter Zeit. Nein, es ist etwas anderes geschehen, und ich weiß nicht, was ich davon halten soll. Ich bin ganz durcheinander.«

»Ach herrje! Jetzt hast du dich doch in den „Hübschen" verliebt. Ich hab's ja kommen sehen!«, klagte Siham laut.

»Nein! Nein! Der hat damit gar nichts zu tun. Kommst du?« Helga wurde ganz zappelig.

»Ja, natürlich, mein Stern!« Siham benutzte gerne blumenreiche Koseworte. Dann ein Knacken in der Leitung. Sie hatten aufgelegt.

Lothar konnte nur hoffen, dass mit der Bezeichnung „der Hübsche“ er selbst gemeint war. So hatten sich die Frauen schon über ihn unterhalten.

Sollte Helga vielleicht doch etwas für ihn empfinden? Wenn ihre beste Freundin schon glaubt, dies kommen zu sehen? Bei dieser Vorstellung wurde ihm heiß und kalt. So sehr es ihn freute, musste er allerdings einsehen, vorsichtiger zu werden.

Doch nun musste er sich beeilen und seinen kleinen Lieferwagen vor dem Haus platzieren, um das folgende Gespräch der Freundinnen aufzeichnen zu können. Er schnappte sich sein Schlüsselbund und sprang die Stufen im Treppenhaus hinab.

Um die Ecke stand sein kleiner Bulli mit dem Aufdruck eines Klempnereibetriebes.

Er hatte bereits gestern ein komisches Gefühl gehabt, als er den Streit mitverfolgte. Anschließend hatte er zwar außer ein paar undefinierbaren Geräuschen kaum noch etwas gehört, doch da ahnte er schon, dass irgendetwas Helga aufgewühlt haben müsste. Und das resultierte sicher nicht aus dem schon fast üblichen Streit zwischen den Eheleuten.

Jetzt wurde ihm wahrscheinlich gleich des Rätsels Lösung präsentiert.

Immer wieder litt er mit Helga, wenn es zu Auseinandersetzungen mit Helmut kam.

Gleichzeitig schöpfte er dadurch die unsinnige Hoffnung, dass sie eines Tages für ihn frei sein könnte. Die Eifersucht plagte ihn mehr, als er es sich eingestehen wollte.

Er parkte den Wagen in unmittelbarer Nähe des Hauses. „Nur für Lieferanten in der Zeit von … bis…“ stand auf dem Straßenschild.

Er stieg geschwind aus, öffnete die seitliche Schiebetür, vergewisserte sich, dass ihn niemand beobachtete, und verschwand im Fahrzeuginneren. Sogleich zog er die Tür wieder zu. Plumpsend ließ er sich auf den kleinen Drehhocker nieder, betätigte einige Kipphebel und setzte den Kopfhörer auf. Das Tonband lief.

Er hörte Schritte, eine Tür wurde geöffnet. »Da bist du ja endlich.« Ungeduldig begrüßte Helga ihre Freundin. »Komm rein! Möchtest du Tee? Ich habe schon einen aufgebrüht.«

»Ja, gerne. Es ging nicht schneller.«

Lothar war beruhigt. Er hatte noch nichts verpasst. Und so erfuhr er von dem Fotoalbum und von dem unglaublichen Erlebnis mit der unsichtbaren Welt. Er konnte nur vermuten, dass Helga in einen meditativen Zustand geraten war und dort diese Erfahrung gemacht hatte.

Wieweit man dies als realitätsbewusster Mensch ernst nehmen konnte, war ihm erst mal nicht klar. Er sammelte jetzt einfach nur Daten. Auswerten würde er sie später.

Siham hatte die ganze Zeit über geschwiegen. Sie war eine gute Zuhörerin. Mit keinem Wort unterbrach sie Helgas Redefluss. Nun trat eine Pause ein. Helga hatte ihren Bericht beendet mit den Worten: »Ich bin total durcheinander. Habe heute Nacht fast kein Auge zugetan.«

»Das ist wirklich schicksalhaft!«

»Wie meinst du das?« Helga schaute neugierig in Sihams Gesicht. Ihre dunklen Augen schienen noch geheimnisvoller und wie verschleiert. Im nächsten Augenblick wurden sie wieder klarer, und sie schaute Helga an, als wäre sie aus einer anderen Welt zurückgekehrt. »Du bist nun an einem Wendepunkt in deinem Leben angekommen. Die Würfel sind gefallen, die Karten neu gemischt. Dadurch, dass du die Grenze überschritten hast.«

Helga schien verwirrt. »Welche Grenze? Welche Karten? – Siham, du machst mir Angst!«

Siham lachte. »Nein! Nein! Du musst keine Angst haben. Im Gegenteil! Herzlich willkommen! – Wir sind jetzt wahre Schwestern! Nun kann ich mit dir über Dinge aus der anderen, unsichtbaren Welt, die uns ständig umgibt, sprechen. Diese Welt, die schon immer da war und immer da sein wird. In der wir uns eines Tages auch wieder befinden werden.«

»Siham! – Ich bekomme eine Gänsehaut! Mir wird heiß und kalt und ich habe sehr wohl Angst!«

»Du brauchst dich wirklich nicht zu fürchten«, betonte Siham ganz sanft. »Du bist beschützt und geführt. Dieser Mann, den du gesehen hast, begleitet dich seit Eintritt ins Erdendasein – seit deiner Geburt. Du hast ihn in deiner Kindheit ganz real gesehen, was übrigens viele kleine Kinder noch können. Nur fast niemand der Erwachsenen glaubt ihnen. Meist halten sie es für kindliche Fantasie. Dieser Unglaube zerstört in den meisten Fällen die sicht- beziehungsweise hörbare Verbindung zu den „Geistführern", wie ich sie nenne. Da gibt es allerdings unterschiedliche Bezeichnungen. Oder aber, die Kinder spüren die Angst der Erwachsenen, dass mit ihnen etwas nicht stimmen könnte, und sie nicht „normal" wären. Häufig werden sie ausgeschimpft, weil sich die Eltern fürchten.« Siham betrachtete ihre Freundin sehr aufmerksam, während sie ihre Erklärungen abgab, und darum bemerkte sie auch sofort, dass sie eine Erinnerung bei Helga ausgelöst hatte. Für eine Weile war kein Laut zu hören.

Lothar wurde schon nervös und überprüfte seine Anschlüsse, im Glauben, die Verbindung sei unterbrochen, doch dann hörte er die raue Stimme Helgas.

»Siham…« Staunend sprach Helga den Namen aus. Noch immer schwieg Siham dazu. »Dieser schwarze Mann! – Mein Bruder Fritz hatte mir Angst gemacht, weil ich so frech und ungehorsam war. Er behauptete der schwarze Mann würde mich holen kommen, mich verschleppen. Erst würde er sich in mein Vertrauen einschleichen und mich dann auf Nimmerwiedersehen mitnehmen. – Die Beschreibung passte meiner Meinung nach genau auf meinen Freund. So war ich mir ganz sicher, dass es sich hier um meinen „schwarzen Mann" handeln würde, der mir bisher in meiner Angst beigestanden hatte, um mein Vertrauen zu gewinnen.« Helga brauchte einen Moment, um alles zu begreifen. »Und ich Trottel war dann so erleichtert, dass er nicht mehr kam!«

»Du bist doch kein Trottel! Wie hättest du es denn besser wissen können? Du warst ein kleines Kind! Aber nun hast du wieder den Zugang zu ihm gefunden und wirst das nutzen können. Du hast alles richtig gemacht. Du hast dich verändert, mein Sonnenschein! Du hast dein Leben geändert.«

»SIHAM!« Stieß sie so laut heraus, dass Lothar sich erschrocken die Kopfhörer von den Ohren riss, um sie im nächsten Moment wieder vorsichtig lauschend aufzusetzen.

Helga war aufgesprungen. »Du sagst, ich habe mich verändert.« Helga wanderte aufgeregt hin und her. »Ich war doch praktisch tot bei Marios Geburt. Ich sehe jetzt wieder alles deutlich vor mir. Da waren diese Leute. Ein Tribunal, vor das ich gerufen wurde. Und da war auch jener schwarze Mann und sprach mit mir. Er zeigte mir mein bisheriges Leben. Es war oberflächlich und zerstörerisch und fühlte sich leer, hohl und schrecklich an. Dort musste ich dann versprechen, dass ich mein Leben ändere.« Ihre Freundin sah ihr an, dass Helga aus der Erinnerung auftauchte. »Es ist – es war so unwirklich und doch so real«, flüsterte Helga verstört. Ihre Freundin ging auf sie zu, und sie umarmten sich stumm.

Helga standen Tränen in den Augen, überwältigt von ihren Gefühlen, die sich in einem absoluten Chaos befanden.

Siham wusste, wie sie empfand. »Lass alles erst einmal sacken. Es ist völlig normal, dass du jetzt durcheinander bist. Schließlich wurde soeben dein bisheriges Leben auf den Kopf gestellt. Lernen geht so! Du kennst doch die Schneekugeln«, erklärte Siham. »Der Schnee liegt ruhig auf dem Boden, solange die Kugel sich nicht bewegt. Schüttelst du sie, geraten die weißen Teilchen durcheinander und wirbeln herum. Bis sie wieder auf dem Boden liegen, dauert es ein Weilchen, und es ist kaum anzunehmen, dass sie wieder denselben Platz eingenommen haben wie zuvor. Genauso ist es nun mit deinem Wachstum. Deine Ansichten über das Leben, deine Gewohnheiten wurden durcheinandergewirbelt. Bis sie ihren neuen Platz finden, dauert es eine kleine Weile, doch schließlich werden sie sich beruhigen und setzen. Von da aus geht es weiter, bis eine neue Lernaufgabe ansteht.«

Helga schaute Siham bewundernd an. »Was du alles weißt! Warum hast du mit mir noch nie darüber gesprochen?«

»Dafür war die Zeit noch nicht reif. Ich hätte dich nur erschreckt oder dich sogar verloren.«

Nachdenklich schenkte Helga Tee nach. »Ja, ich glaube, du hast recht. Aber was jetzt? Was mache ich jetzt?«

»Nichts! Alles kommt von ganz allein. Du wirst deine Experimente schon machen, wenn es soweit ist. Lass‘ es einfach auf dich zukommen. Beruhige dich erst. Die „Schneeflocken“ wollen sich erst einmal setzen.« Siham nahm einen Schluck aus ihrer Tasse und setzte sie behutsam ab. Ihre Bewegungen waren stets fließend und geschmeidig. »Aber zeig mir mal die Fotografien, von denen du gesprochen hast. Sie versprechen sehr spannend zu sein. Ich vermute, dass wir einem Teil deiner Kindheit auf der Spur sind, die im Verborgenen liegt und darauf wartet, ans Licht zu kommen.«

Lothar brach der Schweiß aus. Jetzt war es soweit! Instinktiv wusste er, dass Helga nun auf die Suche gehen würde. Er hörte, wie die Schranktür geöffnet wurde, und dann das Rascheln des Pergamentpapiers, welches die Seiten trennte und die Fotos schützte.

»Schau‘ Siham! Hier bin ich neun Monate alt. Diese Landschaft ist hier nicht in unmittelbarer Nähe zu finden. So hügelig! Und hier! Da ist sogar eine Pferdekoppel. Mama hält mich, wie ich finde, ängstlich fest, aber ich strecke den Pferden am Gatter die Arme entgegen. Nun schau‘ dir das an. Hier klebten mal ein paar Fotos. Sie sind verschwunden. Also, ich habe sie jedenfalls nicht entfernt. Das muss Mama gewesen sein. – Warum?«

»Warum entfernt man Fotos? Weil sie nicht gut gelungen sind? – Nein, dann klebt man sie doch gar nicht erst ins Album«, gab sich Siham selbst die Antwort. »Wohl eher, weil man entweder nicht mehr an etwas oder jemanden erinnert werden will oder… Oder, weil man Angst hat, jemand könnte etwas beim Durchblättern der Bilder herausfinden, was er nicht entdecken soll.« Triumphierend schaute Siham auf. Sie hatte doch schon immer geahnt, dass Helga ein Geheimnis umgab.

Helga stand auf, verließ wortlos das Wohnzimmer und kam mit der Kette in der Hand zurück.

»Hier! Diese Kette trug Mama auf einem dieser Fotos. Ich habe sie nie an ihr gesehen. Erst nach ihrem Tod fand ich sie ganz hinten im Nachtschrank verborgen.«

Siham betrachtete hingerissen den Anhänger. »Du weißt, was er zu bedeuten hat, nicht wahr? Ein Ausdruck ewiger Liebe und Treue. Das Besondere daran sind die drei Rubine. Für mich Symbol für Blut, aber auch für Tränen. Schau' die Form der Steine. Aber die Anzahl ist ungewöhnlich. Drei Rubine. Warum drei? So eine Kette kauft man sich nicht selbst. – Vielleicht von einem Mann, der seine wahre Liebe zum Ausdruck bringen wollte? Offenbar blieb sie jedoch unerfüllt, sonst wüsstest du davon.«

Lothar wäre am liebsten aufgesprungen, aber das Kabel ließ es nicht zu. „Mist, diese Freundin half ihr aber mächtig auf die Sprünge!“

»Hast Du schon deinen Bruder Kurt darauf angesprochen?«

»Nein, ich habe ihm weder die Kette noch das Album gezeigt. Irgendwie hatte ich Angst, er könnte mir beides wegnehmen. Aber du hast recht. Ich sollte ihn fragen. Wenn einer etwas darüber weiß, dann er. Denn zu diesem Zeitpunkt…«, sie tippte auf ein Foto. »… war er um die siebzehn Jahre alt. Da muss er doch etwas mitbekommen haben.«

»Helga!« Siham legte ihre Hand auf Helgas Handgelenk. »Darf ich dich etwas fragen, was dich vielleicht erschrecken wird?«

Helga bekam große Augen. »Na, nun frag schon. Jetzt würde ich sowieso keine Ruhe mehr finden.«

»Hast du schon mal darüber nachgedacht, ob Hans Schlegel wirklich dein Vater ist?«

Jetzt war die Katze aus dem Sack! Lothar fiel förmlich in sich zusammen. Das musste ja mal so kommen!

»Wie – was – wie meinst du das?«, stammelte Helga.

»Es ist ja nur eine Vermutung – so ein Gefühl«, beschwichtigte sie Siham. »Aber schau' doch mal selbst. Siehst du bei dir irgendeine Ähnlichkeit zu deinem Vater? Nicht nur rein äußerlich! Ihr habt weder den gleichen Geschmack oder ähnliche Vorlieben in Bezug auf Essen noch irgendwelche Eigenarten, die eure Verwandtschaft aufzeigen würden.« Die Freundin schaute, wie diese Worte auf Helga wirkten.

Tatsächlich machte diese ein nachdenkliches Gesicht. Sie war in keinster Weise entrüstet.

»Hast du dich jemals wirklich mit ihm verbunden gefühlt?« Siham setzte noch eins drauf. Sie war sich jetzt sicher, auf der richtigen Fährte zu sein.

Helga schaute ihr nun direkt ins Gesicht. »Ich kann ihn nicht leiden. Ich habe ihn noch nie leiden können!« Sie war selbst erstaunt, mit welcher Heftigkeit sie diese Worte aussprach. »Ich habe alles aus reiner Höflichkeit gemacht, und weil ich mich verpflichtet fühlte. Verpflichtet, weil ich ihm mein Leben zu verdanken habe. Aber wenn er nun gar nicht mein Vater wäre… « Helga schaute sie hoffnungsvoll an. Auf einmal war sie erleichtert, ja, sie fühlte sich wie befreit. »Siham, das wäre wundervoll!«

»Siehst du, es fühlt sich für dich gut an. Du bist nun schon dabei, deinen inneren Gefühlen Beachtung zu schenken. Sie werden dich leiten. So wirst du der Wahrheit auf die Spur kommen.«

„Scheiß Wahrheit!“, dachte Lothar. „Mädel! Mädel! Wenn du wüsstest, was du da angestellt hast!“ Noch konnte Lothar das Schlimmste verhüten. Denn überraschenderweise hatte Ernst Ludwig ihm noch nicht den Auftrag entzogen. „Vielleicht, weil es auch nicht so viel zu berichten gab“, griente Lothar. Doch wer weiß, wie lange das noch gut ging.

»Gleich heute Nachmittag werde ich Kurt einen Besuch abstatten. Ich werde Helmut sagen, dass ich mit Mario auf den Spielplatz gehe, was ich auch tun werde, und dann gehe ich zu Kurt.«

»Auf dem Spielplatz wirst du mich treffen, dann können die beiden Kinder miteinander spielen, und nach deinem Besuch bei deinem Bruder kannst du Mario bei mir abholen.« Sie zwinkerte Helga zu. »Auf diese Weise kannst du mir auch gleich das Ergebnis deiner Erkundungen erzählen.«

Lothar hörte noch das übliche Abschiedsgeplänkel und die Uhrzeit, zu der sie sich verabredeten. Durch eine Farblücke des blindgestrichenen Seitenfensters konnte er sehen, wie Siham das Haus verließ. Kurze Zeit später stellte er seinen Bulli wieder am gewohnten Platz ab.

Zu dumm, dass er die nun folgenden Unterhaltungen nicht hören konnte. Da musste er sich auf seine Beobachtungsgabe und Intuition verlassen. Zum Glück kannte er

Helga mittlerweile so gut, dass er ihre Gefühlsregungen schon fast spüren konnte, wenn er sie nur sah.

In seiner Wohnung angekommen, wählte er die Nummer des Prinzen Karl Eugen.

***

Mariechen, noch bleicher als sonst, öffnete Helga die Tür. Kurt und sie wohnten noch immer in der ersten Zechenwohnung, die sie damals nach ihrer Hochzeit bezogen hatten. Zufrieden wie eh und je, sorgten sie dafür, dass sie heimelig gestaltet war, wie es ihrer bescheidenen Lebenseinstellung entsprach.

Auf Kinder hatten sie in ihrer Ehe bewusst verzichtet. Mariechen war einfach zu zart für Schwangerschaft und Geburt.

»Na nu, was machst du denn hier?« Mariechen trat verwundert zur Seite. »Komm rein!«

»Hallo Mariechen, wie geht es dir?« Sie umarmte ihre Schwägerin und schaute sie dann prüfend an. »Du siehst blass aus!«

»Na ja, es könnte besser sein. Ich mache mir solche Sorgen um Kurt. Er liegt jetzt nur noch im Bett und weigert sich, ins Krankenhaus zu gehen. Nicht mal Doktor Beck konnte ihn überzeugen. Du weißt doch, wie er ist.«

»So schlimm?« Helga war nun doch erschrocken. Ihr Bruder lag im Bett? Das kannte sie von ihm nur, wenn es ihm richtig schlecht ging oder das Fieber ihn dazu zwang. Sie liebte Kurt. Er war stets besonnen und ausgeglichen. Auf ihn war immer Verlass. Er war früher immer ihr Ruhepol und ihre Kraftquelle zugleich gewesen.

Helga blieb im kleinen Flur stehen und wartete darauf, mehr Informationen von seiner Frau zu bekommen.

»Er hustet und hustet. Ich kann nachts auch schon kein Auge mehr schließen. – Geh‘ nur zu ihm ‘rein.«

Helga klopfte nun doch zaghaft an die Tür und hörte sogleich seinen Husten, noch bevor er antworten konnte.

Vorsichtig öffnete sie die Tür und steckte zuerst den Kopf hindurch. »Hallo Kurt. Darf ich ‘reinkommen?«

»Natürlich! Komm‘ nur!« Fast gingen die letzten Worte in einem erneuten Hustenanfall unter. Mühsam richtete er sich auf. Dann klopfte er einladend auf die Bettkante.

Nachdem die Röte aus dem Gesicht verschwunden war, die die Anstrengung des Hustens verursacht hatte, wirkte er grau und eingefallen.

»Kurt, was machst du für Sachen! Du solltest dem Rat des Arztes folgen und ins Krankenhaus gehen. Du gefällst mir gar nicht!« Helga war tatsächlich sehr erschrocken. Dieser Verfall muss sehr schnell vonstatten gegangen sein.

»Ach was! Diese Quacksalber!«, schimpfte Kurt und hustete sogleich wieder.

»Komm‘, setz dich. Was führt dich zu mir? Du kommst doch sicher nicht ohne Grund?«

Helga errötete und blickte beschämt nach unten. »Du hast recht. Es tut mir so leid, dass ich nicht mal früher zu dir gekommen bin, aber du weißt doch selbst… Der Alltag!«

»Mach‘ dir doch darüber keine Gedanken. Das war auch nicht als Vorwurf zu verstehen. Also schieß‘ los!« Wieder musste er husten.

Helga öffnete die große Umhängetasche, holte das Fotoalbum heraus und legte es vor Kurt auf die Bettdecke. »Kennst du das Album? Ich habe es in Mamas Sachen gefunden. Ich wollte es euch erst gar nicht zeigen, irgendwie hatte ich Angst, du könntest es behalten wollen. Und genauso diese Kette hier.« Sie hatte aus ihrer Tasche das Schmuckschächtelchen herausgeholt und nun geöffnet dazugelegt. Helga beobachtete ihren Bruder sehr genau. Täuschte sie sich oder wurde Kurt noch eine Spur blasser? Dabei hatte er kaum einen Blick darauf geworfen.

»Nein! Nie gesehen!«

Sie blätterte im Album und ließ ihn hineinschauen. »Sieh‘ doch mal, dieses Foto, wo wurde es aufgenommen? Das ist doch nicht hier! Und schau‘, wie glücklich Mama da aussieht.«

»Warum sollte sie nicht glücklich aussehen? Sie hat doch dich auf dem Arm, du süßer Fratz«, lenkte Kurt geschickt ab. Er lehnte sich erschöpft in die Kissen zurück und schloss die Augen.

Erstaunt schaute sie Kurt an. »Ist das alles, was du mir dazu sagen kannst?«

»Ja. Ich weiß wirklich nicht, worauf du hinauswillst.«

»Hatte Mama damals einen Freund, einen Liebhaber, um es genau zu sagen?«

»Du spinnst! Was soll das?« Kurt regte sich ganz deutlich auf und begann noch asthmatischer zu atmen als vorher, so dass er sich wieder aufsetzen musste. Der nächste Hustenanfall schien nicht enden zu wollen.

Die Schlafzimmertür ging auf und Mariechen erschien. »Helga, sei mir nicht böse, aber ich glaube, es ist besser, wenn du jetzt gehst.« Widerwillig stand Helga auf, doch der Husten schüttelte Kurt immer noch. Besänftigend legte sie ihre Hand auf seinen Oberarm.

»Tschüss, Kurt. Gute Besserung!« Sie legte alles wieder in ihre Tasche und ging. Stumm begleitete Mariechen sie zur Haustür und umarmte Helga ebenso stumm.

Bedrückt verließ Helga die beiden und ging langsam zurück, nicht ahnend, dass sie ihren Bruder nie wiedersehen würde.

***

Noch immer enttäuscht schloss Helga die Wohnungstür auf. Mario hopste gleich als erster hindurch, direkt in sein Zimmer. Er hatte unterwegs schon eine Idee gehabt, was er nun zuhause spielen wollte.

»Helmut?« Helga schaute sich suchend um. Die Garderobe war leer. „Merkwürdig! Er müsste doch schon längst hier sein", dachte Helga.

»Helmut, wo bist du?« Sie schaute in sein Arbeitszimmer und ging dann in die Küche.

Auf dem Esstisch lag sein Autoschlüssel. Für gewöhnlich warf er ihn jeden Tag nach Feierabend auf den Tisch. Ein Ritual, das sie ungern sah. Dann räumte sie ihn fort und hängte ihn an das Schlüsselbrett, wo ihr Mann ihn auch am nächsten Morgen selbstverständlich erwartete.

„Er ist also schon da gewesen. Das wird ja immer schlimmer!" Sie wusste, wo er sich nun aufhielt, und dass er erst spät am Abend heimkommen würde. Mit Sicherheit dann auch nicht mehr nüchtern. Wo sollte das nur enden? Es war kaum noch möglich, normale Gespräche zu führen. Helmut bestand auf seine Weise darauf, dass sie ihn begleiten sollte wie früher. Doch seit ihrer heutigen Erkenntnis, bei der sie sich an ihr gegebenes Versprechen gegenüber dem Tribunal erinnert hatte, kam es nun für sie gar nicht mehr in Frage.

Seufzend bereitete sie Marios Abendessen vor, rief ihn zur Mahlzeit und brachte ihn anschließend zu Bett. Sie hatte die Gewohnheit ihrer Mutter übernommen und betete mit ihrem Sohn am Bett das Gebet ihrer Kindheit. Danach küsste sie ihn, wuschelte noch einmal durch sein festes Haar und deckte ihn sorgsam zu.

In der Küche hatte sie bereits einen Tee vorbereitet, den sie nun mit ins Wohnzimmer nahm.

Aufs Neue öffnete sie das Fotoalbum und betrachtete das Bild, bei dem sie sich an ihren „Geistführer", wie Siham ihn nannte, erinnert hatte. Sie lehnte sich gegen den Sofarücken, schloss die Augen und versuchte, sich ihn vorzustellen. Plötzlich fiel ihr ein, wie sie es als Kind ausprobiert hatte und sich wie Aladin mit dem Flaschengeist vorkam. Sie konnte ein Schmunzeln nicht unterdrücken.

»Ja, so ähnlich könnte man es ansehen, nur, dass ich dir deine Wünsche nicht erfüllen werde.«

Sie spürte sein Lächeln in ihrem Inneren.

„Es funktioniert tatsächlich, wie damals als Kind!", dachte Helga.

»Ja, warum nicht? – Was einmal funktioniert hat, funktioniert immer. Aber wollen wir doch für die Zukunft, nun, wo du erwachsen bist, ein Begrüßungsritual ausüben. Dies sind nicht nur Floskeln, sondern zwingende Notwendigkeiten, die deiner Sicherheit dienen. Ähnlich wie eine Parole oder Codewörter. Unsere Treffen sollten folgendermaßen beginnen. Das heißt: Du begrüßt mich mit den Worten: „Sei gegrüßt, der du aus dem Licht kommst und es mit dir führst." Dann werde ich entgegnen: „Sei gegrüßt, geliebtes Erdenkind, Tochter des Lichts." So kannst du sicher sein, dass ich es bin, mit dem du sprichst. Denn auch in dieser geistigen Welt gibt es Elemente, die dir mit Freuden schaden möchten.

Ich will mich hier nicht in Einzelheiten ergehen und dir unnötige Angst machen, denn damit würdest du sie fast zwangsläufig rufen. Wenn du dich allerdings einfach nur an diese Begrüßungsformel hältst, kann dir nichts geschehen. Am Ende werden wir uns mit einfachen freundlichen Worten bedanken und verabschieden, so wie du es auch mit deinen Freunden pflegst. Du darfst mich alles fragen, und ich werde dir so antworten, wie es mir erlaubt ist. Was möchtest du also wissen?«

»Ich fürchte um meine Ehe. Helmut und ich, wir leben uns auseinander. Seitdem ich versprochen habe, mich zu ändern und mein wildes Leben aufzugeben, geht Helmut seine eigenen Wege und kommt abends ziemlich angetrunken nach Hause. – Ja, ich weiß, früher ist es mir möglicherweise gar nicht so aufgefallen, weil ich selber mitunter ein wenig beschwipst war, aber nun… Was soll ich denn nur machen?«

»Gehe mit ihm und als gutes Beispiel voran. Entsage dem Alkohol. Dein Mann braucht dich an seiner Seite und als seinen Halt. Nicht du hast dich bisher auf ihn gestützt, wie du geglaubt hast, sondern er sich auf dich. Und genau das braucht er so. Denn ihm wurde diese Struktur für den Lebensweg mitgegeben. Er braucht eine starke Partnerin an seiner Seite, die all das repräsentiert, was er gerne sein möchte und es doch nicht sein kann. Eben durch diese Struktur. Mache dich hübsch zurecht, schminke, kleide und frisiere dich wie für eine Festlichkeit. Bezaubere deine Mitmenschen, und du wirst sehen, Helmut wird mit der Zeit wieder aufblühen. Gib ihm die Möglichkeit, charmant zu sein. Zögere einen Augenblick an einer geschlossenen Tür und stelle dir vor, wie er sie für dich öffnet. Auf diese Weise kannst du ihn zu dem galanten Partner formen, der er gerne sein möchte. Ich danke dir, dass du mir zugehört hast. Nun muss ich gehen. Wandel weiter im Licht.«

»Ich danke dir für deine Erklärungen. Danke, dass du dir die Zeit für mich genommen hast.« Helga fühlte wieder ein liebevolles Lächeln in ihrem Inneren, und tauchte dann aus der Versunkenheit auf.

***

Viele Monate waren seitdem vergangen.

Helga, erschüttert durch den Tod ihres Bruders, widmete sich mit all ihrer Kraft der Rettung ihrer Ehe.

Wie sehr bedauerte sie ihre Schwägerin Mariechen, die nun ganz allein zurückblieb. Klein und schwach hatte sie am geöffneten Grab ihres Mannes gestanden. Niemand vermochte sie zu trösten oder zu stützen.

Schwankend ließ sie die rote Rose auf den Sarg sinken, und Helga fürchtete, sie würde ihr gleich folgen und hineinfallen.

Helmut hingegen verarbeitete den Tod seines Schwagers völlig anders. Sein Lebenshunger wurde noch größer. Die Ausschweifungen nahmen fast schon zerstörerische Formen an.

Helga bemühte sich, den Vorschlägen ihres Geistführers Folge zu leisten und zweifelte an sich, weil der gewünschte Erfolg ausblieb.

Irgendetwas musste sie noch falsch machen. Es hatte doch so einfach geklungen, was ihr gesagt wurde. So versuchte sie, den Anforderungen des Lebens gerecht zu werden.

Mario, mittlerweile eingeschult und ein fleißiger Schüler, sollte von den Missständen verschont bleiben. Der Haushalt sollte ebenso wenig darunter leiden wie auch ihre Tätigkeit im Schönheitssalon.

Ihre Lebensfreude wäre schon längst einer Depression gewichen, wenn da nicht…Ja, wenn da nicht die Lichtblicke des Einkaufens gewesen wären. Sie war schon vor langer Zeit auf den „Hübschen“, wie sie ihn nannte, aufmerksam geworden.

Ein junger Mann, wenig älter als sie selbst, dem sie auf unerklärliche Weise immer wieder über den Weg lief.

Selbst zu den unterschiedlichsten Uhrzeiten traf sie ihn an. Groß, schlank mit vollem, leicht gewelltem Haar und den unglaublichsten Augen, die sie je gesehen hatte.

Wenn sich ihre Blicke trafen, schien sie in ihnen hinabzutauchen, bis in den tiefsten Winkel seiner Seele. Das nahm ihr fast den Atem während ihr Herz einen Trommelwirbel vollzog.

Sie hatte ihn zuvor schon häufiger wahrgenommen, aber nur an diesem einen Tag, als…

Helmut hatte eine Einladung seines Chefs zu einer Feier zum Firmenjubiläum bekommen. Diese sollte in dessen Anwesen bereits ab 11.00 Uhr vormittags beginnen.

»Bringen Sie doch bitte Ihre Frau mit. Es ist eine zwanglose Gartenparty«, wies der Vorgesetzte ihn an.

Da Helga wusste, wie wichtig diese Einladung für Helmut war, legte sie diesmal ganz besonderen Wert auf ihre Erscheinung.

Ihr dunkles Haar frisierte sie zu einer lockeren Hochsteckfrisur, aus der kunstvoll einige Strähnen herabfielen.

Das weiße ärmellose bodenlange Kleid aus fließendem Stoff mit zarten Goldfäden am Halsausschnitt versehen, erweckte an ihr den Eindruck einer griechischen Göttin. Ein goldener Armreif, den sie dem Oberarm überstreifte, unterstrich noch diesen Anschein.

Helmut blieb staunend vor ihr stehen, als er sie so erblickte. Er selbst mit einem dunklen Anzug und eleganter Fliege bekleidet, zeigte auch er sich als eine attraktive Erscheinung. Sie schienen das perfekte Paar zu sein.

»Du siehst umwerfend aus, mein Liebling. Was habe ich doch für eine schöne Frau. Da werden dir die Kerle wohl heute alle nachlaufen. Haha!«

„Ja, das ist dir wichtig, mein Lieber“, dachte Helga verbittert. Dann straffte sie sich. Sie wollte trotzdem um ihre Ehe kämpfen.

»Wie schön, dass ich dir noch immer gefalle. Das Kompliment kann ich nur zurückgeben. Du siehst blendend aus. Na, dann wollen wir mal los.«

»Wirst du Mario heute wieder zurückholen oder schläft er bei Siham?«

»Er bleibt bei ihr und geht von dort aus morgen zur Schule.«

»Dann haben wir also heute Abend die Wohnung ganz für uns allein?« Helmut lächelte sie vielsagend an.

Helga überging die Bemerkung, indem sie sich ihren Mantel überzog und die kleine passende Abendtasche aufnahm.

»Hast du deinen Führerschein dabei? Nur für den Fall, dass ich dort mit meinem Chef etwas Alkoholisches trinken muss.«

Seufzend ergriff Helga ihre Tasche für den Alltag, in der sie ihre Papiere stets bei sich führte und nahm alles

Notwendige an sich. Den weiteren Ablauf des Tages konnte sie sich nun gut vorstellen. Seine Andeutung konnte sie getrost vergessen. Sie atmete erleichtert auf. Hatte sie sich schon so weit von ihm entfernt, dass sie froh war, wenn es zu keinen leidenschaftlichen Berührungen kam? Sie konnte sich nicht mehr daran erinnern, wann sie zum letzten Mal zusammen waren.

Schweigend fuhren sie die fünfunddreißig Kilometer zu der Villa am Rande der nächsten Kreisstadt.

Irgendwie hatte ihr Leben eine Wendung genommen, auf die sie keinen Einfluss mehr hatte, zumindest glaubte sie es. Helga war in ihrem Alltag gefangen und sah keine Lösung für die Probleme ihrer Ehe. Gespräche darüber wich Helmut ständig aus, und wenn sie darauf bestand, war der Ablauf stets der gleiche und endete im Streit statt in Verständigung und Einsicht.

Helga schaute aus dem Seitenfenster, blind für die vorbeifliegende Landschaft.

Sihams Vermutung, dass Hans Schlegel nicht ihr Vater wäre, hatte sie nicht weiter verfolgt, sondern lediglich zum Anlass genommen, ihn nicht mehr zu besuchen. Was ihm höchstwahrscheinlich sehr willkommen war, denn auch seinerseits bekam sie weder eine Einladung noch einen Besuch.

Unbemerkt schaute sie Helmut prüfend an. Er wirkte in seinem Anzug souverän, selbstbewusst und ausgesprochen anziehend. Sie hatte ihn so sehr geliebt. Damals. Sie beschloss ihm eine Chance zu geben und die Empfehlung ihres Geistführers heute besonders anzuwenden. Vielleicht wurde doch noch alles gut.

Am Ziel angekommen, parkten bereits unzählige Fahrzeuge am Straßenrand, die meisten davon waren im gehobenen Preisniveau angesiedelt.

Beflissen öffnete Helmut seiner Frau die Beifahrertür, und schaute sich dabei verstohlen um, ob diese Geste bei irgendjemandem Beachtung fand.

Lothar fuhr unerkannt an ihnen vorbei, als Helmut gerade seinen Wagen abschloss. Er konnte nichts anderes tun, als die nähere Umgebung im Auge zu behalten. Für die lange Zeit des Wartens hatte er vorgesorgt und auf dem Beifahrersitz einen Korb mit allem Nötigen abgestellt.

Helmut umfasste galant Helgas Unterarm und dirigierte sie zur Eingangstür. Das Jubiläumsgeschenk balancierte er mit der freien Hand.

Eine Bedienstete mit weißem Schürzchen über einem schwarzen Rock und Häubchen auf dem Kopf öffnete ihnen, nahm das Geschenk entgegen und platzierte es auf dem dafür vorgesehenen Tisch zu den anderen Präsenten.

Alsdann geleitete sie die beiden in den Garten, wo bereits viele Gäste, Sektgläser haltend, plaudernd in kleinen Gruppen den Garten bevölkerten.

Suchend schaute sich Helmut um, doch da waren sie bereits entdeckt worden, und das Ehepaar Krüger trat ihnen entgegen. »Herzlich willkommen, Herr Schuster. Gnädige Frau…« Formvollendet beugte sich Herr Krüger über Helgas Hand und deutete einen Kuss an. Wie zu erwarten, war Herr Krüger sofort von Helgas Anblick hingerissen.

Helmut wusste seinerseits ebenfalls, was hier an gesellschaftlichen Regeln erwartet wurde.

Der Hausherr winkte den Kellner mit den Sektgläsern herbei. »Lassen Sie uns auf ein gelungenes Fest anstoßen. Schuster, ich möchte Sie nachher noch mal kurz unter vier Augen sprechen.« Vertraulich zwinkerte er ihm zu. Hierauf wandte er sich mit seiner Frau ab und begrüßte neue Gäste.

»Du wirst sehen, ich werde wieder befördert. Das habe ich schon erwartet«, raunte Helmut Helga ins Ohr. Dabei strahlte er sie so an, dass Helgas verschüttete Liebe aufblitzte, und sie sich aufrichtig mit ihm freute. „Vielleicht hilft das auch mit, dass er sich wieder besinnt. Mit einer größeren Aufgabe könnte er sich seiner Verantwortung erneut bewusst werden“, hoffte Helga.

Nun freute sie sich doch auf die Party. Es dauerte auch nicht lange, da waren beide in angeregte Gespräche vertieft.

Mit den Stunden wurde die Atmosphäre immer entspannter und gelöster.

Das Essen war köstlich, und die dargebotenen alkoholischen Getränke sorgten alsbald dafür, dass von allen Seiten ausgelassenes Gelächter zu hören war.

Helmut und Helga hielten sich mittlerweile getrennt voneinander in verschiedenen Gesprächsgruppen auf, und so merkte Helga erst spät, dass Helmut dabei war, den Bogen zu überspannen.

Vor einiger Zeit hatte er ihr von weitem zugewinkt und den Daumen erhoben, als Zeichen, dass der Beförderung nun nichts mehr im Wege stand.

Doch nun musste sie einschreiten, bevor er sich alles wieder verdarb.

Sie verabschiedete sich eilig, ging auf ihn zu und hakte ihn unter:

»Helmut, wir müssen uns nun leider verabschieden, du weißt doch…« Sie blickte seine Gesprächspartner entschuldigend an. Sanft wollte sie ihn mit sich ziehen.

»Aber warum denn, mein Herz? – Ist doch gerade so gemütlich. – Nicht wahr, meine Herren?« Lallend, seine Zunge wollte ihm nicht mehr gehorchen, schaute er grienend in die Runde. »Du hast doch gesagt…«

Weiter kam er nicht mehr, denn seine Kräfte reichten nicht mehr aus, sich Helgas Griff zu entziehen.

Aufmerksamkeit vermeidend lotste sie ihn, so natürlich aussehend wie möglich, von der Gruppe fort und zischte ihm zu: »Reiß' dich jetzt zusammen. Wir müssen uns von deinem Chef verabschieden. Sonst verdirbst du dir noch deine Beförderung.«

Leicht erschrocken schaute Helmut sie aus glasigen Augen an. Dieses Argument ließ ihn sich einen Augenblick lang straffen. So kamen sie einigermaßen aufrecht am Fahrzeug an. Helga hatte ihn gleich auf die Beifahrerseite manövriert.

»Gib mir den Schlüssel!« Sie war enttäuscht. Es hatte alles nichts gebracht. Helmut schien sich nicht mehr unter Kontrolle halten zu können.

»Nimm ihn dir doch selbst. – Er ist in der rechten Hosentasche.« Trotzig sprach er diese Worte und hielt sich dabei am Dach des Autos schwankend fest.

„Wahrscheinlich fällt er um, wenn er jetzt loslässt", dachte sie verärgert, kramte dann aber ergeben in der Hosentasche nach dem Schlüssel.

»Heh, heh«, kicherte Helmut. »Du kitzelst.«

»Los, rutsch' mal 'rüber, damit ich die Tür öffnen kann. Sonst kannst du nicht einsteigen.«

Vor sich hin stierend kam Helmut der Aufforderung nach.

Mit einem Plumps ließ er sich auch dann sogleich auf den Beifahrersitz fallen.

»Guck' mal!«, lallte er. »Meine Füße sind noch draußen. Sie wollen gar nicht mit. He, he.« Wieder lachte er albern.

Helga bückte sich und hob seine Beine ins Fahrzeuginnere. Dann schloss sie die Tür, ging um den Wagen herum und setzte sich hinter das Steuer.

Sie bewegte den Sitz und stellte die Spiegel auf ihre Position ein.

»Du musst mir aber den Weg zeigen. Ich weiß nicht, wie ich von hier aus nach Hause komme.«

»Ja, ja! Fahr‘ einfach los!«

Sie lenkte den Wagen durch die schmalen Straßen der Wohnsiedlung. Doch dann fuhr sie wieder an der Villa vorbei und erkannte, dass sie im Kreis gefahren war. Suchend schaute sie stur nach vorne, in der Hoffnung, den Ausweg zu finden. Ein Seitenblick zeigte ihr, dass Helmut eingeschlafen war.

»Helmut! Sag‘ mir, wo ich lang muss!«

»Hm! Einfach immer geradeaus und dann rechts.« Schon sackte sein Kinn wieder auf seine Brust.

Helga prüfte, ob seine Aussage stimmen konnte, und tatsächlich mündete der Weg in eine Hauptverkehrsstraße. Doch nun… rechts oder links?

»Helmut!« Sie rüttelte ihn, doch nun kam keine Reaktion mehr. Zu tief war er in einen umnebelten Schlaf gesunken.

Sie ließ sich von ihrem Gefühl leiten und fuhr rechts ab. Fieberhaft schaute sie sich die Umgebung an.

„Hätte ich doch nur bei der Herfahrt genauer aufgepasst. Das hätte ich mir doch denken können, dass es so kommt“, schimpfte sie in Gedanken vor sich hin.

Sie erreichte eine Kreuzung. Die Städtenamen auf den Verkehrsschildern, deren Richtungen angezeigt wurden, sagten ihr gar nichts.

Langsam wollte sich Panik breitmachen. Wieder rüttelte sie Helmut. Doch da war einfach nichts zu machen.

Überlegend stand sie an der Kreuzung. Wie gut, dass der Fahrer des nachfolgenden Autos offensichtlich keine Eile hatte.

Doch nun musste sie sich entscheiden. So fuhr sie einfach geradeaus, dem Straßenverlauf folgend. Alsbald ließ sie die Häuser hinter sich und befand sich auf einer Landstraße.

Unsicher fuhr sie immer langsamer. Sie bemerkte, dass der Fahrer hinter ihr zum Überholmanöver ansetzte. Als er an ihr vorbeifuhr, verlangsamte er das Tempo, so dass er für einen Augenblick neben ihr herfuhr. Sie schaute herüber und erkannte den Fahrer als ihren "Hübschen", der ihr genau in diesem Augenblick ein Zeichen gab.

Aufatmend und erleichtert wusste sie sich nun geführt. So folgte sie ihm. Nach und nach entspannten sich ihre Schultern.

Ein glückliches Kribbeln machte sich vorsichtig in ihrem Bauch breit. Und lächelnd dachte sie: „Ich werde ihn umbenennen. Er wird ab jetzt mein „Retter“ heißen.“

Er führte sie tatsächlich bis zu ihrem Haus und stellte seinen Wagen ebenfalls auf ihrem Parkplatz ab.

Helga stieg aus und schaute zu ihm hinüber. Dankbar lächelte sie ihm zu. Dann öffnete sie die Beifahrertür und rüttelte an Helmuts Schultern.

»Helmut, wach‘ auf! Wir sind zu Hause. Los! Komm‘! Wir müssen hochgehen.«

»Äh! Lass‘ mich!«, wehrte er ab und schlief einfach weiter.

»Helmut!« Helga wurde energischer und schüttelte ihn noch deutlicher, doch diesmal reagierte er nicht einmal mehr.

Sie richtete sich wieder auf und schaute hilfesuchend zu Lothar hinüber. Dabei hob sie bekräftigend die Schultern und machte mit den Händen die Geste der Hilflosigkeit.

Lothar öffnete sein Fahrzeug, schloss es ab und kam langsam auf sie zu.

Er sprach kein Wort, sondern hievte Helmut einfach nur aus dem Wageninneren. Lehnte ihn gegen das Blech und ließ Helga die Tür schließen und verriegeln.

Wortlos nahmen sie Helmut in ihre Mitte. Mit großer Kraftanstrengung schafften sie es, ihn bis zum Fahrstuhl zu bugsieren.

Noch immer sprachen sie kein Wort, während der Aufzug sie nach oben transportierte. Helga schaute verwirrt weg, denn sie spürte seinen Blick ganz intensiv auf ihr ruhen. Ihr Herz raste.

Ganz selbstverständlich half Lothar, Helmut in die Wohnung zu bringen.

Fragend schaute er Helga an und ihr wurde klar, dass er sogar noch helfen würde, Helmut zu Bett zu bringen.

Es war ihr ein wenig peinlich, dass er ihr Schlafzimmer zu sehen bekam.

Röte schoss Helga ins Gesicht. Nun mussten sie ihn vorsichtig aufs Bett legen.

Dabei kamen sie sich unerwartet nah.

Ihre Finger berührten sich, und beide zuckten zurück, als hätten sie einen elektrischen Schlag bekommen.

Während sie sich über Helmut beugten, trafen sich ihre Blicke. Für einen Moment schien die Welt stillzustehen. Sie tauchten in einen anderen Zustand ein, in dem es nur noch ihre beiden Seelen zu geben schien. Ihre Umgebung löste sich auf. Ihre Augen erforschten das Gesicht des anderen und prägten es sich für immer ein. Wie in Zeitlupe kamen sie sich immer näher. Helga erfasste ein leichter Schwindel. Sehnsüchtig erwartete sie den unausweichlichen Kuss. Sie schloss die Augen und unwillkürlich öffneten sich leicht ihre Lippen.

Ein lauter Schnarcher schreckte sie aus ihrer Versunkenheit. Lothar richtete sich wie ertappt auf, blickte Helga noch einmal tief in die Augen und verließ die Wohnung.

Entrückt und doch verwundert verharrte Helga in dieser Haltung.

Ganz langsam richtete sich nun ihr Augenmerk wieder auf ihren Mann, der völlig schlaff und schnarchend auf dem Bett lag.

Die Beine herabhängend, streifte sie ihm zuerst die Schuhe ab. Dann entkleidete sie ihn. Ihm einen Schlafanzug anzuziehen ersparte sie sich. Sie deckte ihn einfach nur sorgfältig zu.

Dann holte sie einen Putzeimer und stellte ihn neben sein Bett. Papiertaschentücher lagen griffbereit auf dem Nachtschrank.

Sein Alkoholatem bereitete ihr Übelkeit. Sie griff hinter die Gardine und öffnete kippend das Fenster.

Seufzend ergriff sie ihr Bettzeug und holte ein Laken aus der Kommode. Damit ging sie in Marios Zimmer. Dort stand ein Besucherbett, falls der Junge Wochenendbesuch bekam.

Es war noch zu früh zum Schlafen. So zog sie sich nur etwas Bequemes an, schminkte sich ab und setzte sich dann in den lauen Abendwind auf den Balkon.

Hier kam sie ein wenig zur Ruhe. Doch wollte sie sich den Fragen stellen, die sich nun aufdrängten?

Lieber gönnte sie sich erneut den Genuss der Gefühle, die sie vorhin verspürt hatte, ließ sie noch einmal aufleben.

So war es ihr schon lange nicht mehr ergangen. Hatte sie überhaupt schon mal so gefühlt?

Sie konnte sich nicht mehr daran erinnern, wie es damals mit Helmut war. Wie es mit ihm angefangen hatte.

Zu lange war es her, sie war jung und unerfahren gewesen. Gehörte er nur noch aus Gewohnheit zu ihrem Leben und war zu einer Selbstverständlichkeit geworden? Waren sie noch miteinander verschmolzen und er ein Teil von ihr oder war er mittlerweile nur ein Teil ihres Alltags? Wie ein vertrautes Möbelstück. – Sie wusste es in diesem Augenblick nicht zu sagen.

Dieses Empfinden war so stark und fühlte sich so schön an. Sie wollte nicht, dass es so schnell wieder verschwand. Sie bemühte sich, es zu halten. Sah im Geist noch mal sein Gesicht sich dem ihren nähern. Spürte die Erwartung in ihr. Fühlte diese wohlige Schwäche, die von ihr Besitz ergriff. Sah seinen Blick, seine Lippen.

Doch es ließ sich nicht halten. Dafür machte sich nun wie ein grauer Nebel das schlechte Gewissen breit.

„So darfst du nicht empfinden – nicht als verheiratete Frau“, schimpfte es plötzlich in ihr.

„Warum nicht? Es ist doch nichts passiert, was sie sich hätte vorwerfen können“, erwiderte die andere, die sanfte Stimme verständnisvoll. „Nur ein wenig Freude und Wohlbehagen – mehr nicht.“

„Ja, ja! Das ist der Anfang! Und dann? Was kommt dann? So etwas kennt man zur Genüge!“, schimpfte wieder der andere Teil.

Nein! Helga war nicht bereit, sich den Überlegungen weiter hinzugeben. Entschlossen stand sie auf, ging ins Wohnzimmer und ließ sich vom Abendprogramm im Fernseher berieseln.

Aus dem Schlafzimmer hörte sie die typischen Geräusche, die ihr zeigten, dass Helmut sich des Einverleibten gerade wieder entledigte. Stoisch blieb sie sitzen und schaute sich den Film bis zum Schluss an.

***

Von da an traf Helga nun öfter auf ihren „Retter“, wie sie ihn jetzt nannte. Schon am Morgen wachte sie mit erwartungsvollem Kribbeln auf. Er beherrschte bereits einen Großteil ihres Denkens.

Ging sie einkaufen, suchte sie ihn zu erspähen. Wenn sie ihn dann in irgendwelchen Gängen, von seinen Blicken angezogen entdeckte, war sie glücklich über die stille Übereinstimmung.

Doch mitunter stand er dort wie… Ja, wenn er einen dunklen Anzug tragen würde, könnte sie ihn mit ihrem Geistführer vergleichen, wie er damals in ihrer Kindheit am Türrahmen stand und auf sie aufzupassen schien.

Diesen, ihren Mentor aber, traute sie sich gar nicht mehr zu rufen. Ihr schlechtes Gewissen, das sich immer wieder einstellte, hielt sie davon ab. Denn jedes Mal, wenn sie ihren „Retter“ sah, durchfuhr sie erst ein Blitz, der sich sogleich in einen wohligen Schauer verwandelte.

In jedem Geschäft tauchte er auf. Zwischen ihnen bestand immer nur dieser Augenkontakt. Es war geheimnisvoll, verführerisch und knisternd zugleich.

Sie wagte nie die Distanz zu unterschreiten, die er aufgestellt hatte.

Einmal, sie hatte auf ihrem Heimweg schwer an ihren Einkäufen zu tragen, trat er von hinten an sie heran, nahm ihr wortlos die schweren Beutel ab und trug sie, immer zwei

Schritte hinter ihr bleibend, bis vor ihre Eingangstür. Schweigend ging er wieder fort. Seine Blicke aber sagten mehr, als Worte es hätten vermögen können.

Egal, wohin sie auch gehen wollte, sie schaute sich immer als erstes suchend nach ihm um, wenn sie aus der Haustür trat.

Es dauerte auch gar nicht lange, da gab Lothar tatsächlich seine Deckung auf und begleitete sie wie ein sichtbarer Schatten zur Arbeit und zurück.

Stets auf räumlichen Abstand bedacht. Von Zeit zu Zeit drehte Helga sich dann um und lächelte ihn an.

Dieses kindliche Spiel machte ihr Freude. Dennoch mussten sie vorsichtig sein und aufpassen, dass sie nicht auffielen.

Helga war in ihrer Stadt keine Unbekannte mehr. Als Geschäftsinhaberin stand sie im öffentlichen Interesse.

Irgendwann hielt sie es einfach nicht mehr aus und weihte ihre Freundin Siham ein, als diese sie wieder zum Tee besuchen kam.

Die Kinder spielten in Marios Zimmer, Helmut war noch nicht von der Arbeit zurückgekehrt, und so konnte sie alles in Ruhe berichten.

Sie hoffte auf Verständnis oder vielleicht bekam sie sogar einen Rat. Siham hörte sich, wie es ihre Art war, alles schweigend an.

Dann nahm sie bedächtig einen Schluck Tee. Sie schaute prüfend auf Helga, deren Gesicht eine zarte Röte aufwies.

»Meine Blume, ich sehe deine Augen strahlen wie schon lange nicht mehr. Das allein ist des Dankens wert. Diese Wohnung, dein Zuhause ist sehr düster geworden. So ist dein Leuchten eine Notwendigkeit, vor allen Dingen für deinen Sohn. Er darf nicht im Schatten groß werden. – Wo viel Schatten herrscht, bedarf es eben so viel des Lichts.«

»Siham, du weißt, ich liebe dich, aber wenn du so sprichst, wie du es von deinem Land her gewohnt bist, verstehe ich dich nicht. Sag‘ mir, ist es verwerflich, dass ich so empfinde?« Ganz kleinlaut kam zuletzt diese Frage.

»Ich glaube, dass deine Gefühle von höherer Warte bestimmt und geführt werden. Vielleicht als Ausgleich für die schwere Last, die du mit Helmut zu tragen hast. Damit du daran nicht zerbrichst, und du deinen Sohn in eine zuversichtliche Zukunft führen kannst. Es dürfen hier nicht zwei Opfer gebracht werden für eine einzige Verfehlung.«

»Kannst du meine Frage auch mit einem einfachen Ja oder Nein beantworten?«, fragte Helga sichtlich verwirrt.

Siham lächelte. »Nein, es ist nicht verwerflich. Genieße sie, deine Gefühle und schöpfe Kraft aus ihnen. Davon brauchst du offensichtlich eine ganze Menge. Du hast schon viel durchlitten. Gegen Gefühle kommt man mit dem Verstand nicht an. Sie sind stärker. Außerdem hast du deinen Mann nicht betrogen.«

Helga blickte sie hoffnungsvoll an, doch dann erwiderte sie: »Ganz ehrlich, ich weiß nicht, ob ich widerstehen könnte, wenn sich die Gelegenheit ergeben würde.«

Ihre Freundin lächelte sie wissend an. »Wenn es deine Bestimmung ist, das heißt, wenn es zu deinem Weg gehört, dann wird es passieren. Wenn nicht, wird sich die Gelegenheit nicht fügen. So einfach ist das. Genieße den Augenblick.«

Helga schaute sie nachdenklich an. »Das klingt so plausibel. Ich wünschte, ich wäre schon so weit wie du mit solchen Erkenntnissen.«

»Wie weit bist du mit deinen Nachforschungen gekommen?« fragte Siham, für die dieses Thema beendet war, und sie das Gefühl hatte, dass Helgas Leben eine ganz unerwartete Wendung nehmen könnte, wenn sie auf die Wahrheit stieß.

»Welche Nachforschungen?«

Obwohl Helga und Siham unweit voneinander wohnten, hatten sie schon lange keine Gelegenheit mehr gehabt, vertrauliche Gespräche zu führen.

»Bezüglich deines wahren Vaters.«

»Oh. Ich hatte gar keine Zeit mehr dafür. Du weißt doch, ich hatte versucht, Kurt danach zu fragen. Durch seinen überraschenden Tod habe ich es vergessen oder besser gesagt verdrängt. Danach bemühte ich mich erst recht, meine Ehe zu retten. Doch nun frage ich mich so langsam, wie ich in erster Linie meinen Mann retten kann? Ob Amir einen Rat geben kann? Er sieht doch auch schon seit langem, was mit ihm geschieht.«

»Leider nein. Solange er selbst seinen Zustand nicht erkennt und bereit ist, sich helfen zu lassen, kannst du nichts für ihn tun. Wie reagiert er denn auf Gespräche? Wenn du ihn bittest, etwas gegen diese Abhängigkeit zu unternehmen?«

Helga schüttelte traurig den Kopf. »Das macht es nur noch schlimmer. Er streitet alles ab und beschuldigt mich. Meistens endet es in lautstarkem Streit, bei dem er die Tür zuschlägt, wenn er verschwindet. Ich will das nicht mehr. So mache ich Mario nur darauf aufmerksam. Und er liebt doch seinen Papa. Wenn er nüchtern ist, ist er ja auch ein herzenslieber Vater. Glücklicherweise neigt er auch nicht zur Gewalttätigkeit, wenn er betrunken nach Hause kommt. Er ist sogar ausgesprochen friedlich und eher anhänglich. Dabei hatte mir mein Geistführer gesagt, dass, wenn ich ihn begleiten würde, keinen Alkohol trinken, mich so kleiden und so geben würde, dass er stolz auf mich ist, es sich dann alles wieder zum Guten wenden würde. Siham, ich muss irgendetwas falsch gemacht haben. Ich schäme mich so. Und nun bin ich auch noch in einen anderen Mann verliebt.« Ihre Augen füllten sich mit Tränen.

Nachdenklich schaute Siham ihre Freundin an. »Ich glaube nicht, dass du etwas falsch gemacht hast. Vielleicht solltest du noch mal mit deinem Geistführer reden.«

Helga schüttelte den Kopf. »Ich trau‘ mich nicht. Ich habe versagt. Vielleicht ist er nun ärgerlich auf mich.«

»Nein, mein Silberstreif, Geistführer sind niemals ärgerlich. Sie sind dazu da, dich mitunter zu führen, zu leiten und dir beizustehen auf deinem Lebensweg und bei deiner Lebensaufgabe.«

»Welche Lebensaufgabe? – Ich weiß doch gar nicht, welche Lebensaufgabe ich habe.«

»Meistens kennen wir auch nicht unsere Lebensaufgabe, der wir vor unserer Geburt zugestimmt haben. Wir können uns nicht mehr daran erinnern, was vor Eintritt ins Erdenleben geschehen ist. Aber alles, was du erlebst, ob schön oder schwierig, gehört zu deinem Weg. Du bist auf dieser Welt, um Erfahrungen zu sammeln, dich aus dem Pool der unguten und zerstörerischen Versuchungen herauszuwinden und den richtigen Weg einzuschlagen. Den Weg zur Reinheit, zur allumfassenden Liebe. Auf diesem Weg durchläufst du mehrere Stadien. Es ist fast wie in einem Spiel. Hast du eine Aufgabe richtig bewältigt, erreichst du eine neue Stufe. Wenn nicht, wird sie dir in anderer Form noch einmal präsentiert, bis du sie gelöst hast. Auf der neuen Stufe bekommst du die nächste Aufgabe gestellt. Und so platziert man dir auch verschiedene Menschen an deine Seite, die Teil der Aufgabe oder der Versuchung sind. Auch du bist für einen anderen Menschen Teil seiner Aufgabe. So sind wir alle miteinander verwoben, im Spiel des Lebens. Uns stehen geistige Helfer beratend zur Seite. Frag‘ ihn! Du quälst dich sonst nur mit falscher Scham, die dich in deiner Weiterentwicklung hemmt. So bleibst du auf deinem Weg stecken. Du musst auch erst gar nicht über deinen Retter reden, wenn es dir unangenehm ist. Frag‘, was du bei Helmut falsch gemacht haben könntest, und ob du noch etwas tun kannst, um ihm zu helfen. Dann wärest du diese Sorge erst einmal los.«

Helga stand auf und umarmte ihre Freundin. »Wenn ich dich nicht hätte. Was würde ich nur tun? Danke.«

»Du hast doch bald Geburtstag! Was planst du dafür?«, lenkte Siham ab.

»Ach, mein Geburtstag. Ich werde vielleicht die Verwandtschaft und Freunde einladen oder auch gar nichts veranstalten. Wenn ich mir vorstelle, wie Helmut sich dann aufführen wird, vergeht mir die Lust zu feiern.«

»Du solltest dir von Helmut nicht dein Fest verderben lassen. Jeder von uns, auch deine Familie kennt ihn mittlerweile so. Ich werde dir ein paar schöne Leckereien aus meiner Heimat zaubern.« Sie wusste, dass Helga ihre Speisen und Süßigkeiten liebte. Der Nachmittag war wie im Flug vergangen, und Siham warf einen Blick auf die Uhr.

Schon hörten sie, wie ein Schlüssel im Schloss der Wohnungstür umgedreht wurde.

Siham erhob sich. »Ich lasse euch nun allein. Wenn du mich brauchst, … ich bin jederzeit für dich da.« Sie hauchte auf beide Wangen einen Kuss und rief dann nach ihrer Tochter.

»Hallo, Siham!«

»Hallo, Helmut!«

»Du gehst schon wieder?«

»Ja, wir haben uns verplaudert. Du weißt doch, Amir kommt gleich aus der Praxis nach Hause. Da sucht er nach seinem Abendessen«, lächelte sie. »Einen schönen Abend euch dreien.«

Ihre Tochter winkte Mario noch zu, der in seiner geöffneten Tür stand. Und Mario winkte zurück.

„Die beiden sind wirklich wie Geschwister", dachte Helga liebevoll.

Helmut warf die Autoschlüssel auf den Küchentisch, wuschelte seinem Sohn übers Haar, der nun erwartungsvoll auf seinem Stuhl saß, während Helga begann ein paar Brote zuzubereiten.

»Kommst du heute Abend mit zu „Alf"?« „Bei Alf" hieß Helmuts Stammkneipe. Dort kannte man sich untereinander. Plauderte über Sport, Politik und sonstige Geschehnisse. Die Stammgäste dort waren zu Helmuts Familie geworden. Leider blieb es nicht nur beim Plaudern.

»Nein. Ich möchte Mario nicht alleine lassen.«

»Dachte ich mir schon.« Hauchte ihr einen Kuss auf die Wange und rief noch im Hinausgehen: »Warte nicht auf mich.«

„Das tu' ich schon lange nicht mehr", dachte Helga.

»Tschüss, Papi!« rief Mario, doch da war Helmut auch schon draußen.

***

»Sei gegrüßt, der du aus dem Licht kommst und es mit dir führst.«

»Sei gegrüßt, geliebtes Erdenkind, Tochter des Lichts.«

»Entschuldige, dass ich mich so lange nicht bei dir gemeldet habe, aber…« Helga brach ab. Sie wusste nicht weiter.

»Du brauchst dich nicht zu entschuldigen. Du bist mir in keinster Weise verpflichtet. Im Gegenteil! Ich bin DIR verpflichtet. Was kann ich für dich tun?«

»Ich schäme mich so. Ich muss etwas falsch gemacht haben. Es hat nicht funktioniert, wie du es vorhergesagt hast. Helmut trinkt mehr als jemals zuvor. Ich habe versagt.« Nun rannen ihr doch die Tränen übers Gesicht.

»Gräm‘ dich nicht. Du hast nicht versagt. Eine andere Macht, die dunkle Macht war schneller als du. Sie regiert nun über ihn. Du kannst nichts machen. Er wird nun immer wieder Anreize bekommen, sich dem Licht zuzuwenden. Doch dies bleibt ganz allein seine eigene Entscheidung. Du weißt doch – die Sache mit dem freien Willen! Mache weiter wie bisher. Bleibe du auf deinem Weg des Lichts.«

»Aber das ist es ja! Ich fürchte, ich habe ihn bereits verlassen. Da ist dieser Mann…« Helga schluchzte nun laut.

»Ja, ich weiß!«

»Du weißt darüber Bescheid?«, staunte Helga.

»Bleibe weiter auf deinem Weg des Lichts. Mehr kann ich dir dazu nicht sagen. Ich muss nun gehen. Ich danke dir, dass du mich gerufen hast.«

»Und ich danke dir von ganzem Herzen, dass du gekommen bist. Du warst mir eine große Hilfe. Kann ich auch etwas für dich tun?«

»Zünde eine Kerze an und danke dem Schöpfer.«

Helga fuhr sich wie erwachend über das tränennasse Gesicht. Eine Kerze! Wo hatte sie eine Kerze?

Als Helmut nach Hause kam, fand er Helga im Licht einer Kerze schlafend auf dem Sofa vor.

Schwankend löschte er sie. “Sie fackelt uns noch eines Tages ab.“, dachte er ärgerlich und legte sich gleich darauf ins Bett.

***

Helga überprüfte noch einmal den festlich gedeckten Tisch. Für die vielen Gäste, die sie erwartete, hatten sie noch einen Tisch hinzustellen müssen.

Nun würden alle ausreichend Platz finden. Um ihren Gästen etwas Besonderes zu bieten, hatte sie sich viel Arbeit gemacht.

Alle hatten ihr Kommen zugesagt. Sogar ihre Schwester würde aus dem Hessischen anreisen. Zwar blieb ihre Familie daheim, aber Helga freute sich trotzdem.

Sie hatten sich zuletzt nur noch zu traurigen Anlässen gesehen.

Nur Mariechen kam noch nicht aus ihrer „Höhle“ heraus. Alle machten sich zwar Sorgen um sie, aber niemand schaffte es, an sie heranzukommen und ihr zu helfen.

Doch heute wollte Helga sich ausnahmsweise nicht von Sorgen gefangen nehmen lassen. Heute war ihr Tag. Sie hatte von allem ausreichend vorbereitet und auch an Getränken mangelte es nicht.

Dafür hatte Helmut schon gesorgt, der erstaunlicherweise auch sehr aufgekratzt schien.

Einen riesigen Blumenstrauß schenkte er ihr bereits am Morgen, nur die angekündigte Überraschung stellte sich letztendlich als eine erneute Beförderung heraus.

Helga ließ sich ihre Enttäuschung nicht anmerken. Es war ja wunderbar, dass er schon wieder befördert wurde, was sie zwar so langsam wunderte, aber warum eigentlich auch nicht?

Nur was hatte sie denn davon? Er bekam zwar mehr Geld, das er jedoch scheinbar lediglich zum Trinken ausgab, und um seine neuen Freunde dazu einzuladen.

Nach und nach trafen die Gäste ein. Jeder hatte Geschenke für Helga dabei, und die Freude ließ ihre Augen glänzen und zeichnete ein zartes Rot auf ihre Wangen.

Sie war heute ganz besonders bezaubernd. Fröhliches Stimmengewirr erklang ebenso aus dem Esszimmer wie auch aus dem Kinderzimmer.

Mario genoss diesen Tag mit seinen Cousins und Cousinen, die sich, obwohl schon deutlich älter, gerne mit ihm und den etwa gleichaltrigen Kindern von Helgas Freunden beschäftigten.

»Und Helga? Was hat dir dein Mann heute geschenkt?«, fragte jemand lautstark aus der Runde.

»Oh – schaut, diesen großen Blumenstrauß. Ist er nicht prächtig?«

Verdutzt schauten die Gäste zu den Blumen. »Das ist alles?«

»Nein!« Stolz erhob sich Helmut und verkündete: »Ich wurde befördert!«, und als er merkte, dass ihn alle abwartend und erwartungsvoll anschauten, fügte er hinzu: »Das erleichtert unsere finanzielle Situation ungemein. Da können wir uns auch mal etwas gönnen.«

Noch immer waren alle Augen stumm auf ihn gerichtet.

Marianne, Helgas Schwester, ergriff geschickt das Wort: »Großartig! So ist das! Du hast Helga eine Reise geschenkt.

Wunderbar! Das hatten wir erst gar nicht richtig verstanden. Und dass sie sogar noch Siham mitnehmen kann, ist wirklich unglaublich großzügig von dir. Bravo! Ein Hoch auf den edlen Spender!« Sie ergriff ihr gefülltes Glas und zwang so alle mit einzustimmen.

Helmut war völlig überrumpelt, spielte dann aber doch mit, da ihm plötzlich die ganze Aufmerksamkeit entgegengebracht und Lob von allen Seiten zuteil wurde.

»Wundervoll! Helmut, du bist der Größte! Was für eine schöne Überraschung!« So und ähnlich fielen die Lobeshymnen aus, in denen Helmut sich sonnte.

»Dann wollen wir doch gleich Nägel mit Köpfen machen«, fuhr sie fort. »Ich übernehme in den Sommerferien die Kinder, Mario und Alima. Dann können sie sich bei uns im Hessischen mal so richtig auf dem Lande austoben. Und nach vierzehn Tagen werden sie braungebrannt und zufrieden nach Hause zurückkehren«, legte sie auch bei dieser Gelegenheit die Dauer der Reise fest.

Nun konnte Helmut keinen Rückzieher mehr machen. Zumal auch noch Siham aufstand, den Tisch umrundete und ihn in ihre Arme schloss.

»Helmut, ich weiß gar nicht, was ich sagen soll! Vielen Dank. Gott segne dich dafür.« Siham hatte sich schon lange daran gewöhnt, dem Schöpfer unterschiedliche Namen zu geben. So, wie sie es für angebracht hielt. In ihrem Herzen wusste sie genau, dass der Wortlaut der Anrede keine Rolle spielte.

Auch Amir erhob sich und schlug seinem Freund kräftig auf die Schulter. »Auch wenn ich für die Zeit einen Ersatz in der Praxis brauche… Ich danke dir, mein Freund. Ich hätte es Siham noch nicht bieten können. Ich freue mich für die beiden Frauen.«

Schließlich strahlte Helmut, als sei es tatsächlich seine eigene Idee gewesen. Als er Helga dabei ansah, reichte sie ihm ihre Hand über den Tisch hinweg und ihr Dank war absolut aufrichtig, als sie ihn aussprach.

Und so war es besiegelt!

***

Was für ein Urlaub!

Nun war er schon fast wieder vorbei. Aufgeregt planten sie den nächsten Tag, der Helga noch mehr Aufschlüsse geben sollte.

»Und du bist dir wirklich sicher, dass es sich bei diesem Schloss um dasselbe Schloss handelt, das du als kleines Kind gesehen hast?« Siham schob ihr Glas ein wenig zur Seite, um sich besser über den Tisch beugen zu können, während sie leise diese Frage stellte.

Die beiden Frauen saßen sich in einem gemütlichen Weinlokal gegenüber und gönnten sich einen edlen Tropfen, bevor sie den Tag beschließen wollten.

In der Zwischenzeit hatte sich viel ereignet, das Helgas bisherige Welt auf den Kopf gestellt hatte.

Nachdem Marianne geschickt diese Reise eingefädelt hatte, überlegten die Frauen begeistert, wohin sie führen sollte.

Endlich würde sich Helga den lang gehegten Wunsch eines Kleinwagens erfüllen.

So waren sie völlig unabhängig von Bussen, Eisenbahnen, Zeiten und Haltestationen. Siham wollte unbedingt der Reise einen Sinn geben und nicht einen Entspannungsurlaub planen. Sie wollte etwas Aufregendes erleben. Schon lange wünschte sie sich, Helgas Vergangenheit zu erforschen und somit Licht ins Dunkel zu bringen.

Scheinbar scheute sich Helga aus irgendeinem Grund, der Sache genauer nachzugehen.

Tragische Erlebnisse in ihrer Kindheit? Was hielt sie davon ab, nach ihren wahren Wurzeln zu suchen? Siham wollte es nun endlich wissen. Sie war sich sicher, dass Hans Schlegel nicht Helgas Erzeuger war.

Doch wer war es dann? Wo ansetzen? Vielleicht würde eine Reise nach Rom Aufschluss bringen.

Helga hatte kurz nach Helenes Tod immer wieder vor der Abbildung des Kolosseums gestanden, die in der Parfümerie als Dekoration diente. Sie hatte ihr erzählt, dass sie das Bild auch gerne erstanden hätte, man ihr aber die Herausgabe verweigert hatte.

Warum sie dieses so faszinierte, wusste sie selbst nicht zu sagen. Hatte es etwas mit ihrer Kindheit zu tun? War ihr Vater vielleicht ein Italiener? Eine Urlaubsliebe?

„Wohl kaum“, dachte Siham. Eine Witwe mit vier Kindern hätte damals sicher keinen Urlaub in Italien machen können.

Aber trotzdem, ihr Instinkt riet ihr, Helga Italien als Urlaubsland schmackhaft zu machen.

Und so waren sie schließlich fröhlich aufgebrochen. Das Wetter hätte nicht schöner sein können. Bei strahlendem Sonnenschein verabschiedeten sie sich winkend von ihren Lieben.

Übermütig sang Helga plötzlich lauthals: »Komm‘ ein bisschen mit nach Italien – komm‘ ein bisschen mit ans blaue Meer.«

Siham hatte gelacht. »Was ist das für ein lustiges Lied?«

»Ich weiß gar nicht so genau. Das muss uralt sein. Ich glaube, als Kind habe ich es gesungen.«

Plötzlich wirkte Helga nachdenklich, doch wischte sie aufkommende Gefühle der Erinnerung beiseite. Sie wollte sich diese Freude nicht selbst verderben. »Passt aber, nicht wahr?«

Siham hatte feinfühlig diesen kurzen Augenblick des Stimmungswechsels sehr wohl wahrgenommen. „Wir sind auf dem richtigen Weg“, freute sie sich insgeheim, und erwartungsvolles Kribbeln im Bauch ließ sie auflachen. »Ist es nicht herrlich? Wir zwei, ganz allein, fahren nach Italien. URLAUB!!!«, rief sie ausgelassen.

So hatte Helga ihre Freundin noch nie erlebt, und so freute sie sich noch mehr auf die gemeinsame Zeit.

Gardasee – Venedig – Florenz – Rom!

Auf Rom war Siham am meisten gespannt. Jede Etappe der Reise hatten die beiden ausgekostet. Waren ausgelassen wie zwei Teenager. Kichernd genossen sie die Aufmerksamkeit und die Blicke, der sie umgebenden Männer. Bei ihren abendlichen Gesprächen vertrauten sie sich ihre geheimen Gedanken und Gefühle an. Siham vermied es geschickt, Helgas Vergangenheit anzusprechen. Sie wusste, die Zeit würde kommen. Das Schicksal war nie unbeteiligt. Man musste nur abwarten.

Als sie Rom, ihre letzte Station erreichten, fuhr Helga schon fast routiniert und unerschrocken durch den dichten Verkehr. Motorroller, wohin man nur schaute, hupten sich durch das Gewühl.

Plötzlich und völlig unvorbereitet, tauchte vor ihnen das Kolosseum auf!

Helga wäre fast auf ihren Vordermann aufgefahren.

»Vorsicht!« Siham stemmte beide Füße gegen das Bodenblech.

Gerade noch rechtzeitig betätigte Helga die Bremse. Wildes Gehupe hinter ihr und ebenso wilde italienische Klänge von Schimpftiraden.

Vorsichtig fuhr Helga wieder an und konzentrierte sich auf den Verkehr. Einige Straßen weiter rief Siham: »Schau‘, dort vor uns fährt gerade ein Wagen aus einer Parklücke. Lass‘ uns das Auto dort abstellen.«

Gleich darauf erkundeten sie Rom zu Fuß. Sie hatten sich für diese Stadt fast den ganzen Tag Zeit genommen. Übernachten wollten sie ein Stück außerhalb, schon in Richtung Meer.

Brütend heiß war es in dieser Stadt. Ihre luftigen, leichten Sommerkleider, die sie sich in Florenz gegönnt hatten und die Haare, der dort herrschenden Mode entsprechend frisiert, vertuschten ihre Herkunft.

Sie hatten ihre Freude daran, dass junge Burschen auf ihren Rollern ihnen hinterherpfiffen.

Mit einem Mal standen sie vor dem Brunnen „di Trevi“. Münzen glitzerten im Wasser und blendeten sie fast in der Sonne.

Sie schauten versonnen hinein. Siham hatte bereits Geldstücke in der Hand und wollte sie gerade hineinwerfen, als Helga ihren Arm zurückhielt.

»Man wirft kein Geld ins Wasser!«

»Wie bitte?« Siham schaute sie überrascht an.

»Man wirft kein Geld ins Wasser!« Helga schien wie entrückt, doch dann klärte sich ihr Blick. »Siham! Ich war schon einmal hier, und genau das habe ich damals gesagt! Ich höre es noch ganz deutlich in meinem Ohr. Ich war noch klein.« Sie drehte sich um, ließ ihren Blick schweifen, so als wolle sie noch etwas anderes erkennen. Dann schaute sie zurück ins Wasser. »Da war eine Hand mit Münzen, die mir gereicht wurden. Ich sollte sie ins Wasser werfen, weil es bedeuten würde, dass ich eines Tages wieder hierherkommen würde.« Helgas Blick war wieder nach innen gerichtet. Staunend schien sie noch mehr Einzelheiten zu erkennen. »Diese Hand…« Helga schaute zur Seite, dann schräg nach oben, als würde sie dort etwas erfassen. Siham unterbrach sie mit keinem Wort. Sie wusste, jetzt war der Augenblick der Erinnerung gekommen!

»Diese Hand gehörte einem Mann. Er lächelte mich an. Schlank, groß mit so schönen Augen, die mich liebevoll ansahen.« Helga brach ab, und die Erkenntnis zwang sie zu Boden. Weinend schlug sie ihre Hände vors Gesicht. Erst lautlos, so dass nur die Schultern bebten, dann immer heftiger.

Siham setzte sich zu ihr, nahm sie in ihre Arme und wiegte sie wie ein klcines Kind. Der Tränenstrom schien kein Ende nehmen zu wollen.

Helga schaute auf, wollte etwas sagen, doch außer Schluchzen kam nichts Verständliches aus ihrem Mund.

»Wein dich aus! Die Zeit ist reif! Lass‘ es raus!« Siham wiegte sie weiter.

Ganz langsam beruhigte sich Helga und lehnte sich erschöpft an Siham.

»Bleib hier einen Augenblick sitzen, ich schau eben, ob ich ein nettes Straßencafé entdecke. Eine Stärkung wird dir jetzt guttun.«

Helga schloss die Augen, und die Geräusche um sie herum verwandelten sich in Musik in ihren Ohren. Italienische Musik mit ihrem ganz eigenen Rhythmus.

»Komm, dort in einer Seitengasse ist ein entzückendes kleines Café. Sicher gibt es dort Tiramisu oder Eis.«

Helga stand bereitwillig auf, noch ein wenig benommen. Dieser Platz fühlte sich mit einem Mal ganz anders an als vorhin bei ihrer Ankunft.

»Das ist jetzt normal«, klärte Siham sie auf, als Helga ihr davon berichtete.

»Das wird jetzt noch eine Weile so sein. Deine Gefühlswelt muss sich erst wieder daran gewöhnen, komplett zu sein. Es ist ähnlich wie bei einem Gipsbein. Über Wochen hinweg hat man sein Bein nicht benutzen können. Dann kommt der Gips ab, die Muskeln sind erschlafft, die Nerven schlafen ein wenig, sie hatten die ganze Zeit nichts zu tun. Dieses Bein wird sich für eine Weile fremd anfühlen. Und nun denke mal darüber nach, wie viele Jahre ein Teil deiner Kindheit verschüttet war. Warum auch immer. Doch darüber reden wir später. – Komm! Du bist noch ganz blass!«

Ein doppelter Espresso ließ die Farbe in Helgas Gesicht zurückkehren. Und das Gelatti, das Eis, war einfach köstlich.

Siham wartete geduldig ab, bis Helga sich wieder gefangen hatte. Dann blickte sie erwartungsvoll und auffordernd ihrer Freundin ins Gesicht.

»Dieser Mann war Papa! Mein wirklicher Vater.« Mehr sagte Helga zunächst nicht. Sie lauschte den Worten hinterher.

»Ich hab‘ es doch gewusst!« Siham hopste kurz vom Stuhl hoch und klatschte begeistert in die Hände. »Willst du reden?«

»Ich kann dir noch gar nicht viel mehr sagen. Ich wusste nur urplötzlich, wer er war, und ich spürte meine große Liebe zu ihm, und wie sehr auch er mich liebte. Da kamen mir auch schon… « Wieder brach Helgas Stimme. »Und wie sehr ich ihn vermisse.« Mit zittriger Stimme presste sie noch diese Worte hervor.

Nach einer Weile fragte Siham: »Fühlst du dich stark genug? Wir könnten schauen, ob du vielleicht noch etwas anderes erkennst, was dir bei der Erinnerung hilft.«

Sie zahlten und verließen das Café. Die schmale Gasse lag im kühlen Schatten. Die Häuser verdeckten die Sonne. Helga fröstelte es.

»Ich möchte noch einmal zum Brunnen. Ist es dir recht?«

»Aber sicher, meine Blume!«

Schweigend legten sie den Weg zurück.

Auf dem Platz wimmelte es von Menschen. Eine Reisegruppe hatte sich eingefunden. So fiel es den beiden auch nicht weiter auf, dass sie von zwei Seiten aus beobachtet wurden.

»Schwarze Lackschühchen hatte ich getragen. Ich war so stolz darauf. Und ein rosa-weißes Kleidchen mit Petticoat.«

Siham wusste nicht, was das war, doch sie stellte keine Fragen.

»Und wenn ich hopste, wippte mein Pferdeschwanz, den die Frau mir gebunden hatte.« Helga stutzte. »Tatsächlich, da war auch eine Frau dabei. Wie war noch ihr Name? Er hatte sie mir im Zug vorgestellt.«

Auf einmal brach die Erinnerung wie ein Sturzbach hervor. Helga zitterte trotz der Mittagshitze. »Siham, ich war auf dem Weg zum Kinderheim. Mama hatte mich mit meinem kleinen Koffer zur Bahn gebracht und mich angewiesen, gut auf ihn Acht zu geben. Dann brachte mich die Kinderschwester in ein anderes Zugabteil, und dort war Papa mit – mit „Isabell“. Ja, so hieß sie. Isabell! Sie war so schön. Und so elegant gekleidet. Und sehr nett! Sie kauften mir neue Kleider und eine Puppe. Papa wollte mir Italien zeigen. Wir waren in verschiedenen großen Häusern. Ich glaube Hotels, aber auch irgendwo noch bei Freunden. Und am Meer! Da war dann dieser Junge! Ich war ganz verliebt in ihn. Er kam mit seinem komischen Eiswagen zum Strand und rief: „Gelatti“ und verschiedene andere italienische Wörter. Er hatte dunkle Locken und braune Augen. – „Mario“ hieß er.« Helga macht große Augen und schlug sich dann begreifend mit der flachen Hand gegen die Stirn. »Ich fass‘ es nicht! MARIO! Daher der Name meines Sohnes. Immer hatten mich alle gefragt, warum ich mich plötzlich für diesen Namen entschieden habe. Dieser Mario reichte mir mit einer Verbeugung meine Eistüte, die Papa mir gekauft hatte und nannte mich „piccola principessa“. Dabei lächelte er mich mit seinen strahlend weißen Zähnen an. «

Man sah es Helga an, wie sich der Film der Vergangenheit vor ihrem geistigen Auge abspulte.

»Kleine Prinzessin!« sinnierte Helga. »Überhaupt nannte mich Papa oft seine kleine Prinzessin! Ah!!! SIHAM! Das Foto!« Aufgeregt stieß sie die Freundin an, die sie nun ganz erschrocken anschaute. »Das alte Foto aus dem Album meiner Mutter! Auf der Rückseite stand: „Meine Königin des Herzens und meine kleine Prinzessin“. Also hat Papa dieses Foto aufgenommen.« Sie schloss einen Moment die Augen und schüttelte dann aber enttäuscht den Kopf. »Nein, daran kann ich mich nicht erinnern. War wohl doch zu klein dafür. Ich bin jetzt ganz durcheinander. Alles dreht sich in meinem Kopf. Mama – Papa! Warum das alles? Warum sind sie nicht zusammengeblieben? Kurt muss doch davon gewusst haben! Jetzt ist es zu spät! Wenn wir wieder zu Hause sind, muss ich die anderen Jungs fragen. Vielleicht weiß doch einer etwas darüber. Auch wenn unser Kontakt mehr wie der zwischen Fremden anmutet, als der unter Geschwistern. « Helga verzog das Gesicht. Sie wusste, dass Fritz sie im Kinderwagen im Teich hatte stehen lassen und nach Hause gelaufen war. Sie hatte damit keine Probleme, schließlich hatte sie die Situation unbeschadet überstanden, doch Fritz hatte ihr gegenüber nie geschwisterliche Gefühle empfunden. Und Joachim war viel zu sehr mit seiner eigenen Welt beschäftigt. Zu ihr hatte nur Fritz Zugang. Marianne, das Küken der Familie, vor Helgas Geburt, hatte sich mehr Kurt angeschlossen, der Vaterstelle übernommen hatte. Kurt hatte zwar zu seinen Brüdern ein gutes und kameradschaftliches Verhältnis gehabt, doch lebte er nun nicht mehr.

»Macht es dir etwas aus, wenn wir jetzt schon nach Santa Severa fahren? Vielleicht können wir dann heute noch einen Abendspaziergang am Strand machen.«

»Nein, natürlich nicht! Das ist eine schöne Idee! Lass‘ uns nur noch ein paar Münzen in den Brunnen werfen, damit wir eines Tages wiederkommen.« Siham zwinkerte ihr zu.

***

Lothar zog sich weiter in die Gasse zurück, als er die beiden Frauen auf sich zukommen sah. Er ergriff die nächstbeste Tür, die zu einer Boutique führte, stieß sie auf und hastete hinein.

Sofort kam eine elegante Verkäuferin mit bedeutungsvollem Lächeln auf ihn zu. »Buongiorno, signore!«

»Oh, nein! Nein – Danke!« abwehrend hob Lothar die Hände.

Er schaute durchs Schaufenster auf die Gasse hinaus und versuchte, im vorbeifließenden Strom der Menschen, die beiden Frauen auszumachen. Im letzten Augenblick erkannte er noch Zipfel ihrer schwingenden Kleider, bevor andere Personen sich dazwischenschoben.

Nun erst fiel sein Blick auf die Auslage des Schaufensters, und er erkannte die edlen Dessous.

Kein Wunder hatte die Dame ihn so merkwürdig angelächelt. Rasch erfasste er die Türklinke und verabschiedete sich: »Arrivederci!«

»Arrivederci, signore!«

Im Hinauseilen hörte er noch das Gelächter der beiden Verkäuferinnen.

Gleich darauf tauchte er unauffällig in dem Fluss der vorbeiziehenden Menge unter. Schleunigst versuchte er den Anschluss an die beiden Frauen wiederherzustellen. Zwar kannte er das nächste Ziel, da sie ihre Pläne in Helgas Wohnung geschmiedet hatten und jede Etappe laut nannten, während sie sie notierten, doch er hielt es für sicherer, sie im Auge zu behalten.

Seit Beginn der Reise hatte ihn ein ungutes Gefühl befallen. Und auf sein Gefühl konnte er sich immer hundertprozentig verlassen.

Unweit vor sich entdeckte er diesen Mann. Er hatte ihn heute schon öfter bemerkt.

Es war ungewöhnlich, bei dieser Hitze in der Lederbekleidung eines Motorradfahrers herumzulaufen.

Groß, breitschultrig und grob wirkte er bereits von hinten.

Ungepflegtes, verschwitztes rotes Haar stand nach allen Seiten ab, so als hätte er sich nicht einmal die Mühe gemacht, es zu glätten, nachdem er den Helm abgenommen hatte. Im Nacken ein kurzer Zopf, den die schütteren Kopfhaare nicht mehr erreichten.

Es könnte ein Tourist sein, aber irgendwie wirkte er zielstrebig, und gleichzeitig tänzelte er mal zu einer, dann zur anderen Seite der Fußgängerzone. Gerade so, als würde er Personen, die vor ihm hergingen, als Deckung benutzen.

Auf einmal bemerkte er nun auch, dass die Freundinnen nur wenige Meter vor diesem Mann, den Gehweg entlang schlenderten.

Sie überquerten die Straße, und Lothar erkannte, dass sie zum Auto gingen.

Auch dieser Mann hatte offensichtlich den gleichen Weg, wobei er den Abstand zu ihnen vergrößerte, indem er sich bückte und sich an seinen Schuhen zu schaffen machte. Gerade so, als würde er Schnürsenkel binden.

Nur: es gab keine. Lothar erkannte auch aus dieser Entfernung, dass er die typischen Lederstiefel trug, die Motorradfahrer zu tragen pflegen.

„So ein Mist!", dachte er. „Ich bin aufgeflogen." Für ihn war nun völlig klar, dass Prinz Ernst Ludwig ihm auf die Schliche gekommen sein musste.

Und nun konnte er sich auch sein ungutes Gefühl erklären, das ihn die ganze Zeit über begleitete. Wahrscheinlich hatte sein Unterbewusstsein den Mann schon früher registriert.

„Jetzt wird es brenzlig." Er musste herausfinden, ob der andere auch schon auf ihn aufmerksam geworden war. Wenn ja, dann schwebte er gegenwärtig auch in Gefahr. Der Prinz würde nicht lange mit so unliebsamen Gesellen, wie er nun für ihn einer geworden war, herumspielen. Dafür kannte er sich in dieser Szene viel zu gut aus. Dass diese Situation irgendwann einmal eintreten würde, hatte er von Anfang an gewusst. Schließlich war er ganz bewusst dieses Risiko eingegangen. Noch heute würde er mit Prinz Eugen Kontakt aufnehmen müssen, um ihn davon zu unterrichten.

Er würde sich ab nun zweimal täglich mit seiner einzigen Vertrauten in Verbindung setzen, damit sie sicher sein konnte, dass er noch lebte. Sobald er sich nicht melden mehr würde, müsste sie den Prinzen unverzüglich unterrichten, damit er sofort jemanden schicken konnte, der seinen Job übernehmen würde.

Nüchtern überlegte Lothar, was zu tun sei. Angst verspürte er nicht. Noch lebte er, und er beabsichtigte nicht, es dem Typen leicht zu machen.

Die Frauen waren am Fahrzeug angekommen und schlossen es auf. Der Motorradfahrer ging ganz selbstverständlich an ihnen vorbei, ohne sie eines Blickes zu würdigen.

„Auch das ist äußerst auffällig", fand Lothar. Kein Mann würde an so hübschen Frauen einfach so vorbeilaufen. Schon hatte Lothar seinen Wagen erreicht, der einige Autos hinter Helgas stand.

Er startete den Motor und wartete darauf, dass Helga sich in den Verkehr einfügte. Sogleich fuhr er los und setzte sich hintendran.

Er hatte es geschafft, dass sie nur zwei Fahrzeuge trennten.

Gleich darauf befuhr ein Motorrad die Straße, wie er im Rückspiegel feststellte. Er vermutete, dass es sich hierbei um diesen Mann handelte. Der Helm ließ keinen Blick auf das Gesicht zu. Doch er wusste, er würde ihn überall wiedererkennen.

So verließen sie alle die Stadt. Bald darauf, als deutlich wurde, dass diese Landstraße Richtung Meer führte und sich so bald keine Abzweigung zeigte, setzte das Motorrad zum Überholen an. Beim Vorbeifahren schaute der Fahrer durch das Seitenfenster direkt zu Lothar hinüber und grinste ihn durch das Visier seines Helmes frech an. Dann gab er Gas und zog an ihnen allen vorbei. Lothar schärfte sich das Nummernschild ein.

»Das war dein Fehler, du Affe!«, lachte Lothar kampflustig. »Danke für die Warnung!«

***

Tage später, zurück in Deutschland:

»Ja, Mann! Sie können sich auf mich verlassen! Ich hab‘ alles im Griff. Wenn ich irgendwie morgen den Eindruck bekomme…

Ja. – Das ist überhaupt kein Problem für mich. Ich treffe mich nachher mit den Kumpels. Ja, natürlich! Oh Mann – ich weiß das! – Ja! – Wie ein Unfall! Da bin ich Spezialist drinne, Chef. Nein, natürlich melde ich mich nicht direkt danach. Okay!«

Lars hängte den Hörer auf die Gabel und verließ die Telefonzelle.

Aus der Lederjacke holte er ein Päckchen Tabak, öffnete es, entnahm ein „Plättchen“ aus dem flachen Umschlag und begann, sich geschickt eine Zigarette zu drehen. Tief zog er an ihr, so dass die Glut knisternd das Papier fraß.

Er hasste es, mit „solchen Lackaffen“ telefonieren zu müssen. Deutlich ließen sie ihn spüren, dass er für sie ein Mensch niederer Klasse war. Eigentlich machten das alle, außer seiner Kumpel vom Motorradclub, aber solche „Lackaffen“ ganz besonders.

Lars hasste die Menschen. Er hatte nie Gutes von ihnen erfahren. Nur Schläge und Tritte. Ja, damit kannte er sich aus.

Schläge und Tritte, die konnte er auch großzügig verteilen. So wie er es gelernt hatte.

Praktisch alle Menschen verachtete er, und vor allen Dingen Frauen! Frauen hasste er ganz besonders.

Seine Mutter hatte dafür gesorgt, als sie ihn stets ausgelacht hatte.

Sie hatte gelacht und gelacht. Sie bog sich vor Lachen. Er sah sie wieder vor sich. Mit der geöffneten, fast leeren Schnapsflasche in der Hand lachte sie, bis ihr die Tränen kamen, und das, obwohl er bereits am Boden lag, und noch immer von ihrem Freund mit Tritten traktiert wurde. Hilflos konnte er sich nur noch mit seinen Armen schützen.

Und wieder kochte die Wut in ihm hoch. Er ballte die Hände zu Fäusten. „Hörte das denn nie auf?“ Er würde es ihnen zeigen. Allen. Sie werden dafür büßen.

Er ging die wenigen Schritte von der Telefonzelle zu dem Weinlokal und spähte durchs Fenster. Da saßen die beiden Frauen und unterhielten sich.

Er wandte sich ab. Für heute hatte er seine Aufgabe erledigt. Gleich würden seine Kumpel eintreffen. Mit ihnen wollte er noch einen zischen und alles Weitere für morgen besprechen.

***

»Und du bist dir wirklich sicher, dass es sich bei diesem Schloss um dasselbe handelt, das du als kleines Kind gesehen hast?«

»Nun, so viele Schlösser kenne ich nicht zum Vergleich. Sollte es welche geben, die die gleiche Auffahrt haben und so einen großen kiesbedeckten Platz mit Brunnen vor dem Eingang, dann wäre ich mir nicht absolut sicher.«

»Es ist Schicksal, dass wir hierhergeführt wurden. Stell' dir das vor! So einen Zufall gibt es nicht. Ausgerechnet an diesem Schloss führte uns die Umleitung der Straße vorbei. Sonst wären wir nie hierhergekommen, und du hättest es nicht gesehen. Aber was hast du hier gemacht? In einem Schloss?«

»Siham, ich traue es mich gar nicht zu sagen, aber – aber…«

»Was aber? Los, erzähl'. Mir kannst du doch alles sagen.«

»Ich glaube, mein Vater wohnt in diesem Schloss.« Helga schaute verlegen in ihr Weinglas und begann es zwischen den Fingern zu drehen.

»Was?« Siham schaute sich verstohlen um. Dann beugte sie sich noch weiter zu Helga vor. »Weißt du, was du da sagst? Du meinst nicht zufällig einen Diener oder Gärtner, nicht wahr?«

»Ich weiß, was ich da sage. Wir sind in einem Wagen hergekommen. In einem eleganten Wagen. Papa und ich saßen hinten. Vorne saß der Fahrer. Als wir hier ankamen, setzte er seine Kappe auf bevor er die Türen öffnete. Er trug weiße Handschuhe. Ich fand das lustig, weil es doch gar nicht kalt war. Und Papa sagte „Anton" zu ihm. „Danke, Anton!"« Helgas Wangen glühten und das kam nicht nur vom Wein. »Siham, ich bin so aufgeregt. Mir ist schon ganz übel. Sicher werde ich kein Auge zutun. Stell' dir vor, wir würden ihm morgen bei der Schlossführung begegnen?«

»Ich will dich nicht enttäuschen, aber das ist kaum anzunehmen. Ein Prinz…« Siham beugte sich wieder vor und zischte die letzten Worte. »Ein Prinz mischt sich nicht unters Volk, schon gar nicht unter Schaulustige, die wir in dem

Augenblick sein werden. Aber du hast dort Gelegenheit etwas zu sehen, das du wiedererkennen könntest. Vielleicht erfährst du seinen Namen. Und wenn du dir dann wirklich absolut sicher bist, überlegen wir, wie du Kontakt zu ihm herstellen kannst. Aber es muss auch irgendetwas zu bedeuten haben, dass er die Verbindung abgebrochen hat. Was erstaunlich ist, wenn er dich so geliebt hat, wie du sagtest.« Siham machte ein nachdenkliches Gesicht. Dann entfuhr ihr ein »Huch!«

»Was ist, Siham? Was vermutest du?«

»Nein, nein! Wir warten erst mal bis morgen.«

»Los, sag' schon! So kann ich nicht schlafen. Ich merke doch, dass du mir etwas verheimlichst.«

»Na gut, aber es ist nur meine Phantasie. Hörst du? Reine Phantasie. Es könnte doch sein, dass er gar nicht mehr lebt. Das würde doch auch erklären, warum du keinen Kontakt mehr zu ihm hast.«

»Ja, da könntest du recht haben. Aber dann hätte es mir Mama doch erzählen können und nicht so tun müssen, als sei Hans Schlegel mein Vater. Irgendetwas stimmt da nicht. Es scheint, als kämen wir nicht weiter. Wir sollten in unser Zimmer gehen, damit wir morgen ausgeruht sind. Um elf Uhr beginnt die erste Führung.«

***

Siham und Helga waren die ersten, die sich vor der verschlossenen Eingangstür aufbauten. Ein Schild wies auf die Tage und Zeiten der Führung hin sowie auf Preise und Dauer des Rundgangs.

Nach und nach gesellten sich einige Personen dazu. Meist ältere Herrschaften und Paare, die bereits fachmännisch den Umstehenden ihr Wissen preisgaben.

Helga machte große Ohren. Vielleicht erfuhr sie hier bereits etwas Interessantes. Doch leider sprachen sie nur über die Architektur.

Die Tür öffnete sich nach innen, wurde dort festgestellt und ein älterer Herr mit schütterem Haar erschien in der Öffnung. Kluge und wache Augen zählten rasch die Anzahl der Gäste.

»Herzlich willkommen zur Führung. Darf ich Sie bitten, einzutreten und sich dort an der Kasse aufzustellen.« Dabei machte er eine einladende Geste.

Seine weißen Handschuhe zogen sofort Helgas Aufmerksamkeit an. Dann trafen sich ihre Blicke. Er nahm sie wahr und stutzte.

Doch sofort drehte er sich um und ging auf den Tisch zu, auf dem ein Schild stand.

„KASSE" war dort groß zu lesen. Davor hatten sich einige Personen bereits dicht aufgestellt. Er zog bedächtig eine Schublade auf und begann, die Eintrittsgelder zu kassieren. Als Siham und Helga an der Reihe waren, schaute er Helga durchdringend an.

»Sie sind zum ersten Mal hier, gnädige Frau?«

»Ja, ich habe noch nie an dieser Führung teilgenommen.«

»Dann wünsche ich Ihnen viel Freude.«

Gleich darauf rief er unmittelbar an Helga vorbei: »Stellen Sie sich doch bitte alle dort drüben auf! Ich werde gleich mit dem Rundgang beginnen« Sorgfältig schloss er die Schublade ab und steckte den Schlüssel in seine Westentasche. Helga und Siham gingen zu den anderen hinüber.

»Anton! Kommen Sie bitte nach der Führung zu mir?«, wurde der ältere Herr gerufen. Eine alte Dame stand auf ihren Stock gestützt in der Tür eines Seitenflügels.

»Sehr wohl, Euer Durchlaucht!« Anton, so hieß offensichtlich der Mann, der die Führung machte, deutete eine Verbeugung an.

Gleich darauf wurde die Tür geräuscharm geschlossen.

Anton? Siham und Helga warfen sich bedeutsame Blicke zu.

War es ein Zufall? Hießen alle alten Männer Anton, die sich in herrschaftlichem Dienst befanden? Oder handelte es sich hier tatsächlich um den ehemaligen Chauffeur ihres Vaters?

Helga schaute sich prüfend in der Eingangshalle um. Helles Licht fiel ihr gegenüber durch riesige Fenster und beleuchtete eine breite Treppe, die leicht geschwungen ins obere Stockwerk führte.

Helga wusste blitzartig, was sie durch die Fenster zu sehen bekommen würde. Sie war sich jetzt absolut sicher, hier schon einmal gewesen zu sein.

Dann spürte sie Antons Blicke auf sich gerichtet. Besorgt sah er sie an. Siham schaute, von Anton unbemerkt, von einem zur anderen. Ihr entging nicht, dass der alte Mann an Helga außergewöhnliches Interesse hatte.

»Kann ich noch mitmachen?« Ein junger Mann in Lederkleidung polterte herein. Alle wandten sich ihm verdutzt zu.

Anton hob irritiert die Augenbraue, schaute ihn von oben bis unten prüfend an und ging dann zum Kassentisch.

»Selbstverständlich, junger Mann! Wir haben noch nicht begonnen.«

Er hatte schon sehr viele Menschen durchs Schloss geführt, aber noch nie einen Mann in dieser Aufmachung.

Kaum zu glauben, dass ihn die Geschichte der Familie von Wegen interessieren könnte oder das Anwesen. Es passte überhaupt nicht zu ihm.

Antons Warnsystem meldete sich. Er beobachtete den Motorradfahrer und sah die heimlichen Blicke, die er zu Helga hinüberwarf. „Das ist kein normales männliches Interesse“, vermutete Anton richtig.

»Ich möchte Sie nun auf das Herzlichste begrüßen. Hier im Schloss des alten Adelsgeschlechts „von Wegen“, das zurzeit nur noch dauerhaft von der Witwe Karl Ernsts von Wegen bewohnt wird. Von Zeit zu Zeit weilen ebenso die Söhne Karl Eugen als der Ältere und Ernst Ludwig mit ihren Familien hier. Lediglich ein geringer Teil dieses Schlosses ist der Öffentlichkeit zugänglich gemacht worden und das auch nur zeitweise. Zu offiziellen Empfängen und Anlässen werden auch diese Räume noch genutzt. Wenn Sie mir nun bitten folgen wollen.« Anton hatte insbesondere Helga angeschaut, als er von den Söhnen und ihren Familien sprach.

Auf dem Rundgang erkannte Helga nur noch wenig, war sich nicht ganz sicher. Wahrscheinlich waren sie früher im Familientrakt untergebracht gewesen.

Doch der Anblick aus dem Fenster war noch genau der, den sie in Erinnerung hatte. In der Ferne erkannte sie, dass noch immer Pferde auf einer Weide grasten.

Nach der ausgiebigen Besichtigung, verabschiedete Anton die Besucher: »Ich danke Ihnen für Ihr Interesse und wünsche Ihnen noch einen schönen Aufenthalt in unserer Region.«

Die Leute verließen das Gebäude, doch Helga ging auf Anton zu, der deutlich einen Schritt zurücktrat, als er sie kommen sah.

Unsicher blickte er zu dem jungen Mann in der Lederkluft hinüber, der sich vor einem Ahnengemälde aufgebaut hatte und es offenkundig genauer in Augenschein nahm.

»Entschuldigen Sie, Anton. Darf ich Sie so nennen?«

»Selbstverständlich, gnädige Frau. Was kann ich für Sie tun?« Anton ließ den Mann nicht aus den Augen.

»Gibt es einen Katalog oder ein Büchlein über dieses Schloss und seine Geschichte? Ich würde es gerne kaufen.«

»Äh ja – eigentlich schon. Aber leider, ich habe gerade gestern das letzte Exemplar verkauft. Nun dauert es wieder ein paar Wochen, bis ich neue bekomme. Tut mir leid.« Er bemühte sich um einen bedauernden Gesichtsausdruck. Die Unruhe war ihm aber trotzdem anzusehen. »Darf ich Sie nun bitten zu gehen? Ich muss die Tür abschließen.« Dann energischer: »Sie auch, junger Mann!«

»Ja, natürlich. Vielen Dank, Anton. Es war eine sehr interessante Führung. Auf Wiedersehen!«

Helga reichte Anton die Hand, die er zögernd ergriff. Dabei schaute er ganz unglücklich, als er sie schüttelte.

Siham zog ihre Freundin nach draußen. »Ich habe vorhin unten im Ort ein nettes Café gesehen. Lass‘ uns dorthin fahren. Ich habe Appetit auf ein Stück Kuchen. Dort können wir alles besprechen.«

»Ja, gerne.« So gingen sie zum Auto und suchten die Konditorei auf.

Dass der junge Mann in Lederkleidung ebenfalls dort einen Platz bezog, fiel ihnen gar nicht auf.

»Hast du es gemerkt? Anton hat gelogen«, begann Siham sogleich das Gespräch, kaum, dass sie Platz genommen hatten. »Ich wette, er hat noch jede Menge Broschüren über das Schloss. Helga, er hat dich erkannt. Was eigentlich unglaublich ist, denn du warst damals ein kleines Kind. Vielleicht siehst du auch deinem Vater sehr ähnlich. Tatsache ist: er hat dich erkannt. Und er hat insbesondere dich angeschaut, als er die Söhne mit ihren Familien erwähnt hat.«

Siham hob plötzlich klagend die Hände in die Luft. »Ahhh! Natürlich! Warum sind wir denn nicht gleich darauf gekommen?«

Helga schaute sie verständnislos an. »Was meinst du, Siham?«

»Du bist das außereheliche Kind eines verheirateten Mannes!«

»Pscht! Schrei‘ doch nicht so herum. Die Leute werden schon aufmerksam.«

»Ja, du hast recht. Entschuldige!« Siham schaute sich um und blickte direkt in das Gesicht des ungepflegten Mannes in Motorradkluft, der sie frech und breit angrinste.

Siham hatte das Gefühl, als stellten sich ihre Nackenhaare auf. „Wäre ich eine Katze, würde ich jetzt einen Buckel machen und ihn anfauchen“, dachte sie. Er wirkte bedrohlich und unheimlich auf sie. Schnell schaute sie wieder weg. »Aber nun erzähl‘ mal. Hast du etwas wiedererkannt? Oder sogar Anton?«

»Anton nicht wirklich. Er war damals ja sehr viel jünger und meistens trug er die Kappe. Aber ich hatte ebenfalls den Eindruck, dass er mich erkannt hat. Ansonsten weiß ich jetzt auch ganz genau, dass ich dort schon mal war. Wie oft – kann ich nicht sagen. Doch ich wusste schon vorher, was ich sehen würde, wenn ich durch die Fenster von der Treppe aus schauen würde. Es hat sich seit damals nichts verändert.«

Siham hatte gespannt zugehört. »Jetzt stellt sich nur die Frage, wer der beiden Brüder dein Vater ist. Komisch, nirgends war ein Gemälde von ihnen zu sehen, wo doch sonst die Verblichenen überall herumhängen.«

»Na ja, vielleicht deshalb. Sie leben noch«, entgegnete Helga. »Vielleicht sollten wir heute noch einmal an der Führung teilnehmen, um mehr Informationen zu bekommen. Möglicherweise haben wir etwas Wichtiges überhört. Man kann sich gar nicht so schnell alles merken. Um fünfzehn Uhr wird der nächste Rundgang gemacht. Dann könnten wir später in Ruhe den Tag ausklingen lassen, und morgen früh fahren wir frisch und ausgeruht nach Hause.«

»Das ist eine gute Idee.« Siham war sofort einverstanden.

Der ungepflegte Mann in der Lederbekleidung hatte genug gehört. Er stand auf und ging. Draußen winkte er Lothar keck zu.

Sein Grinsen konnte man getrost als unverschämt und spöttisch bezeichnen. Lothars Wagen war sogleich von ihm entdeckt worden, obwohl er einige Meter entfernt in langer Reihe mit anderen Fahrzeugen parkte.

Dennoch wechselte Lothar nun nicht mehr seinen Standort. Er musste auf jeden Fall auf die Frauen warten und durfte nicht riskieren, sie aus den Augen zu verlieren.

Seit er gesehen hatte, dass sich dieser Typ, alle Vorsicht außer Acht lassend, frech der Führung anschloss, hatte sich bei ihm Nervosität breit gemacht. Demnach musste er sich seiner Sache sehr sicher sein.

Lothar spürte ganz deutlich, dass sich hier etwas zusammenbraute. Er musste nun höllisch aufpassen. Vorsichtig verfolgte er ab jetzt jeden ihrer Schritte. Den „Affen“ sah er nicht mehr. „Da stimmt was nicht! Er hat mehr Informationen als ich.“

Als er sah, dass die Frauen noch mal den Weg zum Schloss einschlugen und offensichtlich der Führung erneut beiwohnen wollten, machte er sich auch auf ein Treffen mit dem „Motorradfuzzi“ gefasst.

Er beobachtete, wie sich die Szene vom Vormittag wiederholte. Die Tür wurde geöffnet, festgestellt und die Gäste hineingelassen. Durch das Fernglas erkannte er, dass der alte Mann überrascht schien, Helga und ihre Freundin wiederzusehen, sie aber wortlos eintreten ließ.

Ferner sah er, dass er sich suchend umschaute als alle Gäste im Schloss waren und dann eilig die Pforte schloss.

Fast zeitgleich knatterte das Motorrad an Lothar vorbei, parkte seitlich der Einfahrt, und zügig schritt der Fahrer zum Eingang.

Die Tür ließ sich nicht öffnen. Er trommelte wild dagegen, doch niemand machte auf. Es blieb ihm nichts anderes übrig, als sich draußen ein schattiges Plätzchen zu suchen und dort das Ende des Rundgangs abzuwarten.

Im Schloss hörte man sehr wohl das stürmische Klopfen, doch Anton ließ sich nicht aus der Ruhe bringen und erklärte den Gästen nur, dass die Gruppe zu groß werden würde, wenn er nun noch mehr Personen zuließe.

Innerlich atmete er auf. Er konnte sich denken, wer da Einlass begehrte.

Als er die beiden Frauen vom Vormittag wiedersah, fürchtete er sofort, dass ihr Beobachter ihnen folgen würde. Er hatte noch am Vormittag mit Prinz Karl Eugen telefoniert, und so war er auch im Bilde, dass es sich bei diesem Mann in der Lederkleidung nicht um den Beschützer der Prinzessin handelte.

Er konnte nur hoffen, dass die Leibwache wirklich in der Lage war, die Frauen zu beschützen. Der Prinz hatte ihn über die veränderte Situation aufgeklärt und gebeten, die Augen offen zu halten.

Er begann seinen Rundgang mit den gleichen Worten wie am Vormittag.

»Entschuldigung! Aber wie heißen denn die Ehefrauen der beiden Söhne?« Aus einem Impuls heraus rief Helga dazwischen.

Verdutzt blickte Anton sie an, doch als er merkte, dass auch die anderen Gäste interessiert waren, konnte er die Antwort nicht zurückhalten.

»Die Ehefrau des Prinzen Karl Eugen ist die Prinzessin Isabell von Hochhausen und die des Prinzen Ernst Ludwig…«

Den Rest des Satzes hörten Helga und Siham nicht mehr. Mit großen Augen schauten sie sich an und wussten genau, was jetzt die andere dachte.

Sie durchschritten wieder die verschiedenen Räume. Siham und Helga blieben ein wenig zurück. »Hast du das gehört?« zischte Siham Helga zu. »Nun weißt du, wer dein Vater ist. Aber dass er dich zusammen mit seiner Frau auf Reisen mitnahm, ist doch merkwürdig. Das würde doch bedeuten, dass sie…«

Plötzlich stand Anton vor ihnen, und in seiner Haltung spiegelte sich etwas Gehetztes. Er ergriff Helgas Unterarm und zog sie zur Seite, fort von dem geöffneten Durchgang, in dem die beiden Frauen noch immer standen, so dass man sie nicht mehr beobachten konnte.

»Patrizia! Ich muss Sie warnen!« Eindringlich brachte er diese Worte hervor.

»Verlassen Sie so schnell es geht, aber ohne zu viel Aufhebens diese Region!« In seiner Aufregung hielt sein Griff sie noch fest umklammert. »Fahren Sie unverzüglich nach Hause und unterlassen Sie alle Nachforschungen!« Eindringlich schaute er sie an. »Glauben Sie mir, es ist besser so. Sie haben mich richtig erkannt. Ich war der Chauffeur Ihres

Herrn Vaters und bin ihm noch immer treu ergeben. Ich versichere Ihnen, Ihr Vater liebt Sie und ist stets über Ihr Wohlergehen informiert.« Abwehrend hob er die Hände, als er sah, dass Helga ihn mit einer Zwischenfrage unterbrechen wollte. »Fragen Sie mich nicht, wodurch. Ich beschwöre Sie. Fahren Sie nach Hause und lassen Sie alles so, wie es bisher war. Vertrauen Sie mir. Bitte! Ich weiß, dass es viel verlangt ist.« Als er in ihren Augen lesen konnte, dass sie noch immer nicht darauf eingehen würde, fügte er schließlich hinzu: »Es dient Ihrer eigenen Sicherheit. Sie sind in Gefahr. Ich will Sie nicht unnötig ängstigen, aber Sie sind tatsächlich in Gefahr. In großer Gefahr! Fahren Sie! Um Gottes Willen, fahren Sie! Mehr kann und darf ich Ihnen dazu nicht sagen.«

Endlich nickte sie zustimmend.

»In Ordnung. Wir werden sofort abreisen. Ich glaube Ihnen.«

Aufatmend erklärte er ihr seinen Plan: »Wir kommen gleich unten wieder in den langen Gang. Halten Sie sich etwas abseits der Gruppe auf. Ich werde eine Seitentür aufschließen. Dort können Sie dann unbemerkt nach außen gelangen.« Von dem zwielichtigen jungen Mann sagte er lieber nichts. Vielleicht würden sie vor Angst falsche Entscheidungen treffen. Er nahm ihre beiden Hände in seine. »Seien Sie vorsichtig. Gott schütze Sie.« Dann wandte er sich ab und ging.

»Anton?« hielt Helga ihn auf. Er drehte sich noch einmal zu ihr um.

»Ja, bitte?«

»Grüßen Sie ihn von mir! Ich hätte ihn so gerne wiedergesehen.« Tränen glitzerten in ihren Augen. Sie hatte die Worte leise, fast unhörbar gesprochen. Dennoch hatte Anton sie verstanden.

»Ich weiß. Ich werde es ausrichten, Eure Hoheit.« Anton machte eine ehrfürchtige Verbeugung, bevor er sich entfernte.

Geblendet verharrten die Freundinnen einen Augenblick lang im gleißenden Sonnenlicht. Erst dann konnten sie sich orientieren. Sie waren am rechten Seitenflügel herausgekommen.

Helga wollte schon eilig den Vorplatz verlassen, doch Siham hielt sie zurück.

»Denke daran, was er gesagt hat! So unauffällig wie möglich. Also lass‘ uns gemütlich gehen.« Sie gingen gemächlich zum Parkplatz. Den Mann, der sich gerade den Motorradhelm aufgesetzt hatte und nun sein Zweirad startete, beachteten sie nicht weiter.

Sie fuhren auf direktem Weg zu ihrer kleinen Pension und meldeten ihre sofortige Abreise.

In ihrem Zimmer, das sie sich geteilt hatten, packten sie zügig ihre Sachen zusammen. Helga hievte ihren Koffer vom Bett und setzte sich. »Ist es nicht schrecklich? Was für ein Ende unserer Reise. Wir waren soo dicht dran. Zum Greifen nah. Ich dachte – ich hatte gehofft…« Sie richtete sich auf. »Na ja, was soll's! Lebe ich eben weiter wie bisher! Immerhin durfte ich Licht ins Dunkel bringen. Auch wenn noch längst nicht alle Fragen geklärt sind.« Sie beobachtete wie Siham ebenfalls schleunigst ihren Koffer packte.

»Und! Ich habe einen Teil meiner Kindheitserinnerungen aufdecken können. Warum sie so lange verschüttet waren, ist mir zwar auch nicht klar, aber ich will nicht undankbar sein. Ich bin schon froh, dass Hans Schlegel nicht mein Vater ist. Das ist es auf jeden Fall wert gewesen. Kein Wunder hat er sich immer so abweisend verhalten. Vielleicht hat er es auch gespürt, dass wir gar nicht verwandt sind. Aber dann müsste Mama ja auch mit ihm… Die Fragezeichen sind nicht wirklich weniger geworden. Aber Antons Warnung war so eindringlich. Sie hat mich richtig erschreckt. Ob sie wahr ist? Wer könnte etwas gegen mich haben? Und warum?«

Siham verstaute in Windeseile ihre Sachen im Koffer, und blickte deshalb nur zwischendurch zu Helga hinüber. »Wahr oder nicht wahr! Wir sollten jetzt fahren. Gut, dass es noch so lange hell bleibt. Es wäre mir jetzt richtig unheimlich, im Dunkeln zu fahren. Anton hat mir auch Angst eingejagt.«

Sie hatten den Wagen vor dem Eingang abgestellt, und so konnten sie ihn leicht mit ihrem Gepäck beladen.

»Fertig! Jetzt nur noch zahlen, dann tanken und ab geht die Post!«, versuchte Helga die Situation zu entspannen.

Sie betraten zum letzten Mal die kleine Rezeption. Das Aufheulen eines Motorrades, das überstürzt abfuhr, war ihnen völlig entgangen.

Lothar hatte alles aus einer Deckung heraus beobachtet. Schweiß trat ihm auf die Stirn. Er verspürte zum ersten Mal Angst um Helga. Irgendetwas musste geschehen sein.

Es war bereits auffällig, dass sie das Schloss noch vor Beendigung des Rundganges durch den Seitenflügel verlassen hatten. Dass sie nun ihre Reise abbrachen, war so nicht vorgesehen und schien ihm überstürzt. Die Art, wie der „Fatzke“ sein Motorrad drosch, zeigte ihm, dass auch er davon überrascht worden war. Aber warum fuhr er davon? Was hatte er vor? Und was hatte die Frauen veranlasst, vorzeitig die Gegend zu verlassen? Es musste etwas mit ihrem Besuch im Schloss zu tun haben. Doch jetzt seinen Posten aufzugeben und sich mit dem Prinzen in Verbindung zu setzen, wagte er nicht. Lothar eilte zu seinem Fahrzeug. Wie gut, dass er bereits gestern Abend alles für die Abreise vorbereitet hatte.

Als die Frauen losfuhren, ließ auch er seinen Wagen langsam anrollen. Nachdem sie das Auto betankt hatten, war er sich absolut sicher, dass sie tatsächlich vorhatten, bis nach Hause durchzufahren.

Vorsichtig verfolgte er sie. Er ließ nie mehr als zwei Fahrzeuge zwischen sich und Helga geraten. So hatte er sie stets gut im Blick. Er war äußerst angespannt. Eisern umklammerten seine Hände das Lenkrad. Konzentriert beugte er sich vor.

Mehrere kleine Ortschaften hatten sie bereits hinter sich gebracht. Nun würde sich ein ziemlich langer Abschnitt durch die Natur winden, wie er von der Karte her wusste. Durch Wiesen, Hügel und Wälder.

Die zwei Fahrzeuge vor ihm hatten mittlerweile die Straße verlassen, so dass Lothar den Abstand zu Helga vergrößern musste.

Dass sich die Hügel als kleine Berge herausstellten, hatte er vorher nicht ausmachen können. Soeben wand sich eine kurvenreiche Strecke mit erstaunlicher Steigung eine Anhöhe hinauf.

Nur ein schmaler Streifen trennte die Straße von dem durchaus riskanten Abhang. Lockeres Buschwerk milderten hin und wieder den Anblick und vertuschten den Eindruck der Gefahr.

Am höchsten Punkt angekommen wurde man für einen Augenblick mit einem freien Blick über die malerische Landschaft belohnt. Doch gleich darauf versperrten erneut Bäume die Sicht, und die Fahrt ging genauso kurvenreich den Berg wieder hinunter.

Laute Motorengeräusche ließen Lothar einen Blick in den Rückspiegel werfen. Eine Gruppe Motorradfahrer schien das schöne Wetter und diese Strecke ebenfalls zu nutzen.

Ihr rücksichtsloses Überholmanöver zwang ihn auf die Bremse zu treten. Bestürzt erkannte er das Kennzeichen eines der Motorräder.

»Ach, du Scheiße!«, entfuhr es Lothar und sofort trat er aufs Gaspedal. In der nächsten Kurve sah er mit Schrecken, dass die Motorradgruppe Helgas Fahrzeug eingekeilt hatte. Sie hatten offensichtlich vor, die Frauen in Panik zu versetzen, denn einige schlenkerten provozierend ihre Räder an Helgas Seite und fuhren dicht auf, bevor sie ihr Auto überholten.

Soeben setzten die letzten Zweiräder zum Überholvorgang an, wie Lothar sehen konnte. Wieder eine Kurve und sie entzogen sich für einen Moment seinen Blicken.

Doch was war das?

Der letzte Fahrer, Lothar erkannte ihn auf Anhieb, drängte Helga immer weiter nach rechts, indem er fortwährend dichter an die Fahrertür fuhr. Es blieb nicht mehr viel Platz bis zum Seitenstreifen. Gleich daneben der gefährliche Abhang.

Lothar bemerkte zwar, dass Helga die Geschwindigkeit drosselte, doch wich sie dem Zweirad permanent aus, um einen Zusammenstoß zu vermeiden. Es würde so gesehen nicht mehr lange dauern, und sie würden in den Abgrund stürzen.

Lothar dachte nicht mehr weiter nach, sondern handelte.

Er drückte das Gaspedal ganz herunter.

Weiß traten die Knöchel seiner Hände hervor, die das Lenkrad umklammert hielten.

Seinen Oberkörper presste er stark gegen den Sitz. So stürmte er direkt auf den Motorradfahrer zu, peilte ihn an, und genau in diesem Moment machte Helga eine Vollbremsung.

Lothar fuhr gegen das Motorrad und verpasste ihm einen Stoß. Gleichzeitig trat er auf die Bremse. Sein Wagen schleuderte herum und prallte gegen Helgas Auto. Diese verlor dann die Kontrolle über ihr Fahrzeug und rutschte der Böschung entgegen.

***

»Sie müssen umdrehen. Hier können Sie nicht durch!« Der Polizist beschrieb mit seiner Kelle einen großen Bogen. Der Fahrer hatte das Seitenfenster heruntergekurbelt und wartete auf weitere Erklärungen. »Es hat sich ein schwerer Unfall ereignet. Die Aufräumarbeiten werden einige Stunden in Anspruch nehmen. Tut mir leid. Sie müssen um den Berg herumfahren.« Unwillig machte sich der Fahrer daran den Wendevorgang einzuleiten.

»Sind Sie froh, dass Sie noch gesund und am Leben sind«, entfuhr es dem Polizisten, Peter Hoffmann. „Mann, Mann! Wie manche Leute doch drauf sind. Immer gleich ungeduldig und ärgerlich“, regte er sich auf. Der Anblick, der sich ihm geboten hatte, als er bei der Unfallstelle eintraf, war sogar für ihn heftig.

Hoffmann hatte nun die Straßensperre aufgebaut und konnte zurück zur Unfallstelle gehen.

Gerade wurde der Zinksarg in den Leichenwagen geschoben und die Türen geschlossen.

Auf dem Abschleppwagen lagen mehr oder weniger erkennbare Teile eines Motorrades.

Ein Kran zog den kleinen Pkw vom Abhang hoch. Seine Front war mächtig eingedrückt und doch hätte es schlimmer ausgehen können.

»Wie geht es den beiden Frauen?«, fragte er seinen Kollegen.

»Sie haben verdammtes Glück gehabt. Werden gerade von den Rettungskräften versorgt und dann vorsichtshalber noch ins Krankenhaus gefahren.« Ralf Schumann, sein langjähriger Kollege, steckte sein Notizbuch in die Jackentasche. »Wir werden dann später noch die Befragung vornehmen müssen. Sie schienen ansprechbar, stehen aber noch unter Schock. Keine Ahnung, wie das passieren konnte.« Hoffmann schaute sich die Striche auf dem Asphalt, die die Unfallstelle kennzeichneten, noch einmal genauer an.

»Sicher wieder viel zu schnell gefahren, dieser bekloppte Motorradfahrer«, mutmaßte Ralf Schumann.

»Wer hat uns denn informiert? Bekommen wir noch eine nähere Aussage? «

»Das ist etwas merkwürdig. Jemand hat uns anonym benachrichtigt und sofort wieder aufgelegt. Wahrscheinlich irgendein Motorradkumpel, der sich Unannehmlichkeiten ersparen wollte. Die sind doch meistens in Horden unterwegs. Da werden wir wohl kaum eine Chance haben, die zu erwischen. Zumal der da…« Er wies mit dem Kopf zum abfahrenden Leichenwagen. »… uns nichts mehr dazu sagen kann. Und weitere Zeugen gibt es nicht. Vielleicht können uns morgen die beiden Frauen mehr darüber sagen«, beendete Schumann seinen Bericht.

»Komm‘, schauen wir uns noch mal den Baum an, der so freundlich war, die beiden Ladies aufzuhalten«, forderte Peter Hoffmann seinen Kollegen auf.

Die drei bis vier Meter bis zum Baum, dem der Aufprall nur wenig anzusehen war, rutschten sie mehr hinunter, als dass sie hinabstiegen.

Hoffmann klopfte gegen den Stamm: »Danke, alter Freund. Du hast soeben Leben gerettet. Allein aus diesem Grund sollten sie dich hier stehen lassen.«

Sein Kollege umrundete ihn derweil und suchte den Boden nach Hinweisen ab. Dann richtete er sich auf und schaute den Abhang hinunter. »Sie haben wirklich enormes Glück gehabt, ein bisschen weiter nach rechts oder links, und sie wären hier ungehindert 'runter gedüst.« Er folgte seinem eigenen ausgestreckten Arm mit Blicken. Seine Augen weiteten sich, als er weiter unten etwas entdeckte: »Großer Gott! Komm! Schnell! Da unten liegt noch einer!«

Die beiden Polizisten rutschten, schlingerten und sprangen den Abhang hinunter so schnell sie konnten.

Kaum erkennbar lag in einer Mulde ein Fahrzeug auf dem Kopf. Nur das Bodenblech und die Räder ragten heraus.

Zwei junge Bäume hatten einen tieferen Absturz verhindert.

Schuman kam zuerst an und beugte sich an der Fahrerseite herunter. Das Seitenfenster war zerborsten. Der Fahrer wurde durch den Sicherheitsgurt festgehalten.

Die Augen weit geöffnet, schien der Blick tot und leer. Blut war aus seinem geöffneten Mund gequollen. Mit geübtem Griff prüfte der Polizist die Halsschlagader. Kaum spürbar pulsierte schwaches Leben durch die Adern.

»Hören Sie mich? – Können Sie mich verstehen?« Er drehte sich zu seinem Kollegen um.

»Informier' die Sanitäter!« Dann wandte er sich wieder dem Verletzten zu.

»Hören Sie mich? Wir holen Sie hier heraus!«

Langsam klärte sich der Blick des Verunglückten, und er schien ihn wahrzunehmen.

Seine Lippen bewegten sich nur ganz wenig. Der Polizist legte sich flach auf den Boden, um sein Ohr näher an den Verletzten zu bringen. Nichts! Er schaute ihn erneut an.

Wieder bewegten sich die Lippen, er schien sich enorm anzustrengen.

Diesmal hörte der Beamte etwas. »Frauen – die Frauen – wie?« Der Uniformierte schaute ihn an.

»Es geht ihnen gut, hören Sie? Den Frauen geht es gut. Es ist ihnen nichts passiert. Keine Angst!«

Es zuckte leicht um die Lippen des Verletzten, fast wie der Anflug eines Lächelns.

Dann stieß er erleichtert den Atem aus.

Als sich Hoffmann wieder näherte und ihm mitteilte, dass die Sanitäter verständigt seien, hob Ralf Schuman die Schultern. »Ob er durchkommt, scheint mir sehr fraglich«, raunte er Peter zu.

***

»Frau Schuster, fühlen Sie sich schon in der Lage, mir ein paar Fragen zu beantworten?«

»Ja, sicher!«

Der Polizist, Ralf Schuman griff sich den Besucherstuhl und stellte ihn neben Helgas Bett, nachdem er sich vorgestellt hatte. Dann holte er seine Klemmmappe heraus und begann, den Unfallhergang zu notieren.

»Ich mache es auch kurz. Die Daten wie Tageszeit usw. füge ich später selber ein. Ich möchte von Ihnen nur wissen, wie es zu dem Unfall kam.« Er richtete seinen Blick auf das Formular.

»Sie befuhren also die Landstraße, den Berg hinab. Wissen Sie, mit welcher Geschwindigkeit Sie sich bewegten?«

»So ganz genau kann ich es Ihnen nicht sagen, aber es kann nicht sehr schnell gewesen sein, denn ich bin es nicht gewohnt, Berge 'rauf- und 'runterzufahren. Bei uns ist alles flach. Die Abhänge machten mir auch Angst. Ich schätze nicht mehr als sechzig Stundenkilometer, wenn überhaupt!«

Hoffmann machte sich Notizen. »Was passierte dann?«

»Plötzlich kam eine ganze Gruppe Motorradfahrer und überholte uns. Sie fuhren ziemlich dicht an uns heran und machten uns Angst. Es war irgendwie unheimlich Und einer davon…«

»Halt! Augenblick – wie viele Motorräder waren es?«

»Das kann ich Ihnen nicht sagen. Es waren auf jeden Fall mehr als drei. Die hätte ich schon mit einem Blick erfasst.«

»Haben Sie die Kennzeichen erkannt? Waren sie aus dieser Region?«

»Nein, darauf habe ich nun wirklich nicht geachtet. Denn einer dieser Fahrer, ich glaube es war der letzte, drängte mich immer weiter zur Seite. Ich musste also mächtig aufpassen, nicht den Abhang hinunterzufahren, aber auch gleichzeitig nicht mit ihm zusammenzustoßen.«

»Sie wollen sagen, er habe Sie mit Absicht immer weiter nach rechts gedrängt?«

»Das will ich nicht behaupten. Tatsache ist, dass er es getan hat. Er hielt mein Tempo und kam immer näher. Vielleicht irgend so ein Halbstarker, von denen, die sich gerne mal wichtig machen.« Nachdenklich legte sie eine Pause ein.

»Erzählen Sie weiter! Hat er sie also tatsächlich in den Abgrund gedrängt?«, fragte Hoffmann und machte ein bedenkliches Gesicht.

»Das ist ja das Merkwürdige. Ich weiß es nicht mehr. Irgendwie hat es geknallt. Ich wurde nach vorne geschleudert, aber auch gleichzeitig durch einen Ruck wieder zurückgedrückt…«

»Das war der Sicherheitsgurt«, fiel der Beamte ihr erklärend ins Wort.

»Das Lenkrad machte sich selbstständig und drehte sich und dann rumste es erneut und dann weiß ich nichts mehr.« Helga sah man an, dass sie versuchte, sich zu erinnern.

»Und was wissen Sie darüber?« wandte er sich über Helgas Bett hinweg an Siham. »Haben Sie vielleicht noch etwas anderes beobachtet, was Sie hierzu ergänzen könnten? Vielleicht ein anderes Auto, hinter Ihnen oder das Ihnen entgegenkam?«

»Nein. Tut mir leid. Ich glaube, ich habe zuletzt nur noch geschrien. Mehr weiß ich nicht.«

Der Polizist drehte sich zur Tür. Dort stand wartend sein Kollege Ralf Schumann. „Soll ich doch noch den anderen Mann erwähnen?“, war seine stumme Frage. Der schüttelte unmerklich den Kopf. „Wozu die beiden Frauen damit belasten? Es würde nichts an der Situation ändern.“

»Tja, das wär‘s dann erst mal. Ihre Personalien haben wir, und wenn wir noch Fragen haben sollten, werden wir uns melden. Sie dürfen jederzeit nach Hause, sofern die Ärzte Sie entlassen. Alles Gute!«

An der Tür drehte er sich noch einmal um: »Sie haben verdammtes Glück gehabt!«

Dann waren die Polizisten auch schon verschwunden.

»Helga, kannst du dich wirklich nicht mehr an das andere Auto erinnern? Oder hast du es dem Polizisten nur nicht sagen wollen?« Siham schaute ihre Freundin genau an.

»Welches Auto? Es ging alles so schnell!«

»Helga, ich glaube, dem Fahrer dieses Wagens haben wir unser Leben zu verdanken.« Sie beobachtete, wie Helga ihren Satz aufnahm.

»Der Motorradfahrer drängte dich doch fast total von der Straße ab. Ich habe nun das beunruhigende Gefühl, dass Antons Warnung tatsächlich seine Berechtigung hat. Helga, das war ein Anschlag auf dein Leben. Das ich mit im Auto saß, war nun mal eher ein günstiger Zufall. Mit mir wäre eine Mitwisserin gestorben. Wir müssen die ganze Zeit über beobachtet worden sein. Dieses andere Fahrzeug hat uns gerettet. Ich sehe noch genau vor mir, wie plötzlich das Motorrad durch die Luft flog, den Abhang entgegen. Und dann quietschten Bremsen, und wir stießen mit dem Wagen zusammen. Er muss das Motorrad zu Fall gebracht haben. Was wohl aus dem Fahrer des Autos geworden ist? Die Polizisten haben ihn nicht erwähnt. Und wir können jetzt nicht mehr danach fragen.«

»Über den Motorradfahrer haben sie auch nichts gesagt.« Nachdenklich fuhr Helga sich mit der Hand über die Augen. Sie versuchte sich zu erinnern. »Kann man so einen Sturz überleben? – Siham, das ist alles so schrecklich und beängstigend. Was ist, wenn du recht hast? Sollten wir dann nicht doch die Polizei benachrichtigen?«

»Was sollen wir ihnen denn sagen? „Lieber Herr Wachmeister, ich glaube, man wollte uns umbringen! – Warum? Nun, weil der Vater meiner Freundin ein Prinz ist, und sie unehelich gezeugt hat. Wir waren gerade auf seinem Schloss und haben es dort erfahren." Was glaubst du wohl, was sie uns hierauf antworten würden?«

»Hm! Klingt tatsächlich ziemlich versponnen«, gab Helga zu. »Aber was machen wir denn nun? Sind wir womöglich noch immer in Gefahr?«

Siham richtete sich entschlossen auf: »Anton hat uns geraten, so schnell wie möglich nach Hause zu fahren und keine weiteren Nachforschungen anzustellen. Genau das werden wir nun tun. Aufpassen und schauen, ob wir beobachtet werden. Uns vorsichtig verhalten. Und beten, dass wir verschont bleiben.«

***

Die Haustür des großen Herrenhauses wurde vom Diener geöffnet. Noch ehe er die Begrüßungsfloskel sagen konnte, drängte Prinz Karl Eugen von Wegen ihn zur Seite, während er ins Haus stürmte.

»Wo ist er?« Und als der Diener nicht gleich antwortete: »Wo ist mein Bruder? Sie brauchen mich nicht anzumelden. Das mache ich schon selber. – Also?«

»Im Arbeitszimmer. Aber er kann…«

Eugen kümmerte sich nicht weiter um ihn. Hastig preschte er zum Arbeitszimmer und riss sogleich die Tür auf.

»Was fällt Ihnen…« Mitten im Satz blieben Ernst Ludwig die Worte im Halse stecken. Als er seinen Bruder so wütend sah, wurde er ganz bleich.

Verunsichert erhob er sich von seinem Bürostuhl, doch da hatte ihn Eugen auch schon erreicht, ergriff seine Krawatte, die Ernst Ludwig sogar in seiner Freizeit umband, und zog ihn zu sich heran.

»Du Widerling! Du ekelhaftes Monster! Ich mach‘ dich fertig! Was bist du nur für ein Teufel!«

Ernst Ludwig zappelte unter diesem Griff und seinem Zornausbruch. Doch dann setzte er zur Gegenwehr an.

Er schlug wild um sich. »Lass‘ mich los, alter Mann! Sofort! – Bist du verrückt geworden? Ich lass‘ dich einsperren! Was soll das?«

Eugen lockerte seinen Griff unmerklich.

»Du willst mich einsperren lassen? DU? Dass ich nicht lache! Glaubst du, ich wüsste nicht, was du getan hast? Du Mörder! Und doch kannst du deinem Herrgott auf Knien danken, dass dein Plan nicht aufgegangen ist. Meine Tochter und ihre Freundin leben noch. Denn wenn nicht, dann wäre jede Gnade für dich zu spät gekommen.« Karl Eugens Zorn verschaffte ihm ungeahnte Kräfte. »Und das eine will ich dir jetzt in aller Deutlichkeit sagen. Ich werde von nun an jeden Augenblick, jede Sekunde über sie wachen. Sollte ihr nur das Geringste zustoßen, dann mach‘ dich für die Hölle bereit, mein Lieber. Denn das wirst du nicht überleben, das verspreche ich dir. Wenn du allerdings glaubst, du könntest mir jetzt irgendetwas zuleide tun, auch dafür ist bereits gesorgt. Ich habe genug Material an sicherer Stelle hinterlegt, das dich für den Rest deines Lebens hinter Gitter bringen wird. Ich verabscheue dich und schäme mich, dich zum Bruder zu haben.«

Eugen wandte sich ab und schickte sich an zu gehen. Dann drehte er sich noch einmal halb um, ballte die Faust und holte aus. Ernst Ludwig duckte sich in Erwartung des Schlags. Doch dann besann sich Eugen. »Ich werde mir an dir nicht meine Hände schmutzig machen. Du bist nicht mehr wert, als…« Er blickte seinen Bruder verachtend an und spuckte ihm vor die Füße.

Jetzt fühlte er sich erleichtert. Mit aufrechtem Gang verließ er das Büro und ebenso das Herrenhaus.

Sein Chauffeur hielt ihm bereits den Wagenschlag auf.

»Gib Gas, Walter!«

Kies spritzte unter den sich durchdrehenden Rädern auf, als das Fahrzeug die Auffahrt wieder herabbrauste.

***

Viele Jahre waren seitdem vergangen. Die moderne Technik, das Internet, hatte mittlerweile in fast jeden Haushalt Einzug gehalten, und auch Helga hatte diese Quelle zu nutzen verstanden.

In all den Jahren nach diesem bewussten Unfall war sie prinzipiell vorsichtig gewesen. Sie hatte sich diese Geisteshaltung angewöhnt, so dass sie in Fleisch und Blut übergegangen war.

Ähnlich wie ein Tier, das im Dschungel immer auf der Hut sein muss.

Doch im Verborgenen suchte sie nach Quellen, die sie ihrem Vater näherbringen sollten.

Was tat er zurzeit? Wie ging es ihm? Wie sah er aus?

Sie hatte alle Bücher, die er geschrieben hatte, von Annchen abgeholt mit der Erklärung, sie wolle nun doch einmal schauen, welche Literatur ihre Mutter bevorzugt hatte, da sie abends viel Zeit hätte.

Sie wagte es nicht, ihre Geschwister über ihr Wissen aufzuklären. Möglicherweise hätte es auch ihr Verhältnis zueinander belastet oder auch sie in Gefahr gebracht.

Ein einziges Mal hatte sie versucht mit Helmut darüber zu sprechen. Ziemlich bald nach ihrer Heimkehr, drängte es sie, ihn über alles zu informieren. Auch für den Fall, dass ihr doch noch etwas zustoßen würde. Sollte dies geschehen, ob dann Mario, ihr Sohn, vielleicht auch in Gefahr schweben würde? Sie musste unbedingt ihre Gedanken und Ängste mit ihrem Mann teilen. Obwohl sich an seinem abendlichen Ritual nichts geändert hatte, gab es doch die Möglichkeit mit ihm an den Wochenenden als Familie etwas gemeinsam zu unternehmen und mit ihm Gespräche zu führen. Allerdings hatte sie mit dieser Reaktion nicht gerechnet.

Zugegeben er hatte sich angewöhnt, sie zu belächeln und nicht mehr ernst zu nehmen. So konnte er sein Selbstbild, dass er sich erschaffen hatte, aufrechterhalten und musste sich auch nicht mehr rechtfertigen, wenn er täglich seine Stammkneipe aufsuchte.

Aber, dass er sie offen auslachte und ihr auf den Kopf zusagte, dass sie sich in Behandlung begeben sollte, das hätte sie nicht gedacht. Zunächst hielt sie ihm zugute, dass er mit dieser Tatsache, dass sie eigentlich eine Prinzessin sei, überfordert wäre. Im Grunde genommen auch verständlich. Sie hätte es sicher anfangs auch nicht geglaubt.

Aber als sie ihm alles in Ruhe darstellte, ihn aufforderte sich bei Siham danach zu erkundigen, wurde er sogar grob. »Hör auf damit! Das glaubst du doch wohl selber nicht. Helene mag ja ganz nett ausgesehen haben, aber welcher Adelige hätte sich mit ihr eingelassen? So ein Schwachsinn! Du, die Tochter eines Prinzen. Pass auf, was du herumerzählst. Nicht, dass man dich in die Nervenklinik bringt.«

Als Helga ihm erneut erklärend ins Wort fallen wollte, rief er: »Schluss jetzt! Ich will nie wieder so einen Unsinn von dir hören.«

Nachdem sie Siham weinend davon berichtete, machte ihre Freundin ihr klar, dass es wohl so das Beste für alle sei. Es wäre fatal, wenn er in seiner Kneipe dieses Wissen herausposaunen würde.

Zwar beruhigte Helga diese Ansicht, doch die Verletzung, die Helmut ihr zugefügt hatte, konnte sie nicht vergessen. Der letzte Funken Wärme für ihren Mann war erloschen. Wäre da nicht ihr Sohn Mario… Für ihn hielt sie die Familie aufrecht. Es gelang ihr sogar mit der Zeit, ein kameradschaftliches Verhältnis aufzubauen.

Seit damals trug sie nun täglich die Kette ihrer Mutter. Nun verstand sie auch die symbolische Aussage der drei Rubine. Es tat ihr gut, sie zu tragen. So fühlte sie sich beiden näher, wie in einem geheimen Bund.

Etwas jedoch hatte sie sehr betrübt und es über die Jahre auch nicht vergessen lassen. Vergeblich hatte sie nach ihrem „Schatten" Ausschau gehalten. Der Mann, der ihr Herz zum Klopfen gebracht hatte und noch immer brachte, wenn sie nur an die Szene dachte, als sie sich damals fast geküsst hatten.

Noch heute, wenn sie glaubte, ihn von hinten zu erkennen, blühte die Hoffnung für einen kurzen Moment auf, um dann wieder in sich zusammenzufallen.

Zeitgleich ging sie einen ganz eigenen Weg, einen spirituellen Weg, hin zu ihrem Schöpfer und zur geistigen, unsichtbaren Welt.

Sie las religiöse Schriften, und die unterschiedlichsten spirituellen Werke.

Sie lernte ihrem Gefühl immer mehr zu vertrauen, und war daher schon bald in der Lage, die Spreu vom Weizen zu trennen. Scharlatane von wahren Botschaftern zu unterscheiden.

Sie achtete auf kleine Zeichen, die ihr zu Lehrzwecken gesandt wurden und ihr die Bestätigung der Zusammenhänge brachten. Von Zeit zu Zeit beriet sie sich darüber mit ihrem Geistführer.

Einmal hatte sie ihn nach dem Verbleib ihres „Retters" gefragt.

Doch er hatte ihr lediglich die Auskunft gegeben, dass er seine Aufgabe, für die er sich bereit erklärt hatte, erledigt hätte. Auf ihre Gegenfrage, um welche Aufgabe es sich denn dabei gehandelt hatte, kam die Antwort: »Dir zu dienen.« Damit musste sie sich zufriedengeben.

Zu Hans Schlegel hielt sie spärlichen Kontakt, um dort keinen Argwohn zu erwecken. An Geburtstagen sowie an Festtagen besuchte sie ihn in seinem Haus.

Und so vergingen die Jahre mit Arbeit, Familie und Freunden, in einem scheinbar ganz normalen Leben.

Das Band zwischen Siham und Helga war seit damals unzertrennbar geworden. Mit ihr konnte sie über ihr spirituelles Wachstum sprechen und über Neuigkeiten, die ihren Vater betrafen. Über alles, was ihr auf der Seele brannte.

Das Leben an Helmuts Seite hatte sich eingespielt. Eine Trennung kam für beide nicht mehr in Frage. So ein Dasein schien erträglicher als ganz allein zu bleiben.

Helga dachte immer öfter darüber nach, ihren Kosmetiksalon zu verkaufen. Er würde eine beträchtliche Summe einbringen, da sie ihn nach wie vor erfolgreich führte. Es würde nicht mehr allzu lange dauern, und sie würde für dieses Geschäft zu alt sein.

Wer wollte sich von einer faltigen Kosmetikerin verschönern lassen? Das passte nicht zusammen. Um glaubwürdig Schönheit und ewige Jugend verkaufen zu können, sollte man sie schon selber repräsentieren.

Sie war noch immer eine schöne Frau, doch der morgendliche kritische Blick in den Spiegel zeigte doch langsam leichte Spuren der Reife. Sie durfte den Absprung nicht verpassen.

Heute wollte sie mit ihrer jungen Mitarbeiterin die Verhandlungen beginnen.

Diese zeigte schon seit einiger Zeit großes Interesse an ihrem Salon. Den Löwenanteil der Kundinnen hatte sie sowieso schon.

Ein letzter prüfender Blick in den Spiegel, wie jeden Morgen, und sie verließ das Haus.

Helmut und sie waren ihrer Wohnung treu geblieben. Sie fühlten sich wohl darin. Und seit Mario nicht mehr bei ihnen wohnte, hatten sie einen Raum dazugewonnen. Jeder hatte sein eigenes Reich.

Wie jeden Morgen grüßte Helga auf ihrem Weg die Geschäftsleute, die ihre Läden öffneten, die Türen aufsperrten, Reklameschilder draußen aufstellten oder Zeitungsständer mit den verschiedenen Tageszeitungen.

Diesmal sprang ihr der Leitartikel des bekanntesten Blattes förmlich entgegen.

„Adeliger Bestsellerautor verstorben!“

Darunter ein großes Foto von Prinz Karl Eugen von Wegen.

Helga glaubte, der Boden unter ihren Füßen würde schwanken. Doch sie fasste sich. Ganz blass ging sie in den Schreibwarenladen.

»Guten Morgen! Darf ich ausnahmsweise schon jetzt eine Zeitung kaufen? Ich weiß, Sie öffnen eigentlich erst in ein paar Minuten.«

Sorgsam verstaute sie das Nachrichtenblatt in ihrer großen Tasche und machte sich mit hängenden Schultern auf den Weg zu ihrem Salon. Jeder Schritt wog schwer wie Blei.

»Ja, um Himmels willen, wie siehst du denn aus, Helga?«

»Mir geht es gar nicht gut. Ich glaube, ich nehme mir heute frei! Kommst du ohne mich zurecht?«

Ihre Mitarbeiterin warf einen Blick auf den Terminplaner. »Kein Problem! Das schaffe ich.« Besorgt schaute sie Helga an. »Kommst du allein nach Hause? Du siehst aus, als würdest du jeden Moment zusammenbrechen.«

»Doch, doch, Danke! Wenn ich an der frischen Luft bin, wird es schon gehen. Ich rufe dich heute Abend an, ob ich morgen wiederkomme. Vielen Dank!«

»Gute Besserung! Erhol‘ dich gut.«

Wie Helga es nach Hause geschafft hatte, wusste sie später nicht einmal mehr.

Sie saß am Küchentisch, die Zeitung ausgebreitet und las den kurzen Leitartikel: „Der adelige Bestsellerautor Prinz Karl Eugen von Wegen ist im Alter von fast neunzig Jahren, nur wenige Monate nach dem Tod seiner Ehefrau Isabell, friedlich eingeschlafen, wie heute bekannt wurde. Seine letzte Ruhestätte wird er an der Seite seiner Angetrauten auf dem Friedhof seiner Vorfahren finden.“

Dann folgten ein paar Fotos mit dem Prinzen aus seinem Leben.

Helga konnte die Tränen nicht mehr zurückhalten.

Aus! Es war unwiederbringbar aus. Die Chance, ihn jemals zu sehen, zu treffen, gab es nicht mehr. Irgendwie hatte sie wohl tief in ihrer Seele noch immer gehofft, ihm wenigstens ein einziges Mal zu begegnen. Mit ihm zu reden, sich auszusprechen. Sich von ihm umarmen zu lassen. Sein liebevoll ausgesprochenes „meine kleine Prinzessin“ zu hören. Seine menschliche Wärme zu spüren. Den Grund zu erfahren, warum er sich nie zu ihr bekannt hatte. Sie wollte ihn verstehen. Sie wünschte sich doch immer nur einen Vater, der sie so liebte, wie sie war und den sie wiederlieben durfte. Wie sehr hatte sie ihn stets vermisst. Doch nun…

Vorbei! Endgültig vorbei!

***

Und da gab es noch jemanden, den die Nachricht erschütterte. Wenn auch sehr viel später.

Hans Schlegel war zutiefst betroffen. Sicher, der Prinz war schon ziemlich betagt, doch hatte Hans nie daran gedacht, dass mit dem Tod des Adeligen seine monatlichen Bezüge wegfielen. Erst als sie auf dem Bankauszug nicht mehr aufzufinden waren, wurde ihm klar, welchen Verlust er hinnehmen musste.

Dass er daran nicht schon früher gedacht hatte! Was nun? Seinen ganzen Lebensstil hatte er danach ausgerichtet.

Natürlich hatte er einen Teil auch zur Seite gelegt, doch den wollte er eigentlich nicht für den normalen Alltag antasten. Wie sollte er seiner Frau erklären, dass sie sich ab jetzt einschränken müssten?

Er zog sich seine Wetterjacke an, rief seiner Frau zu, dass er ein wenig spazieren gehen würde und verschwand.

Verwundert blickte diese auf die geschlossene Tür. „Spazieren gehen? – Was war denn in ihn gefahren?“ Sie konnte sich nicht erinnern, dass ihr Mann jemals alleine spazieren gegangen war.

In Hans allerdings arbeitete es. Irgendwie musste er an Geld kommen. Regelmäßiges Geld. Das sein verlorenes Schweigegeld ersetzen sollte.

Schweigegeld! Dieses Wort gab ihm neu zu denken. Schließlich hatte er es bekommen, damit nicht bekannt wurde, wer der wahre Vater von Helga war. Das hätte einen Skandal ausgelöst, soviel stand fest.

Aber das war nicht der einzige Grund gewesen. Er erinnerte sich daran, dass Helga als kleines Kind hypnotisiert worden war, damit der Bruder Karl Eugens sie in Ruhe ließ. Er fürchtete um das Erbe, das Karl Eugen eines Tages hinterlassen würde.

Plötzlich hatte er die zündende Idee! Doch wie kam er an diesen Bruder heran?

Heutzutage bekam man doch alle Informationen im Internet. Aber er kannte sich überhaupt nicht damit aus. Wen konnte er nur fragen, ohne dass es auffiel?

Hatte er nicht erst heute früh eine Annonce in der Zeitung gelesen, dass irgendwo ein sogenanntes Internetcafé eröffnet hatte? Vielleicht würde ihm da jemand helfen. Zügigen Schrittes und deutlich zuversichtlicher eilte er wieder nach Hause.

»Wo ist die Tageszeitung von heute?«, rief er gleich beim Betreten des Hauses.

»Na, wo wohl? Wo immer! Draußen in der Werkstatt beim Stapel Altpapier«, erwiderte seine Frau gereizt. »Was willst du denn damit? Ich dachte, du hättest sie schon durch.«

»Ja, ja! Ist schon gut.« Hans stapfte durch die Terrassentür der Küche schnurstracks zur Werkstatt.

Auf seinem Arbeitsplatz breitete er die Zeitung aus und fand auch rasch die Anzeige. Er riss die Stelle heraus und steckte sie in die Hosentasche.

„Wunderbar“. Er wusste, wo er das Café finden konnte. Außerdem befand es sich in der Kreisstadt. Da kannte ihn niemand. Gleich morgen Vormittag würde er dorthin fahren.

***

Eine Woche später befuhr Hans Schlegel unbekanntes Terrain.

Die Beisetzung lag schon einige Zeit zurück, und so hoffte er nun inständig, Prinz Ernst Ludwig in seinem Domizil anzutreffen.

Die Telefonnummer hatte man ihm bei der Auskunft verweigert.

„Aber so etwas bespricht man auch besser nicht am Telefon“, überlegte Hans. Er hatte sich die Route auf einem Zettel aufgeschrieben, damit er während der Fahrt nicht noch mit der Straßenkarte hantieren musste.

Gleich kam die nächste Abfahrt, die musste er nehmen. Dann vielleicht noch eine halbe Stunde Landstraße, und er müsste das Ziel erreicht haben.

Dass er dann doch noch im nächsten Ort nach dem Herrenhaus fragen musste, behagte ihm zwar nicht, aber man gab ihm bereitwillig Auskunft.

Kein Wunder, dass er es nicht gefunden hatte, denn dem schmalen asphaltierten Weg, der zum Haus führte, hatte er zuvor keine Beachtung geschenkt.

Nun bemerkte er, dass es sich hier um eine gepflegte Allee handelte, an deren Ende ein großes schmiedeeisernes Tor die Zufahrt stoppte.

Hans stellte sein Fahrzeug davor ab, stieg aus und versuchte sich Einlass zu verschaffen. Doch das Tor war verschlossen. »Das kann doch wohl nicht wahr sein!«, schimpfte Hans. Er war doch nicht die vielen hundert Kilometer hierhergefahren, um sich dann von so einem dummen Tor aufhalten zu lassen.

Suchend schaute er sich um. An einem der gemauerten Pfeiler entdeckte er eine Klingel und eine Gegensprechanlage. Er zögerte nicht lange und betätigte den Knopf.

»Ja, bitte? Sie wünschen?«

»Ich möchte den Prinzen sprechen!«

»Haben Sie einen Termin?«

»Ja, klar habe ich einen Termin, oder was glauben Sie wohl, warum ich mehrere hundert Kilometer hinter mich bringe? Um vor dem Tor zu campen, oder was?«, rief Hans ungehalten.

»Wie ist Ihr werter Name?«, forderte die Stimme unbeeindruckt und gelassen.

»Mein werter Name ist Hans Schlegel, und sagen Sie dem Prinzen gleich, falls er sich nicht erinnert, ich käme in Angelegenheit seines kürzlich verstorbenen Bruders.«

»Sehr wohl! Einen Augenblick, bitte!«

Hans lief nervös vor dem Tor auf und ab. „Warum dauerte es so lange?“

Plötzlich ertönte es durch die Sprechanlage: »Sie können hereinfahren. Das Tor wird nun geöffnet.«

„Na also! Geht doch!“ Hans schwang sich hinter das Lenkrad, startete den Motor und betrachtete fasziniert das Tor, das wie von Geisterhand groß aufgesperrt wurde. Kaum hatte er es durchfahren, schloss es sich auf die gleiche Weise. Er fuhr bis zum Eingang des Herrenhauses, das sich in einiger Entfernung vom Tor groß und pompös darstellte.

In der geöffneten Tür stand bereits ein uniformierter Diener, der ihm geflissentlich entgegeneilte, um ihm beim Öffnen der Wagentür zu helfen.

»Was wollen Sie?«, fuhr Hans ihn verunsichert an. »Kann der Wagen hier nicht stehen bleiben? Ist doch noch ‘ne Menge Platz hier.«

»Sie können den Wagen ruhig hier abstellen. Um diese Zeit erwarten wir keinen weiteren Besuch. Ich wollte nur behilflich sein und Sie dann zum Prinzen führen.« Der Diener behielt seine Haltung und ging voraus.

Hans folgte ihm. Dabei schaute er sich neugierig um. Von den Bildern im Gang konnte er nur oberflächlich einen Blick erhaschen, sie rauschten an ihm vorbei, waren aber ganz bestimmt sehr wertvoll, seiner Einschätzung nach. Der Diener hielt vor einer Tür, klopfte deutlich dagegen und wartete auf die Aufforderung einzutreten.

Er öffnete sie und kündigte den Besuch an: »Herr Hans Schlegel, Eure Hoheit.«

Dann trat er zur Seite und ließ Hans durch. Gleich darauf wurde hinter ihm die Tür wieder geschlossen.

Hans war nun doch etwas eingeschüchtert. Prinz Ernst Ludwig saß hinter seinem enormen Schreibtisch und blickte ihm erwartungsvoll entgegen.

Er dachte nicht daran, aufzustehen und ihn zu begrüßen. »Was wollen Sie?« Der Prinz ging direkt zum Angriff über.

Doch Hans hatte sich bereits wieder gefangen. Dies hier war seine einzige und vielleicht letzte Chance, an Geld zu kommen. Dafür lohnte es sich zu kämpfen. „Nur nicht Bange machen lassen.“ Einer seiner vielen Lieblingssprüche. »Ich weiß ja nicht, wieweit Sie informiert sind. Aber Ihr Herr Bruder hat eine Tochter hinterlassen, die nun bereit wäre, ihr Erbe anzutreten.«

Ernst Ludwigs Augen verengten sich zu Schlitzen. »Und weiter?«

»Ich könnte sie davon abhalten. Aber sicher werden Sie verstehen, dass ich diese enorme Mühe nicht umsonst auf mich nehmen kann. Mir sind durch den Tod Ihres Bruders erhebliche Verluste entstanden, die ich nicht einfach so hinnehmen kann.«

»Sie haben einen Knall! Machen Sie, dass Sie hier herauskommen! – Sie können mir überhaupt nichts. Ich weiß sehr wohl, dass Sie als leiblicher Vater eingetragen sind. Also kommen Sie mir doch nicht so! Und jetzt verschwinden Sie!« Ernst Ludwigs Gesicht lief puterrot an.

»Nun mal langsam mit den wilden Pferden. Sie vergessen, dass man heutzutage einen Gentest machen lassen kann. Da würden Sie aber schön blöd dastehen.« Hans lachte triumphierend auf. Er fühlte sich sehr siegessicher.

»So, so – einen Gentest wollen Sie machen lassen.« Wieder verengten sich seine Augen zu Schlitzen und seine Haltung erinnerte an eine gefährliche Schlange. Doch davon merkte Hans nichts in seinem Hochgefühl.

»Eine gute Idee!«, erwiderte Ernst Ludwig heimtückisch. »Dann wollen wir doch erst mal klären, ob Sie nicht doch der leibliche Vater sind. Ich zahle doch nicht einfach, ohne es geprüft zu haben.«

Hans jubelte innerlich. Das war ja einfach! Schon glaubte er sich am Ziel seiner Wünsche. »In Ordnung! Aber Sie übernehmen die Kosten! Haben Sie hier eine Schere? Ich kann Ihnen direkt ein paar Haare dalassen.«

Ernst Ludwig zog seine Schreibtischschublade auf und holte eine große, spitze Papierschere hervor und einen Briefumschlag.

Langsam schritt er auf ihn zu, die Schere abwägend in seiner Hand. »Darf ich?«, fragte er mit vorgetäuschter Freundlichkeit.

Hans nickte und drehte ihm den Rücken zu.

„Wenn ich ihm nun die Schere in den Hals rammen würde, wäre der Spuk vorbei.“, dachte Ernst Ludwig, doch seine innere Stimme warnte ihn, voreilig zu handeln. Also schnitt er ihm nur eine Strähne ab und schob sie vor Hans‘ Augen in den Umschlag.

»Ich benötige dann aber ebenfalls ein paar Haare Ihrer Tochter.«

»Das ist kein Problem. Ich werde Ihnen schon beweisen, dass sie nicht meine Tochter ist. Ich schicke Sie Ihnen sogleich zu.«

»Wunderbar! Sobald sie hier eintreffen, werde ich alles Notwendige veranlassen, Herr Schlegel.« Er betonte die Höflichkeitsform in einer Weise, die sich schon fast bedrohlich anhörte.

Doch Hans schwelgte bereits so in seinem mutmaßlichen Erfolg, dass es ihm gar nicht weiter auffiel.

»Wie verbleiben wir?«, fragte Hans neugierig.

»Sie hören von mir!«

»Nein, das gefällt mir nicht. Ich will nicht, dass Sie bei mir zu Hause anrufen.

Ich werde mich bei Ihnen melden. Sagen wir mal heute in einem Monat. Dann müsste ja wohl das Ergebnis vorliegen. Jetzt bräuchte ich Ihre Telefonnummer und auch Ihre Adresse, wegen der Haare.« Hans schaute den Prinzen streng an und warnte: »Ich rate Ihnen, geben Sie mir die richtige Nummer, sonst stehe ich hier wieder auf der Matte«, als er sah, dass Ernst Ludwig Zahlen auf einen Zettel schrieb.

»Keine Sorge, mein Lieber. Ich bin Geschäftsmann. Auf mich können Sie sich verlassen.« Er reichte ihm den Zettel, auf den Hans einen prüfenden Blick warf. Dann faltete er ihn sorgfältig und steckte ihn vor den Augen des Prinzen in sein Portemonnaie, das er anschließend in der Gesäßtasche seiner Hose verschwinden ließ.

»Gute Heimfahrt, Herr Schlegel.«

Hans streckte ihm die Hand entgegen, die er völlig ignorierte.

»Äh ja, dann auf Wiedersehen.«

Wie auf ein geheimes Zeichen öffnete sich die Tür, und der Diener erschien, um ihn hinauszubegleiten.

***

Sechs Wochen später saßen Hans Schlegel und seine Frau Rosi schweigend beim Mittagessen.

Nach einer Weile schaute Rosi ihren Mann missmutig an. »Was ist nur in letzter Zeit mit dir los?«

Hans blickte gereizt auf und fühlte sich sofort angegriffen. »Was soll das heißen?«

»Du wirkst so abwesend. Sprichst kaum noch mit mir. Habe ich dir etwas getan? Oder soll das jetzt etwa immer so weitergehen?«

»Was soll der Quatsch? Ich kann doch nicht pausenlos mit dir reden. Worüber denn? Über das Wetter? Die Gartenbepflanzung haben wir doch schon besprochen.« Hans schob seinen Teller in die Tischmitte und stand auf. »Ich gehe schon mal raus. Jetzt ist es noch schön, da können die Blumen schon in die Erde.«

»Ich komme nach, sobald ich mit der Küche fertig bin.«

Hans zog die Jacke über und schlüpfte in die alten Baustellenschuhe. In der nächsten Minute war er nach draußen verschwunden. Er schloss die Werkstatt auf und war froh, den bohrenden Fragen seiner Frau entkommen zu sein.

So langsam verlor er die Geduld. Er hatte nun schon mehrmals beim Prinzen angerufen, um sich nach dem Ergebnis der Untersuchung zu erkundigen. Doch immer hatte dieser ihn vertröstet. Beim letzten Mal wurde Hans sogar ziemlich ungehalten und schnauzte: »So langsam glaube ich Ihnen nicht mehr. Ich habe das Gefühl, dass Sie mich hinhalten wollen. Wenn das Ergebnis nicht nächste Woche vorliegt, werde ich Ihnen einen Besuch abstatten.«

Der Prinz hatte erstaunlich gelassen auf seinen Vorwurf reagiert und ihm versichert, er würde sich noch einmal persönlich um die Angelegenheit kümmern.

Rosi räumte seufzend den Tisch ab, nachdem sie sich noch einmal von ihrem Lieblingseintopf nachgeschenkt hatte.

Sie wollte sich von den Launen ihres Mannes nicht den Appetit verderben lassen. In letzter Zeit war er aber auch wirklich zu komisch geworden. Er meldete sich nicht mal mehr ab, wenn er mit dem Auto wegfuhr.

So wusste sie nicht, wann er fortgefahren war, wohin und wann mit seiner Rückkehr zu rechnen sein dürfte.

Zweimal hatte sie es gewagt, ihn danach zu fragen, und dann so eine schroffe Antwort erhalten, dass sie es lieber in Zukunft unterließ, statt sich über sein ungehobeltes Verhalten ärgern zu müssen.

Neulich hatte sie sogar einmal mitbekommen, wie er heimlich ein Telefonat führte. Da glaubte er wohl, sie wäre noch beim Einkaufen. Ganz erschrocken hatte er geschaut, als er entdeckte, dass sie bereits im Haus war. Wenn sie es nicht genauer wüsste, würde sie vermuten, dass eine andere Frau im Spiel wäre. Aber verliebt schien er nicht zu sein. Eher angespannt. „Außerdem, dieses Alter hatte er in jedem Fall schon überschritten", lächelte sie zynisch.

Jetzt hatte sie es nicht eilig, ihrem Mann in den Garten zu folgen. Eigentlich liebte sie es, die Blumen in den Beeten zu verteilen.

„Wenn er die Pflanzen mit dieser Laune einsetzt, werden sie mit Sicherheit eingehen", dachte Rosi grimmig.

Irgendwann war die Küche aufgeräumt, und der Abwasch erledigt. Es gab keinen Grund mehr, Hans nicht nach draußen zu folgen. So ergriff sie seufzend ihre alte Lieblingsstrickjacke und zog die Gartenclogs an. Die Gummihandschuhe steckte sie zunächst in die Hosentaschen.

An der langen Seite der Werkstatt standen die Kartons mit den Stiefmütterchen, Bellis und Hornveilchen. An den geschützten Ecken der Terrasse hatte sie sich für die empfindlichen Primeln entschieden. Sie liebte Primeln, obwohl es für sie noch ein wenig wärmer sein sollte.

Suchend schaute sie sich nach Hans um. Er war im Garten nicht zu sehen. Auch hörte sie keine Geräusche, die anzeigen würden, wo er sich gerade aufhielt. Sie umrundete einmal das Gebäude der Garage mit der angrenzenden Werkstatt und ging auf die vom Haus abgewandte Seite des Gartens zu. Doch auch hier war er nicht zu sehen. „Merkwürdig!", dachte sie. „Wo war er nur geblieben?" Schließlich prüfte sie die Werkstatttür. Abgeschlossen! Ebenso das Garagentor.

Sie stemmte die Hände in die Seiten. »Das sieht ihm mal wieder ähnlich!«, schimpfte sie laut vor sich hin.

»Einfach abhauen, ohne ein Wort zu sagen. Und dann noch die Werkstatt abzuschließen. Soll ich die Blumen mit meinen Händen einbuddeln? Dieser Mann bringt mich noch zur Weißglut!«

Ärgerlich schlüpfte sie aus den Clogs, ging in die Küche und suchte nach dem alten Servierlöffel mit dem langen Stiel. Der konnte ihr jetzt bei der Pflanzarbeit gute Dienste leisten. Sie musste nur achtgeben, dass sie ihn nicht verbog.

Anschließend vertiefte sie sich in die Gartengestaltung. Als sie alle Blumen zu ihrer Zufriedenheit untergebracht hatte, richtete sie sich auf und betrachtete stolz ihr Werk.

Eigentlich gar nicht so übel, dass Hans sie dabei nicht gestört hatte. Und wehe, ihm gefiel ihre Anordnung nicht, na, dann könnte er sich mal was von ihr anhören!

»Hallo, Mama!« Überrascht drehte Rosi sich um.

»Hallo, Manfred! Du bist schon da?«

»Ja, warum? Ich habe doch gesagt, dass ich heute nach der Arbeit vorbeischaue. Ist Papa nicht da?«

»Ist es schon so spät? Habe ich gar nicht gemerkt. War so im Blumenpflanzen versunken. Ich weiß auch nicht, wo Papa ist. Scheinbar ist er wieder mal weggefahren, ohne ein Wort zu sagen. Macht er in letzter Zeit öfter. Dabei sagte er mir, als er vom Essen aufstand, dass er schon mal mit der Gartenarbeit beginnen wolle. Schau! Ich musste mir sogar einen Löffel aus der Küche holen, weil er die Werkstatt abgeschlossen hatte.« Entrüstet zog sie die Gummihandschuhe von den Händen. Doch dann fragte sie liebevoll: »Möchtest Du einen Kaffee? Ich bin hier gerade fertig. Wir können in die Küche gehen.«

»Ja, gerne. Aber das ist schon ein merkwürdiges Verhalten von Papa. Wann ist er denn ‘rausgegangen?«

»Er ist vom Mittagstisch aufgestanden, hat nicht mal fertig gegessen, das war kurz nach eins. Er benimmt sich wirklich komisch im Augenblick.«

»Mama, jetzt ist es schon gleich sechs Uhr. Wo sollte er denn so lange hingefahren sein? Der Baumarkt macht doch auch schon gleich zu. Hast du den Werkstattschlüssel? Ich wollte mir doch die Bohrmaschine ausleihen.«

»Den hat doch dein Vater. Aber warte, mir fällt gerade ein, dass wir vielleicht noch einen Ersatzschlüssel im Sicherungskasten haben müssten. Dort bewahrt er verschiedene Zweitschlüssel auf. Ich hole sie eben. Musst sie ausprobieren. Ich weiß nicht, welcher der Passende ist.«

Rosi kam sogleich mit einem Schächtelchen voll unterschiedlichster Schlüssel zurück.

Manfred ging damit direkt nach draußen. Seine Mutter folgte ihm.

Der dritte Schlüssel passte. Ihr Sohn stieß die Tür auf und stutzte.

Die Schiebewand zwischen Garage und Werkstatt war geschlossen. Das war ungewöhnlich. Sie war sonst immer geöffnet.

Auf der gegenüberliegenden Arbeitsfläche lag ein Briefbogen, der sich wieder halb zusammengefaltet hatte, wie frisch dem Umschlag entnommen.

Manfred zögerte. Doch dann nahm er den Bogen neugierig in die Hand.

»Was ist das?« Rosi stellte sich auf Zehenspitzen, und schaute ihrem Sohn über die Schulter.

»Ein Vaterschaftstest.« Erstaunt blickte Manfred auf.

»Waaasss? Der spinnt wohl! Was unterstellt er mir denn da? Jetzt ist er völlig durchgedreht.«

»Nein, Mama. Es geht hier nicht um uns. Es geht um Helga. Verstehst du das? Wieso kommen ihm nach all den Jahren Zweifel an seiner Vaterschaft?«

»Nun, das werden wir ihn fragen, sobald er nach Hause kommt. Na, der kann was erleben!« Rosi saß der erste Schock noch in den Knochen.

Irritiert schauten beide fast gleichzeitig auf die geschlossene Trennwand.

»Seit wann schließt Papa denn hier diese Tür?« Vorsichtig ging Manfred auf sie zu.

»Das ist mir neu. Habe ich noch nie bemerkt.«

Manfred fasste den Hebel und versuchte sie aufzuschieben. Sie tat sich schwer. Viel zu selten wurde sie über die Schiene gezogen. Nun nahm er alle Kraft zusammen und schob sie schwungvoll auf.

Es stockte ihm der Atem. Er hörte nur noch den gellenden Schrei seiner Mutter. Sofort drehte er sich um, nahm sie schützend in seine Arme und barg ihren Kopf an seiner Schulter.

Hinter ihm hing sein Vater, aufgeknüpft am oberen Querbalken. Die Füße schwebten frei über dem Boden. Ein umgestürzter Schemel lag daneben.

Niemand hatte die zwei Männer gesehen, die eine Kiste voller Akten in einen Kofferraum verfrachteten. Den Zettel mit der hochherrschaftlichen Adresse und der dazugehörenden Telefonnummer hatten sie nach ganz unten auf den Boden der Kiste gelegt, damit er nicht von einem Windstoß erfasst werden konnte.

Die Werkstatt war von innen abgeschlossen, der Schlüssel in der Hosentasche des Hausherrn verstaut. Das runde

Knöpfchen am Schloss des Garagentores auf die Seite geschoben, und schon konnte das Tor leise von außen geschlossen werden. Ein prüfender Griff. Es war verriegelt.

Die Männer setzten sich ins Auto und fuhren los.

***

»Kannst du mir sagen, was das zu bedeuten hat?«

Rosi nahm den Brief mit dem Untersuchungsergebnis des Vaterschaftstests auf, der vor ihr auf dem Küchentisch lag und warf ihn Helga zu, die ihr gegenübersaß.

Sie hatte Helga gebeten, sie nach Hause zu begleiten. Die Trauerfeierlichkeiten waren beendet, die Urne versenkt.

Rosi's Trauer war Wut gewichen. Wie hatte Hans ihr so etwas antun können. Selbstmord!

Wie die Nachbarn sie alle anschauten! Sie förmlich mieden, als hätte sie, Rosi, seine eigene Ehefrau, damit etwas zu tun gehabt. Dieses Getuschel und die unverhohlene Neugier, als die Polizei angerückt war.

Wochen waren vergangen, bis die Untersuchungen abgeschlossen waren, und man letztendlich von einem Freitod ausging. Keine Fremdeinwirkung war zu erkennen, hieß es im Bericht. Aber niemand konnte ihr einen Grund nennen.

»Im Affekt«, hatten die Beamten erklärt, käme so etwas häufiger vor, als man es sich vorstellen würde. Dann könne eben auch ein Abschiedsbrief fehlen. Und da eine plötzliche tödliche Erkrankung ausschied, musste es wohl andere tiefgreifende Gründe gegeben haben, über die ihr Mann sie nicht unterrichtet hatte.

Schließlich hatte sie selbst angegeben, dass er sich in letzter Zeit verändert und auffällig verhalten hatte. Nun erhoffte Rosi sich von Helga mehr Erkenntnisse.

Helga nahm den Bogen auf und überflog ihn, ohne zunächst zu verstehen, was das war. Es war ein amtliches Schreiben, soviel konnte sie erkennen. Von einem Institut verfasst.

Sie begann von neuem zu lesen. Dann blickte sie Rosi sprachlos und wie erstarrt an.

»Was ist? Was hast du?« Mit dieser Reaktion hatte Rosi nun nicht gerechnet.

»Wawas? Was hat das zu bedeuten?«, stotterte Helga.

»Nun, das wollte ich von dir erfahren, liebe Helga«, machte Rosi ihrem Ärger Luft. So wie es aussah, war hier auch nicht mit einer Aufklärung zu rechnen. »Warum, bitte… «, wurde sie nun wütend. »Warum hat er jetzt zu diesem Zeitpunkt an seiner Vaterschaft gezweifelt? Nach all den Jahren. Was hätte es ihm gebracht? Hatte dieser Brief etwas mit seinem Selbstmord zu tun? Ich will von dir eine Erklärung!«, schrie Rosi sie hysterisch an, dann brach sie ab und schluchzte wild. »Weißt du, was es für mich bedeutet, nun in dieser Schmach zu leben? Ich kann den Leuten nicht einmal einen Grund für seinen Selbstmord liefern. Alle schauen mich an, als hätte ich ihn umgebracht. Ich kann hier alles verkaufen und wegziehen. Ich muss irgendwo neu anfangen!«

»Nun beruhige dich doch, Rosi! Warte doch erst einmal ab. Die Leute werden sich in ein paar Tagen anderen Themen zuwenden, und du wirst sehen, dann werden sie dich wieder so behandeln wie früher und dich sogar unterstützen.«

»Meinst du?«, hoffnungsvoll schaute sie auf Helga.

»Aber ja! Die Menschen sind so. Warte ein wenig und dann lade deine Nachbarn ein. Dann ist alles wieder gut.«

Helga stand auf. Ihr war schwindelig. Sie wollte nur noch hier heraus. »Kann ich den Brief erst mal mitnehmen? Ich – ich möchte ihn zu Hause noch einmal genauer anschauen.«

»Ja, natürlich! Ich kann damit sowieso nichts anfangen. Es beweist nur erst recht, dass du erbberechtigt bist. Doch versprich dir nicht zu viel davon. Wir haben nichts.«

»Nein, nein, Rosi, keine Sorge!«

Benommen verließ Helga das Haus und machte sich auf den Heimweg.

Als sie den Brief wortlos in ihrer Wohnung auf den Tisch legte, ergriff Helmut ihn sofort. Befreit lachte er auf: »Siehst du? Deutlicher geht es wohl kaum. Von Wegen Tochter eines Prinzen. Du Schäfchen!« Triumphierend wandte er sich Helga zu, die völlig erschlagen wirkte. »Immerhin steht dir nun ein Anteil des Erbes zu.«

Helga empfand in diesem Moment nur noch Verachtung für ihren Mann. »Das kannst du vergessen. Rosi hat bereits angekündigt, dass sie nichts hätten. Und ich bin die Letzte, die ihr das Heim nimmt, um meinen Anteil zu fordern. «

***

Wie viele Jahre waren wohl vergangen, seit sie zum letzten Mal hier gewesen war? Auf jeden Fall war es vor langer Zeit, als sie gemeinsam mit Siham ihre Reise unternommen hatte. Helga wollte es eigentlich auch gar nicht so genau wissen. Inzwischen war sie eine Frau mittleren Alters, wie es so schön hieß, wenn man die Vierzig überschritten hatte.

Als sie unterwegs auf der kurvenreichen Straße die Stelle passierte, an der damals der schwere Unfall stattgefunden hatte, schauderte es sie, nachdem sie diese auf Anhieb wiedererkannt hatte.

Ganz bewusst nannte sie das schreckliche Ereignis Unfall. Das hatte ihr in all den Jahren geholfen, sich nicht von der manchmal aufkommenden Angst überrollen zu lassen. Die Angst um ihr Leben.

Nie hätte sie es für möglich gehalten, diese Region noch einmal aufzusuchen. Doch nun…

Sie war bis in ihr Innerstes aufgewühlt. Der Tod Hans Schlegels hatte ihr den Boden unter den Füßen fortgerissen. Nicht gerade der Tod, sondern der Umstand, der ihn zu dem Schritt bewog, freiwillig aus seinem Leben zu scheiden. Sie konnte seinen spontanen Entschluss trotzdem noch immer nicht begreifen. Alles machte in ihren Augen keinen Sinn. Es erschien ihr im höchsten Maße unlogisch. Abgesehen davon, dass sie, ihrer Überzeugungen der letzten Jahrzehnte, Teilen ihrer Wurzeln schlagartig beraubt worden war.

Hans Schlegel – ihr leiblicher Vater! Wie konnte das sein? Tatsächlich war er auch als leiblicher Vater eingetragen, und doch war sie bis vor kurzem der Überzeugung gewesen, dass er diese Rolle nur gespielt hatte. Warum auch immer. Angesichts des Ergebnisses des Vaterschaftstestes musste sie nun aber vermuten, dass ihre Mutter zeitgleich zu beiden Männern ein Verhältnis unterhalten hatte und sich nicht sicher war, wer ihr Erzeuger war. Und genau an diesem Punkt ihrer Überlegungen geriet ihr Weltbild ins Wanken. Niemals könnte sie sich so ein leichtlebiges Verhalten von ihrer Mutter vorstellen. Niemals!

Und wenn Hans Schlegel stets als ihr Vater aufgetreten war, warum dann jetzt dieser Test? Und warum schockierte ihn das Ergebnis derart, dass er die Flucht aus dem Leben gewählt hatte?

Ihre Überlegungen führten zu nichts. Jetzt musste sie es wohl akzeptieren. Alles in ihr sträubte sich entschieden dagegen. Aber noch deutlicher hätte man es ihr nicht vermitteln können.

Waren es Zeichen des Himmels? Endlich diese unselige Vorstellung, Tochter eines Prinzen zu sein, zu begraben? Nur weil sie sich von Hans als wahren Vater nie geliebt gefühlt hatte?

Weil sie sich eigentlich für ihn schämte? Ein ungehobelter Klotz, einfach, engstirnig und egoistisch. Ihr wären mit Leichtigkeit noch mehr negative Charaktereigenschaften eingefallen. Sie hatte sich nie mit ihm identifizieren können.

Er schien auch zu keinem Zeitpunkt zu ihrer Mutter zu passen. Sie hatte sich die beiden niemals als Liebespaar vorstellen können, und die Art, wie sie miteinander umgegangen waren, bestärkte sie jedesmal in dieser Annahme.

Hatte sie sich darum einfach selbst das Ideal eines Vaters zusammengebastelt? So wie sie ihn sich gewünscht hätte?

„Edel, hilfreich und gut?" Helga lachte bitter auf. Die drei Schlagwörter ihrer Kindheit. Schlagwörter, die ihr als Vorbild dienten, die ihr in der Erziehung wie ein Banner vor Augen gehalten wurden. Denen sie noch bis heute nachstrebte. Zusätzlich bestätigt durch ihre Glaubensform.

All diese Attribute schienen genau auf Prinz Karl Eugen von Wegen zu passen.

Er war kein Hirngespinst. Und eine Liaison zwischen ihrer Mutter und ihm hatte es gegeben. Daran gab es keinen Zweifel.

Helga war völlig durcheinander. Nie kam sie zu einem Ergebnis. Zu einer Erklärung, die sie zufriedengestellt hätte. Ihre Gedanken ließen sie nicht zur Ruhe kommen. Zu keiner Tages- und Nachtzeit. Sie war schon völlig zermürbt. Darum hatte sie diesen Entschluss gefasst, das Grab des Prinzen aufzusuchen. Noch einmal von weitem das Schloss zu betrachten, obwohl es sie nicht mehr sonderlich dorthin zog. Anton müsste auch schon lange verstorben sein. Der Einzige, der ihr hätte weiterhelfen können.

Der Gedanke, diese Reise anzutreten, hatte sie einfach nicht mehr losgelassen. Vielleicht würde sie dann ihren inneren Frieden finden.

Vielleicht konnte sie am Grab des Prinzen die Vorstellung loswerden, dass er ihr Vater war, und ihm doch ihre Achtung und Liebe, die sie für ihn gehegt hatte, symbolisch entgegenbringen.

Daher hatte sie die Fahrt angetreten. Siham hätte sie sofort begleitet, doch diesmal musste sie allein sein, um mit sich selbst ins Reine zu kommen. Es war eine Notwendigkeit die realistischen und nüchternen Gedanken, die ihr der Verstand versuchte klarzumachen, in ihre Gefühlswelt zu überführen.

Nur wenn sie die Enttäuschung loslassen konnte, würde sie gestärkt und voller Selbstwertgefühl nach Hause zurückzukehren können.

Woher sie stammte, sollte ihr doch nicht so wichtig sein, sondern eher, wer sie war.

Ob Prinz oder Bauarbeiter – ihr war das Leben geschenkt worden. Ein selbstbestimmtes Leben. Ein abwechslungsreiches Leben.

Die Reise damals nach Italien hatte ihrem Alltag neuen Schwung gegeben, trotz der dramatischen Ereignisse. Die wiedergewonnenen Erinnerungen, das Wissen, dass sie sehr wohl gewollt und geliebt worden war, erhellten von da ab ihren Alltag.

Die Zeit, als sie ihren „Retter“ immer wieder getroffen hatte, war ein wertvolles Geschenk in einer Phase, an der sich ihre Gemeinschaft mit Helmut in einem Umbruch befand, und sie unglücklich war. Sie hatte nicht gewusst, wohin sie sich wenden sollte. Eine Trennung wollte sie Mario nicht zumuten, und bis sie sich über ihr weiteres Leben klar werden konnte, versüßte ihr dieser geheimnisvolle Mann ihren Alltag. Vielleicht hätte er ihr Schicksal werden können… Doch jetzt war alles gut, so wie es war!

Mit diesen Gedanken beschäftigte sie sich während der ganzen Fahrt.

An ihrem Ziel angekommen, fuhr sie als erstes die Landstraße zum Schloss hinauf. Für einen Moment blieb sie dort stehen und betrachtete es. Lauschte in sich hinein. Doch es wirkte auf sie abweisend, fremd und kalt. Es fröstelte sie. Dabei schien die Frühlingssonne wärmend durchs Fenster.

Sie wendete und fuhr wieder herunter. Auf der anderen Seite der Stadt befanden sich auf dem öffentlichen Friedhof die Grabstätten. Dort sollte es einen abgetrennten Bereich geben, der der Familie „von Wegen“ vorbehalten war.

Helga stellte ihr Auto auf dem Besucherparkplatz ab. Gleich daneben befand sich eine Gärtnerei. Dort erstand sie einen Strauß roter Rosen.

Sie wagte nicht, die Verkäuferin nach den Gräbern zu fragen. Noch immer verhielt sie sich vorsichtig.

Als sie das Geschäft verließ, blickte sie zum sanften Hügel hinüber, auf dem sich die Gräber unter alten Bäumen befanden.

Ihr Herz begann vor Aufregung lautstark zu klopfen. Ihre Kehle wurde eng bei dem Gedanken nun Abschied nehmen zu müssen. Tränen wollten sich ihr aufdrängen, doch sie riss sich zusammen. Forsch überquerte sie die schmale Straße und ging dem Friedhof entgegen.

Der Strauß in ihrer Hand zitterte. Sanft, jedoch unaufhaltsam bahnten sich ihre Gefühle einen Weg durch den Verstand.

Sie ging den Hauptgang geradeaus. Alte Gräber säumten den Weg, erkennbar an den Steinen, die sich deutlich von den neueren unterschieden. Zu dieser Tageszeit besuchte offensichtlich noch niemand die Gedenkstätten der Verstorbenen. Suchend ging sie weiter. Vogelgesang begleitete sie und über allem herrschte ein Frieden, der nur an solchen Orten zu spüren war.

Dann fiel ihr Blick auf einen übergroßen Grabstein, fast schon ein Monument. Er stand etwas abseits.

In seinem Rücken schienen hohe Büsche über ihn zu wachen, die zudem eine natürliche Begrenzung darstellten. An den drei anderen Seiten der großzügigen Fläche grenzte ein schmiedeeiserner Zaun. Das breite Tor stand einladend geöffnet.

Helga erkannte, dass sie den Bereich der Familie „von Wegen" gefunden hatte. Sie durchschritt das Tor und versuchte sich zunächst mit Blicken eine Übersicht zu verschaffen. Dann schritt sie ehrfurchtsvoll an den Ruhestätten vorbei.

Einige Gräber waren der Zeit und vor allen Dingender Natur zum Opfer gefallen. Von der Existenz der Vorfahren zeugten nur noch verwitterte Steine, fast unleserliche Inschriften und ausufernder, verwahrlost wirkender Bewuchs.

Doch in der Nähe der Büsche, zog ein ziemlich frisches Doppelgrab ihre Aufmerksamkeit auf sich. Sie ging langsam darauf zu.

Um die Beschriftung auf dem Grabstein lesen zu können, musste sie ihn umrunden. Und da war er zu lesen, kunstvoll eingemeißelt in Granit, der Name des Mannes, den sie für ihren Vater gehalten hatte. Diesem Schriftzug gegenüber zu stehen, als letzten greifbaren Beweis seiner Existenz, erschütterte sie bis ins Mark. „Nie mehr! Nie mehr!“. Diese Worte hallten wie ein Echo in ihrem Kopf. Der Strauß in ihrer Hand zitterte immer deutlicher. Sie hockte sich nieder und legte ihn auf das Grab. Nirgends war eine Vase zu sehen, die sie hätte nutzen können. Überhaupt machte das Grab schon jetzt einen vernachlässigten Eindruck. Gerade so, als schien sich niemand mehr dafür zu interessieren.

»Das hast du nicht verdient.« Helga entnahm einige Tüten „Vergiss-mein-nicht“ ihrer Umhängetasche, riss die oberen Ränder ab und verteilte großzügig die Samen, die sie liebevoll mit den Händen in die Erde einarbeitete. Gerade so, als streichelte sie zärtlich seine Seele.

Und plötzlich übermannten sie ihre Gefühle. Einem Sturzbach gleich wurden Trauer, Verzweiflung, verpasste Liebe, verpasste Geborgenheit und letztendlich hilfloses Unverständnis ausgeschwemmt. Sie weinte und weinte, konnte die Tränen nicht aufhalten. Minuten waren vergangen als der Strom ganz langsam versiegte. Verwundert stellte sie fest, dass sie mittlerweile auf einer Bank saß, die dem Grab des Prinzen genau gegenüberstand. Offenbar hatte sie sich dort instinktiv niedergelassen, ohne es in ihrem Gefühlsausbruch wahrzunehmen.

Sie suchte nach Papiertaschentüchern und wischte sich die Tränen ab. Mit dem feuchten Tuch versuchte sie ihre Hände, denen noch Reste von Graberde anhafteten zu säubern Nachdenklich schaute sie auf den Schmutz. Ob die Berührung mit der Erde diese Reaktion bei ihr ausgelöst hatte?

Erschöpft lehnte sie sich zurück und schloss die brennenden Augen.

Die Sonne auf ihrem Gesicht tat gut, und machte sie schläfrig. Sie überließ sich der Entspannung, die sich warm und wohlig anfühlte.

»Ich freue mich, dass du meinem Ruf folgtest und heute hierhergekommen bist.«

Klar und deutlich vernahm sie diese Worte, doch sah sie keine Veranlassung die Augen zu öffnen. Sie fühlte sich so sehr wohl. Warum diesen Zustand der Trägheit ändern? Außerdem war ihr diese Stimme auf seltsame Weise vertraut. Sie kuschelte sich darin ein.

»Meine kleine Prinzessin! Ich liebe dich.«

Sie lächelte glücklich. Jetzt verharrte sie erst recht in diesem Zustand. Unter keinen Umständen wollte sie dieses erstaunliche Erlebnis zerstören. Sie wollte nichts anderes, als es genießen.

»So ist es gut. Sei nicht traurig. Alles ist wahr, was du bisher angenommen hast. Ich bin dein wahrer und leiblicher Vater. Nichts hatte ich mir sehnlicher gewünscht, als dich immer bei mir zu haben. Es war uns aber nicht vergönnt, wie eine Familie zusammenzuleben. Die Umstände, die meine Herkunft mit sich brachten, ließen es nicht zu. Du und deine Mutter wären dadurch in Lebensgefahr geraten. Es wird nicht mehr lange dauern, und du wirst mehr darüber erfahren. Ich hätte dich nie dieser Gefahr ausgesetzt, genauso wenig wie deine Mutter, die ich über alles geliebt habe. Unsere gemeinsamen Stunden waren die schönsten in meinem Leben. Mit deiner Mutter hatte ich den Himmel auf Erden. Ich bitte dich um Verzeihung, dass ich dir nie das Leben bieten konnte, das du verdient hättest. Hier, wo ich nun bin, habe ich Einblicke und Möglichkeiten, die ich auf deiner Seite nie hatte.«

»Aber wieso dann dieser Brief, der Vaterschaftstest«, hörte Helga sich fragen.

»Dieser Brief, mein Kind, ist eine geschickte Fälschung. In böser Absicht verfasst, doch nun wird er dir sogar zu deinem Schutz dienen. Er ist zu deiner Lebensversicherung geworden. Denn niemand wird dir weiterhin nach dem Leben trachten. So lasse es dabei bewenden, und es wird dir nichts mehr geschehen. Für deine Zukunft ist gesorgt. Ein tröstender Ausgleich für dein Leid wird auf dich zukommen. Mehr kann und darf ich dir dazu nicht sagen. Doch bevor ich nun gehen muss, meine Tochter, will ich dich wissen lassen, dass meine Liebe zu dir immer bestand und für immer bestehen bleiben wird. Deine Mutter und ich werden dich begleiten, wann immer du uns brauchst. Jetzt müssen wir uns verabschieden, mein Kind. Öffne die Augen und nimm dieses Geschenk mit auf dem Weg.«

Helgas Blick klärte sich nur langsam. Noch erschien die Umwelt ein wenig verschleiert. Hatte sie geschlafen? War alles nur ein Traum gewesen? Oder hatte sie tatsächlich mit ihrem Vater gesprochen?

Sie wandte ihren Blick vom Grab und schaute noch ein wenig geblendet auf den vor ihr liegenden Hügel, wo sich viele andere Gräber befanden.

Stand dort oben ein schlanker, dunkelgekleideter Mann? Sie blinzelte.

Als hätte er gespürt, dass sie ihn wahrgenommen hatte, begann er langsam herab zu kommen, direkt auf sie zu. Sie konnte die Augen nicht von ihm wenden. Er kam ihr so bekannt, so unglaublich vertraut vor.

Ihr Herz schlug deutlich bis zum Hals. Aufsteigende Tränen behinderten ihre Sicht.

Er kam immer näher. Ihr Gefühl war sich bereits sicher. Aber das konnte doch gar nicht sein!

Die Gestalt verharrte in einem Abstand, der ihr einen klaren Blick verwehrte.

Wie gebannt schaute sie ihn an. Sie hatte das Gefühl, als würde sich ihr Inneres öffnen. Ihre Seele schien zu jubeln. Staunend beobachtete sie all ihre Regungen. Dabei ließ sie diese Erscheinung nicht aus den Augen. Plötzlich wurde ein heller Dunstschleier sichtbar, der, wie es schien, aus ihm entsprang. Langsam schwebte dieses Gebilde auf sie zu.

Verwundert bemerkte sie, dass sich auch aus ihr eine ebensolche Schwade löste und losschwebte. All das spielte sich vor ihren Augen ab, und sie konnte nur reglos zuschauen.

Als sich diese Schleier auf halbem Weg trafen, schien es, als würden sie miteinander vor Freude tanzen. Sie bewegten sich aufeinander zu, erhoben sich kurz in die Luft, veränderten spielerisch ihre Form, und erstrahlten plötzlich in hellem Licht als sie letztendlich vereint verschmolzen.

Überwältigt schloss sie in diesem Moment die Augen, denn was sie nun deutlich wahrnahm, war eine Umarmung.

Sie fühlte sich umfangen von zwei starken Armen. Liebe ergoss sich über sie und füllte sie aus. Tränen strömten über ihre Wangen. Sie ließ es willenlos geschehen und gab sich ganz und gar diesen tiefen Empfindungen des Augenblicks hin.

Dieser Strom einer unendlichen Liebe brachte ihre Sinne zum Schwingen. Trauer und Verzweiflung lösten sich auf, und mit ihnen verschwanden auch die Tränen. Freude und Liebe aber blieben.

Helga öffnete nur zögernd die Augen. Niemand war mehr zu sehen. Suchend schaute sie sich um. Im Geist durchlebte sie noch einmal diese Szene. Was für ein Geschenk! So glücklich und befreit hatte sie sich noch nie gefühlt.

Bedächtig wandte sie sich dem Grab zu. »Danke, Papa. Ich liebe dich auch. Grüß Mama von mir.« Sie hatte das Gefühl, als würden ihre Eltern ihr Arm in Arm zulächeln.

Und sie nahm sich vor, im nächsten Jahr wiederzukommen, um zu schauen, ob die „Vergiss-mein-nicht“ blühten.

***

Als Helga sich auf den Weg zu ihrem Wagen machte, hatte ein tiefer Friede von ihr Besitz ergriffen. Versunken schritt sie den Hauptweg entlang.

Auf einer Bank saß im Schatten der mächtigen alten Bäume ein Mann im mittleren Alter. Er richtete sich auf, als er Helga erblickte. Als sie näherkam, stand er auf und kam auf sie zu. Für einen kurzen Moment stoppte Helga und sah sich um. Zu tief saßen noch die Selbstschutzmechanismen. Sie überlegte, wohin sie sich wenden konnte, sollte sie fliehen müssen.

Sein Gang war jedoch eher schleppend als sportlich. Ein Hinken behinderte seinen Schritt. Als er ihr Zögern bemerkte, zog er sich langsam wieder zurück.

Helga nahm all ihren Mut zusammen und ging weiter. Wurde ihr nicht gerade erst noch versichert, dass sie nichts mehr zu befürchten hätte? Das Gesicht des Fremden konnte sie bisher nicht erkennen. Aber irgendetwas an ihm flößte ihr Vertrauen ein. Kannte sie nicht diese Haltung?

Als sie sich ihm weiter näherte, sah sie ihm unverwandt ins Gesicht. Sein Blick erinnerte sie an jemanden, den sie seit Jahren nicht mehr gesehen hatte, und sie auch davon überzeugt gewesen war, ihn nie mehr zu sehen, nachdem ihr

Geistführer ihr versicherte, dass dessen Aufgabe beendet sei.

Auch der Mann sah ihr ins Gesicht. Er spürte, dass sie nicht mehr ängstlich war, und so ging er ihr erneut entgegen. So schnell sein Gang es erlaubte, bewegte er sich auf sie zu. Schon rief er: »Helga Patrizia! Ich bin es wirklich.«

Nun lief sie auf ihn zu. Kurz vor ihm blieb sie stehen und betrachtete ihn prüfend. »Ich weiß nicht einmal, wie du heißt.«

»Ich bin Lothar. – Und ich liebe dich.«

»Du liebst mich? Ich hätte dich vielleicht auch geliebt, aber du warst all die Jahre verschwunden. Wo warst du, als ich dich brauchte?«

Lothar senkte den Blick. Er war sich so sicher gewesen, dass sie ihn auch noch liebte. Zumindest hatte er es sich in der ganzen Zeit eingebildet. Nur so hatte er die vergangenen Jahre überstanden, ohne sie sehen zu können. Erst in letzter Zeit, und dann auch nur ab und zu hatte er es gewagt, nach ihr zu schauen, ohne dass sie ihn bemerkte. Auf diese Weise hatte er sich über die Umstände vom Tod Hans Schlegels und dem Vaterschaftstest informiert. Auf so ein Ergebnis hatte er gehofft, um sich endlich Helga gefahrlos nähern zu können. Und heute schien dieser Tag zu sein.

»Wenn du deinen Vater hättest fragen können, wüsstest du wie sehr ich dich liebe. Er hatte es zuerst geahnt und dann gewusst.«

»Du hattest Kontakt zu meinem leiblichen Vater?« Helga schaute ihn mit großen Augen an. »Wie soll ich das verstehen?«

»Das würde ich dir gerne alles erklären, wenn du mir vertraust.« Lothar sah ihr tief in die Augen, die noch immer dieselbe Wirkung auf Helga hatten. Ein leichter Schwindel erfasste sie, und sie ergriff haltsuchend seinen Arm. »Entschuldige, aber mir ist heute so viel passiert. Ich glaube, ich muss mich setzen.«

Lothar legte fürsorglich seinen Arm um ihre Schulter und führte sie zu der Bank. Dort begann er ihr alles zu schildern. Seine Arbeit als Detektiv, wie er sie zunächst von ihr unbemerkt beobachtet hatte, alles Wissen ihrem Vater weitergegeben hatte, so dass er stets über sie und ihrem Leben informiert war, um daran wenigstens aus der Ferne teilhaben zu können. Wie er dann sogar den Auftrag seines Bruders angenommen hatte und darum wusste, dass sie in ständiger Gefahr schwebte.

Wie er sich dann nach und nach in sie verliebte, und er überwältigt kaum Luft bekam, als sie sich damals in ihrem Schlafzimmer fast geküsst hätten.

Er konnte sie sogar über den Erpressungsversuch aufklären, den Hans Schlegel beim Prinzen Ernst Ludwigs unternommen hatte.

Da dämmerte es Helga, dass Hans für die Vaterschaft bezahlt worden war. Ihr wurde übel. So langsam wurde ihr das ganze Ausmaß bewusst, das ihr Dasein verursacht hatte. Wie sehr musste ihr Vater sie und ihre Mutter geliebt haben, wenn er auf diese Weise sie beide sein Leben lang beschützt hatte.

»Was ich aber immer noch nicht verstehe, so verabscheuungswürdig Hans Schlegels Verhalten war, warum hat er dann Selbstmord begangen?«

»Es war kein Selbstmord. Es war Mord. Im Auftrag von Ernst Ludwig. Daran siehst du, dass dieser Mann wirklich über Leichen geht, um an das Erbe von deinem Vater heranzukommen. Darum dürfen wir aus Selbstschutz nichts zur

Aufklärung beitragen. Abgesehen davon, dass uns niemand glauben würde. Dein Unfall damals, weißt du noch? Hier in dieser Region...«

Helga nickte.

»Das war kein Unfall, sondern ein gezieltes Attentat, bei dem du sterben solltest.«

Helga blickte ihn erschrocken an. Lothar nahm ihre Hände in seine.

»Woher weißt du das?«

Er hielt seinen Blick gesenkt Fast ungläubig weiteten sich ihre Augen. »Du? Du hast im Auto hinter uns gesessen und das Motorrad von der Straße gestoßen? Du hast uns das Leben gerettet?« Helgas Blick ging ins Leere. Deutlich stand ihr die Erinnerung vor Augen. Dann schaute sie ihn an. »Was ist dir dabei passiert? Wo warst du?«

Lothar zuckte mit den Schultern und zeigte auf sein lädiertes Bein. »Mein Andenken.« Dabei grinste er schief.

»Du hättest tot sein können.« Helga nahm sein Gesicht in ihre Hände und schaute ihm tief in die Augen. Dann umschlang sie ihn und drückte sich an ihn. »Danke«, flüsterte sie ihm ins Ohr.

Er umarmte sie ebenfalls, und als sie sich wieder von ihm entfernen wollte, hielt er sie fest. Sein Blick heftete sich auf ihre Lippen, und sein Gesicht näherte sich ihrem. Helga schloss die Augen. Kribbeln machte sich in ihrem ganzen Körper breit. Unwillkürlich öffnete sie ihren Mund. Sein Kuss ließen ihre Sinne schwinden. Sie war Wachs in seinen Händen. Ihre Muskeln versagten den Dienst, und hätten sie nicht auf einer Bank auf dem Friedhof gesessen, sie hätte sich ihm auf der Stelle hingegeben.

Lothar spürte all das und löste sich mühsam von ihr. »Komm!« Seine Stimme klang rau und erregt.

Er nahm ihre Hand und zog sie zu sich hoch. Helga ließ es willenlos geschehen. Sie fragte nicht wohin. Sie ging einfach mit ihm. Beide stiegen in sein Auto und fuhren zum Hotel, in dem er sich einquartiert hatte.

Ungeduldig öffnete er die Zimmertür und nahm sie direkt in seine Arme. Mit dem Fuß schloss er wieder die Tür, während Helga bereits die Knöpfe seines Hemdes öffnete. Ihre Leidenschaft verwandelte sie in ein wildes Feuer, das nur in der Vereinigung besänftigt werden konnte.

Helga konnte sich nicht erinnern jemals so geliebt zu haben. Schwer atmend, aber erfüllt und glücklich ließen sie voneinander ab.

Lothar nahm eine Strähne ihres Haares auf und ließ sie durch seine Finger gleiten. Versonnen sah er diesem Spiel zu. »Das wollte ich schon seit damals, als ich das Regal leergefegt hatte, nur weil du mir zugelächelt hast.« Helga lächelte glücklich. »Und du hast mir so gefehlt in den letzten Jahren«, murmelte Helga und legte ihren Kopf auf seine nackte Brust.

»Es ging nicht anders. Zunächst habe ich tatsächlich ein paar Jahre gebraucht, um wieder gesund zu sein. Und dann wäre es zu gefährlich gewesen. Ich habe dich auch nur ohne das Wissen des Prinzen ab und zu beobachtet. Er hatte später einen anderen Mann beauftragt, der körperlich fitter war als ich, nachdem ich meinen Beruf nicht mehr ausüben konnte.«

»Aber das war schrecklich undankbar von ihm. Wie kommst du denn jetzt über die Runden?« Helga war fassungslos.

»Nein, nein, ganz und gar nicht. Seine Dankbarkeit kannte keine Grenzen. Er rechnete es mir hoch an…« Lothar unterbrach sich verlegen und räusperte sich. »…, dass ich mein Leben für deines riskiert habe. Und so gab er mir ein kleines

Vermögen, das ich anlegen konnte, und das ist nun meine Rente. Damit komme ich gut zurecht.«

Helga schaute ihn gedankenversunken an. »Ich hätte nie gedacht, dass jemand aus Liebe zu mir, bereit ist, sein Leben zu opfern. Schon allein dafür liebe ich dich.«

Lothar nahm sie in seine Arme und küsste sie. Erneut flammte ihre Leidenschaft auf, und sie liebten sich mit nie gekannter Zärtlichkeit. Glücklich ließen sie sich auf die Seite fallen. Lothar stützte sich auf seinen Ellenbogen und lachte: »Hab ich ein Glück, dass du es dir doch noch anders überlegt hast. Aber mal im Ernst, wie geht es jetzt mit uns weiter?« Ein wenig fürchtete er sich vor der Antwort.

Helga küsste ihn zart und sagte: »Es war Schicksal, das uns von Anfang an zusammengeführt hatte. Lassen wir das Schicksal einfach weitermachen und genießen es.«

***

Ein Jahr später stand ein Paar, Hand in Hand vor der Grabstätte des Prinzen und betrachtete das blau leuchtende Blütenmeer von „Vergiss-mein-Nicht“

Ende

Danksagung

Ich danke Helga Geßner, die mir inzwischen eine wertvolle Freundin geworden ist.

Ohne sie hätte es dieses Buch nie gegeben.

Ebenso danke ich meinem Mann und meinen Eltern, auch, wenn mein Vater nicht mehr auf dieser Erde weilt, die immer an mich geglaubt und in jeder Hinsicht unterstützt haben.

Meiner Freundin Elke Bergsma für die entscheidenden Tipps und Hilfe sowie Susanne Ptak und Alexandra Schwarting.

Adelheid Zürcher als Testleserin und Freundin, die mir ebenso wie Helga Geßner Mut zusprach.

Petra Schnitzler für Lektorat und positive Rückmeldung.

Weiteren Testlesern, die meinem Herzen ebenfalls nahe stehen, wie Ingrid Ihben, Antje Klawohn-Albers, Hanna Seipelt, Reinhild Friedrichs und Karl-Heinz Fritsche, dessen Beurteilung mich in die Wolkenregion katapultierte.

Ich danke Nadine Duveneck für das unglaublich schöne Cover.

Besonders auch Hanns Findeiß vom Burg Verlag, der mir mit dieser überarbeiteten Fassung eine Chance in seinem Verlag gibt und somit an mich glaubt.

Ausdrücklich danke ich meinem Schöpfer, der mir auf seine Weise meinen Weg zeigte und führte.

Weitere Veröffentlichungen

Meines Mannes Rippe - die bin ich
1.Auflage 2019 Format: 13 cm x 20 cm
TB; 260 Seiten
ISBN: 978-3-944370-91-0 Preis: 10,80 €

Eigentlich Prinzessin 1
Roman
1.Auflage 2019 Format: 13 cm x 20 cm
TB; 260 Seiten
ISBN: 978-3-944370-91-0 Preis: 10,80 €

Herz im Netz
Ostfrieslandromanze
1.Auflage 2018 Format: 13 cm x 20 cm
TB; 296 Seiten
ISBN: 978-3-944370-82-8 Preis: 10,80 €

Willi, das Weihnachtswichtelkaninchen
Kinderbuch
1.Auflage 2018 Format: 17 cm x 24 cm
Gebunden; 52 Seiten, farbig ill., inkl. Audio-CD
ISBN: 978-3-944370-83-5 Preis: 14,20 €